契诃夫戏剧选

樱桃园

Вишневый сад

Антон Чехов

[俄罗斯]安东·契诃夫——著

童道明 童宁——译

译林出版社

图书在版编目（CIP）数据

樱桃园 ： 契诃夫戏剧选 / （俄罗斯） 安东·巴甫洛维奇·契诃夫著 ； 童道明， 童宁译. -- 南京 ： 译林出版社， 2025. 5. --（套子里的人 ： 契诃夫文集）.
ISBN 978-7-5753-0556-3

Ⅰ. I512.34

中国国家版本馆CIP数据核字第2025BV8575号

樱桃园：契诃夫戏剧选 ［俄罗斯］安东·契诃夫／著　童道明　童　宁／译

责任编辑　张　晨
装帧设计　吴　悠
校　　对　施雨嘉
责任印制　颜　亮

出版发行　译林出版社
地　　址　南京市湖南路 1 号 A 楼
邮　　箱　yilin@yilin.com
网　　址　www.yilin.com
市场热线　025-86633278
排　　版　南京展望文化发展有限公司
印　　刷　南京新世纪联盟印务有限公司
开　　本　787 毫米 ×1092 毫米 1/32
印　　张　10.75
插　　页　2
版　　次　2025 年 5 月第 1 版
印　　次　2025 年 5 月第 1 次印刷
书　　号　ISBN 978-7-5753-0556-3
定　　价　43.00 元

目 录

谁是“海鸥”？（童宁）/ 1

天鹅之歌 / 1

海 鸥 / 17

万尼亚舅舅 / 91

三姐妹 / 159

樱桃园 / 247

与契诃夫相处的最后一年（斯坦尼斯拉夫斯基）/ 319

惜别樱桃园（童道明）/ 333

谁是“海鸥”？

童　宁

这本书收录了安东·契诃夫的五个剧本。巧合的是，第一个剧本《天鹅之歌》中主人公——一位垂老卖艺的名伶被众人遗忘在了化妆间内，而在最后一个剧本《樱桃园》中，年迈家仆菲尔斯也被众人遗忘在了大门紧锁的庄园里。正是这一个个具有必然性的偶然瞬间，构成了安东·契诃夫戏剧独特的“象征”体系。

“海鸥”无疑是契诃夫剧本中最重要的象征之一。如果说“海鸥”象征着男女主人公特列波列夫和尼娜的话，那么与之对应的另一组人物——畅销书作家特里戈林和当红女演员阿尔卡季娜则是湖水中的冷血鱼类。

《万尼亚舅舅》中的沃尔尼茨基认清了“教授”光环下谢列布里亚科夫的真实面目后，一针见血地指出：“这位退休教授是一个冷漠无情、自私自利的老家伙，一条学术海鱼……痛风、风湿、偏头痛，因为嫉妒和贪婪而肝脏浮肿……一个整整二十五年读艺术书籍并写艺术论文的人，恰恰对艺术一无所知。二十五年来，他咀嚼别人关于现实主义、自然主义和其他每一个胡扯的思想；二十五年来讲一些写一些聪明人早已知道而蠢人根本不感兴趣的话题——就是说，他讲了二十五年的无聊空话。同时他又多自命不凡！多自以为是！他退休了，没一个人再认得他，他完全是无名之辈；就是说，二十五年来他占据了别人的位置。可你看：他走路，活像个受崇拜的不朽人物！”

“学术海鱼”形象贯穿在安东·契诃夫的剧作中，《三姐妹》中的兄长安德烈身上也有其投射的影子，而《海鸥》中嗜好钓鱼的特里戈林是这一系列中最生动的代表。

契诃夫在戏剧创作中延续了普希金著名小悲剧《莫扎特与萨列里》的主题：“天才与恶行——水火不相容。”普希金的剧本取材于莫扎特之死的历史悬案。请允许我引用父亲在《良心的悲剧》中关于《莫扎特与萨列里》的一段论述：

> 萨列里是个勤勤恳恳、勤学苦练的作曲家。勤学苦练的结果是技术娴熟，但灵气不足……反观莫扎特，写出的谱子，简直“此曲只应天上有”。萨列里听了也只得欢呼，但随后妒火中烧，乃至产生要把天才置于死地的恶念……为此，萨列里挖空心思地寻找庸才杀天才的理由……萨列里刚刚把毒药放进莫扎特的酒杯时，对萨列里的阴谋一无所知的莫扎特说了一句惊天动地的话：“天才与恶行——水火不相容。”莫扎特饮过毒酒之后，一去不复返，萨列里开始怀疑自己“替天行道”的行为莫非就是与“天才”水火不相容的“恶行”：

可难道他是对的——我不是天才？

天才与恶行——水火不相容。

白银时代女诗人安娜·阿赫玛托娃对普希金有深刻研究，她曾说："也许世界上任何一部诗歌创作中，道德的严峻问题，都没有像普希金的小悲剧中提出的那么复杂而尖锐。"

在《海鸥》第四幕中，特里戈林说出自己几乎是全剧最后一句台词："抓住一条小鲤鱼或者鲈鱼，这是无上的幸福！"这句自白暴露了他作为"庸才"的本质。接下来的情节是管家举着被射杀的海鸥的标本走到特里戈林面前。这个意味深长的情节设置，让我们强烈感受到了"庸才扼杀天才"的意蕴。

不过，令人备感欣慰的是：与被扼杀的特列波列夫的结局不同，尼娜最终战胜了命运中的"魔鬼"而成长为真正的、在湖面上展翅飞翔的"海鸥"。

天鹅之歌[1]

独幕戏剧小品

1　1886年契诃夫创作了小说《卡尔哈斯》，并于1887年将它改编为剧本。主人公斯韦特洛维多夫是舞台上的丑角，演了一辈子的卡尔哈斯（古希腊神话中的祭司，这里指奥芬巴赫所作轻歌剧《美丽的海伦》中的人物，在剧中是配角）。

人　物

瓦西里·瓦西里耶维奇·斯韦特洛维多夫（爱称：瓦秋沙）　喜剧演员，六十八岁的老头儿

尼基塔·伊万内奇（爱称：尼基托什卡）　提词员，老头儿

［剧情发生在一个外省剧院的舞台上，夜，散戏之后。

［这是一个普普通通的空荡荡的舞台。右侧是一扇没有上漆的做工粗糙的门，通向化妆间；舞台左侧与深处堆满了杂物；舞台中央有一倒翻的圆凳。夜晚。黑暗。

1

［斯韦特洛维多夫身穿卡尔哈斯的衣服，手里拿一支蜡烛，走出化妆间，哈哈大笑。

斯韦特洛维多夫　这可如何是好！原来是这么一回事。竟然在化妆间睡着！戏早结束了，所有人都离开剧院了，而我却来个安安稳稳打鼾睡大觉。哎哟，老姜，老姜！你是条老狗！这么说，酗酒来着，所以坐着坐着就睡过去了！聪明！老兄，真有你的，我的妈啊。（喊）叶戈尔卡！叶戈尔卡，见鬼！彼特鲁什卡！都睡着了。该死，地狱的钟声也叫不醒他们！叶戈尔卡！（搬起凳子，坐在上面，把蜡烛放在地板上）没一点儿声音……只有回声在回应……今天我给了叶戈尔卡和彼特鲁什卡每人三个卢布赏钱——可现在你就是带了猎狗也找不到他们了……应该都走了，坏蛋，说不准戏院大门还上了锁……（转动头）醉了！啊！今天为了我的庆祝演出给自己灌了多少葡萄酒和白酒，我的主啊！全身酒气熏天，嘴里好像有十二条舌头在闹腾……讨厌……

［停顿。

愚蠢……老傻瓜喝醉了，连自己都不知道他在庆祝什么……啊，我的主！……腰要断了，头要裂了，浑身发抖，心里觉着又黑又冷，像在地窖里。如果不在乎自己的健康，那也要体恤一下自己这把年纪啊，小丑先生……

［停顿。

老了……不管怎么要滑头，怎么充好汉，怎么装傻瓜，我这生命已经过去了……这六十八年就这么丢了，没了，祝您好！过去的岁月找不回来了……瓶子里的全都喝完了，就剩下一点儿底儿……就剩了点儿渣滓了……就是这样……瓦秋沙，就是这么回事儿……愿意也好，不愿意也好，你该扮演一个死人了。死亡大娘离你不远了……（凝视自己的前方）但是我在舞台上已经演了四十五年戏，这好像是头一回见到一个夜里熄了灯火的剧场……对，头一次……好奇怪啊，天晓得是怎么回事儿……（走近脚灯）什么也看不见……噢，也就能隐隐约约看得见提词员的座位……还有嘉宾包厢，还有谱架，此外就是——漆黑一片！一个无底黑坑，像一座坟墓，里头藏着死……哟！……好冷呀！风从观众大厅里吹，像从一个石头烟囱里吹出来……这真是一个可以招魂的地方！好恐怖啊，见鬼……我的背上发麻……（喊）叶戈尔卡！彼特鲁什卡！你们两个魔鬼在哪儿？主啊，我怎么有这些可怕的念头！啊，我的主啊，为什么想起这些不吉利的话？你别喝酒了，年岁大了，该离开这个世界了……人活到六十八岁，也就是去做做晨祷，准备死了，而你……噢，主啊！说不吉利的话，还满嘴酒气，还穿着丑角儿的衣裳……见不得人呀！得马上去换衣服……太可怕！要在这地方坐上一整夜，吓也吓死了……（走向自己的化妆间）

[与此同时，尼基塔·伊万内奇穿着白色长衫，从舞台深处最靠边的一个化妆间走出来。

2

[斯韦特洛维多夫和尼基塔·伊万内奇。

斯韦特洛维多夫　（看到尼基塔·伊万内奇，惊叫一声，往后退缩）你是谁？为什么？你是谁？（跺脚）你是谁？

尼基塔·伊万内奇　是我！

斯韦特洛维多夫　你是谁？

尼基塔·伊万内奇　（慢慢地走近斯韦特洛维多夫）是我……提词员，尼基塔·伊万内奇……瓦西里·瓦西里耶维奇，是我！

斯韦特洛维多夫　（瘫在凳子上，呼吸沉重，全身发抖）我的主！这是谁呀？是你……你，尼基托什卡？你……为什么在这里？

尼基塔·伊万内奇　我在化妆间过夜。只是您，行行好，千万不要说给阿列克谢·福米奇听……我没有别的地方过夜，这是实情……

斯韦特洛维多夫 你，尼基托什卡……我的主啊，我的主啊！想想看，观众叫我返场，叫了十六次，他们又送了我三个花环，还有好多别的东西……大家全都兴奋至极，可就没有一个人来把这个可怜的醉老头儿叫醒，把他送回家去……老啦，尼基托什卡……我六十八岁了……我还有病！我虚弱的灵魂在受折磨……（倒在提词员的怀里哭泣）别走，尼基托什卡……我老了，不中用了，该去死了……可怕，可怕！

尼基塔·伊万内奇 （温柔地，恭敬地）瓦西里·瓦西里耶维奇，您老该回家了！

斯韦特洛维多夫 我不走！我没有家——没有！没有！没有！

尼基塔·伊万内奇 主啊！您已经忘了您住在什么地方了！

斯韦特洛维多夫 我不想到那里去，不想去！在那儿就我一个人……没有任何人，尼基托什卡，没亲人，没老伴，没儿女……就一个人，像吹过田野的一阵风……我死了，谁也不会怀念我……孤单单一个人多可怕……没人温暖我，没人爱怜我，喝醉了也没人扶我上床……我是谁的？谁需要我？谁爱我？没一个人爱我，尼基托什卡！

尼基塔·伊万内奇 （含泪）观众爱您，瓦西里·瓦西里耶维奇！

斯韦特洛维多夫 观众走了，都睡了，忘记了他们的小丑了！不，谁也不需要我，谁也不爱我……我既没有妻子，也没有儿女……

尼基塔·伊万内奇 真是的，您别为这个伤心……

斯韦特洛维多夫 要知道我是人，是个活人，我血管里流着的是血，不是水。我是贵族出身，尼基托什卡，出身高贵……在跌进这个大坑之前，我在军队服役，在炮兵部队……当时我青春年少，英俊、诚实、勇敢、热忱！主，可这全到哪儿去了？尼基托什卡，后来我当了一个出色的演员，啊？（站起身，靠在提词员的胳膊上）这全到哪儿去了？那大好时光到哪儿去了？我的主！刚才看着这个大坑——我全记起来了，全记起了！是这个大坑吞食了我四十五年的生命，那是什么样的生命啊，尼基托什卡！我现在看着这大坑，看得一清二楚，就像看见你的脸。青春的陶醉，信仰，热情，女人们的爱情！女人们，尼基托什卡！

尼基塔·伊万内奇　瓦西里·瓦西里耶维奇，您该睡觉了。

斯韦特洛维多夫　初登舞台，正是热情洋溢的青春岁月，记得有个女人因为我的演技爱上了我……她又优雅，又苗条，像田间的杨树；年轻、天真、纯洁和热情，像夏天的朝霞！在她蔚蓝色的眼睛注视下，看着她的美妙微笑，可以不怕任何黑夜。海浪摔碎在岩石上，而冰凌、雪块冲出她一头鬈发的波浪！记得，有一次我站在她跟前，就像我现在站在你跟前……她那一回比任何时候都更美丽，用那样一种眼神看着我，我到坟墓里也忘不掉那眼神……温存，柔和，深邃，闪耀青春的光芒！我沉醉在幸福里了，跪在她面前，求她给我幸福……（用压低了的嗓音继续说）而她……她说：放弃舞台吧！放——弃——舞——台——吧！你明白吗？她可以爱一个演员，但成为他的妻子——绝不会！我记得，那天演了……演了个下贱的丑角儿……我演了，我觉得我的眼睛睁开了……我那时明白了，世上没有什么神圣艺术，一切都是痴人说梦，是欺骗，而我，不过是奴才，供人赏玩的玩具，博人一笑的笑料！那时我就看清了观众！从此我不再相信掌声、花环、喝彩……是的，尼基托什卡！他们给我鼓掌，花点儿小钱买我的相片，但对于他们来说，我是陌生人，对于他们来说，我是一个下九流、高级娼妓！……为了满足自己的虚荣心，他们和我结交，但他们决不会屈尊把自己的妹妹或女儿嫁给我……我不相信他们！（倒在凳子上）不相信！

尼基塔·伊万内奇 您的脸色太难看了，瓦西里·瓦西里耶维奇！您把我吓坏了……咱们回家去吧，您可怜可怜我吧！

斯韦特洛维多夫 那天我幡然醒悟了……那份清醒是我付出极大的代价得来的；尼基托什卡！这件事以后……从这个姑娘之后……我开始四处漂泊，虚度人生，没有目标和方向……我扮演各种小丑，插科打诨，耍活宝，把自己的理智腐化了，而我曾是一个什么样的艺术家呀，我曾是天才！我埋没了才气，毁坏了我的语言，让它庸俗不堪，我丢掉了形象和脸相……就是这个黑洞洞的大坑活活把我吞食了！我以前没有这个感觉，可今天……我一醒过来，朝后一看，身后是六十八个年头。只有现在我才看清了衰老！歌儿唱完了，全完了！（哭泣）歌儿唱完了，全完了！

尼基塔·伊万内奇 瓦西里·瓦西里耶维奇！我的好人，亲爱的……噢，安静一点儿……老天爷！（呼喊）彼特鲁什卡！叶戈尔卡！

斯韦特洛维多夫 我曾经是一个什么样的天才呀，有多么大的艺术力量呀！你无法想象，我的发音吐字多美，情感多丰富，姿态多优雅，有多少根琴弦……（敲打自己的胸膛）在这个胸膛里震颤！能让人气都喘不过来！……老头儿，你现在要听一下……等等，让我缓口气……就来一段《鲍里斯·戈都诺夫》[1]里的独白：

伊凡雷帝的幽灵把我认作他的儿子，
他从棺材里给我起名叫季米特里；
我的周围是群情激愤的百姓，
鲍里斯注定会是我的牺牲品。
我就是皇太子。够了，我感到羞耻，
竟在一个骄傲的波兰女子面前忍气吞声。

啊，不坏吧？（活跃）等一等，再来一段《李尔王》……明白吗？黑色的天空，雷雨交加——隆隆隆！闪电——刺刺刺！……要把整个天空劈开，而这时：

吹吧，风啊！胀破了你的脸颊，猛烈地吹吧！
你，瀑布一样的倾盆大雨，尽管倾泻下来，
浸没了我们的尖塔，淹沉了屋顶上的风标吧！
你，思想一样迅速的硫黄的电火，
劈碎橡树的巨雷的先驱，
烧焦了我的白发的头颅吧！
你，震撼一切的霹雳啊，

1　亚历山大·普希金（1799—1837）于1824年12月至1825年11月创作的历史剧。以下独白来自剧中人物格利高里。剧情为：小修士格利高里冒充已故沙皇伊凡雷帝的太子季米特里，借助波兰的力量围攻莫斯科，试图推翻现任沙皇鲍里斯，夺取权力。

把这生殖繁密的、饱满的地球击平了吧！
打碎造物的模型，
不要让一颗忘恩负义的人类的种子遗留在世上！

（迫不及待）弄人的台词快跟上！（跺脚）快跟上弄人的台词！我没时间了！

尼基塔·伊万内奇 （扮演弄人）"啊，老伯伯，在一间干燥的屋子里说几句好话，不比在这没有遮蔽的旷野里淋雨好得多吗？老伯伯，回到那间房子里去，向你的女儿们请求祝福吧；这样的夜无论对于聪明人或是傻瓜，都是不发一点慈悲的。"

斯韦特洛维多夫

尽管轰着吧！尽管吐你的火舌！
尽管喷你的雨水吧！
雨、风、雷、电，都不是我的女儿，
我不责怪你们的无情；
我不曾给你们国土，
不曾称你们为我的孩子。

多有力量！多有才气！这才是艺术家！再来点儿什么……再来点儿什么……还我青春……让我们（爆发出幸福的笑声）来演一段《哈姆雷特》！嗯，我开始了……哪一段？有了……（扮演哈姆雷特）"啊！小长笛来了；拿一支你的长笛给我。（向尼基塔·伊万内奇）我觉得，你们好像总是追着我？"

尼基塔·伊万内奇 “啊！殿下，要是我有太冒昧放肆的地方，那都是我对于您的爱太深的缘故。”

斯韦特洛维多夫 “我不太懂得你的话。给我吹个曲子吧！”

尼基塔·伊万内奇 “殿下，我不会。”

斯韦特洛维多夫 “拜托了，请吧！”

尼基塔·伊万内奇 “真的，我不会，殿下。”

斯韦特洛维多夫 “感谢主，吹一个吧！”

尼基塔·伊万内奇 “可我真的一点不会吹长笛，殿下。”

斯韦特洛维多夫 “这就像说谎一样容易；这样拿住长笛，把嘴唇放在这里，手指放在这里——吹吧！”

尼基塔·伊万内奇 “我完全没学过。”

斯韦特洛维多夫 “现在你自己判断吧，你把我看成了什么！你想玩弄我的心灵，可连一支笛子都不会吹。哼，你以为玩弄我比玩弄一支长笛容易吗？自己想想吧，无论你把我看作什么，你也只能让我痛苦，却休想玩弄我！”（大笑着鼓掌）好！再来一次！好！这哪里有什么衰老！什么衰老都没有，那全是无稽之谈，胡说八道！力量从我所有的血管里像喷泉一样喷涌——这是青春、朝气，这是生命！哪里有天才，尼基托什卡，哪里就没有衰老！我失去理智了，尼基托什卡？我发傻了？等一等，让我振作起来……噢，苍天，我的主！好啦，你听听，这是什么样的温存，什么样的柔情，什么样的音乐！哎……安静！

乌克兰的夜静静的，
星星眨眼，天空如洗。

空气不想驱走睡意，

杨树银白色的树叶在微微颤抖……[1]

［听到开门的声响。

这是什么声音？

尼基塔·伊万内奇 这应该是彼特鲁什卡和叶戈尔卡回来了……天才，瓦西里·瓦西里耶维奇，天才！

斯韦特洛维多夫 （朝着发出声响的方向呼喊）过来，我的好孩子们！（向尼基塔·伊万内奇）咱们换衣服去……我一点儿不老，这全是无稽之谈，胡言乱语……（快活地哈哈大笑）你哭什么？我的好傻瓜，你怎么大哭起来了？哎，这可不好！这就不好了！得了，得了，老头子，够了！为什么那样看着我！为什么那样看着我？得了，得了……（含泪拥抱尼基塔·伊万内奇）不应该哭……哪里有艺术，哪里有天才，哪里就没有衰老，没有孤独，没有疾病，就是死亡也不再那么可怕……（哭泣）不，尼基托什卡，我们的歌儿已经唱完了……我算什么天才？一个挤干了汁的柠檬，屋檐下的冰溜子，生锈了的钉子，而你呢，一只戏园子里的老耗子，提词员……咱们走！

［两人走着。

我算什么天才？要演大戏，我只配演《哈姆雷特》里那位挪威王子福丁布拉斯的侍从……而就是演这个，我年岁也太老了……是的……尼基托什卡，你还记得《奥赛罗》里的

---

1 引自普希金的叙事诗《波尔塔瓦》。波尔塔瓦位于乌克兰东部。1709年6月，俄国与瑞典在此会战。

这个片段吗？

从今以后，永别了，宁静的心绪！
永别了，平和的幸福！
永别了，威武的大军、激发壮志的战争！
啊，永别了！永别了，长嘶的骏马、锐厉的号角、
惊魂的鼙鼓、刺耳的横笛、庄严的大旗和
一切战阵上的威仪！

尼基塔·伊万内奇　天才！天才！
斯韦特洛维多夫　或者还有这一段：

滚出莫斯科！我再也不回到这里来，
我要头也不回地跑开，我要走遍天涯，
去寻找一个可以安顿我那受侮辱的情感的地方！
给我马车，马车！[1]

［和尼基塔·伊万内奇离去。
［大幕慢慢地落下。

——剧终

（童宁　校注）

1　引自俄国剧作家亚历山大·格利鲍耶多夫（1795—1829）创作于1824年的讽刺喜剧《智慧的痛苦》（一译《聪明误》）。

海鸥

四幕喜剧

人　物

伊琳娜·尼古拉耶夫娜·阿尔卡季娜　随夫姓特列波列娃，女演员

康斯坦丁·加夫里洛维奇·特列波列夫（小名：科斯佳）　其子，青年人

彼得·尼古拉耶维奇·索林（爱称：彼得鲁沙）　其兄

尼娜·米哈伊洛夫娜·扎列奇娜娅　少女，富有地主之女

伊利亚·阿法纳西耶维奇·沙姆拉耶夫　退伍中尉，索林庄园管家

波林娜·安德烈耶夫娜　其妻

玛莎（大名：玛丽亚）　其女

鲍里斯·阿列克谢耶维奇·特里戈林　作家

叶夫根尼·谢尔盖耶维奇·多恩　医生

谢苗·谢苗诺维奇·梅德韦坚科　小学教师

雅科夫　长工

厨子

女仆

［剧情发生在索林的庄园里。在第三幕和第四幕之间剧情经过了两年。

第一幕

［索林家庄园里花园的一角。一条宽阔的林荫道，从观众席向花园深处湖泊的方向延伸，湖泊被一座为家庭演出临时仓促搭建起的舞台挡住，所以完全看不见了。舞台的左右两侧都是灌木丛。几把椅子，一张小桌子。太阳刚刚落山。在舞台垂挂着的幕布后面，站着雅科夫和其他工友；听得见咳嗽声和敲击声。玛莎和梅德韦坚科散步归来，由左侧上场。

梅德韦坚科　您为什么总是穿身黑衣裳?

玛莎　这是我人生的丧服。我很不幸。

梅德韦坚科　为什么?（思索）不懂……您健康，您父亲虽不富有，可钱也够花。我的日子比您难过多了。我一个月的薪水只有二十三个卢布，从中还要扣去退职金什么的，就这样我也没穿丧服呀。

玛莎　问题不在于钱。穷人也能幸福。(玛莎走上亭子)

梅德韦坚科　这在理论上说得通，可事实是：我，还有我母亲，还有两个姐妹和一个兄弟，而薪水总共只有二十三卢布。总得有吃有喝吧？总得有茶有糖吧？还得有口烟抽吧？昨天买面粉，找面粉袋，东寻西找无影无踪，被人偷了，只好补交十五戈比。这多伤脑筋。

玛莎　（看一眼舞台）演出快开始了。

梅德韦坚科　是的。主角儿由扎列奇娜娅担任，剧本由康斯坦丁·加夫里洛维奇编写。他们正相爱，今天他俩的灵魂也要在为呈现同一个艺术形象的努力中，结合在一起。可我的灵魂和您的灵魂却没有共同的接触点。我爱您，在家里我烦恼得简直待不住，每天步行六里到这里来，再步行回家去，而从您这方面回报我的仅仅是冷漠态度。这也能理解。我没家产，家里人口又多……谁愿意嫁给一个身无分文的人呢？

玛莎　都是不值一提的事。（闻鼻烟）您的爱情让我感动，可我不能用爱来回应。就这么回事。（向他递去鼻烟盒）请吧。

梅德韦坚科　我不想。

［停顿。

玛莎　天很闷，想必夜里会有暴风雨。您总跟我高谈阔论，要么就说钱。您以为，世上再没有比贫穷更大的不幸，但我认为，哪怕破衣烂衫、沿街乞讨，那也好过千倍，比起……顺便一提，您也不会理解这个……

［索林和特列波列夫从舞台右侧上。

索林　（拄着手杖）小老弟，在乡下我怎么也过不舒服。事情明摆着，我在这里永远也习惯不了。昨晚我十点上床，今早九点才醒来，那感觉就像因为长时间的睡眠，脑子都给黏在脑壳上，就是这样了。（笑）可吃过午饭，我忽然又得睡一觉，现在，整个人筋疲力尽，摇摇晃晃，好像还在做噩梦，最后……

特列波列夫　是的，你该住到城里。（看见了玛莎和梅德韦坚科）先生小姐，开演之前你们不能在这里，请离开吧。

索林　（向玛莎）玛丽亚·伊利英尼奇娜，劳驾您跟您爸爸说说，请他找人把狗放了，要不它叫唤。妹妹昨晚又一整夜没合眼。

玛莎　请您自己跟我爸爸说吧，我不去。对不起。（向梅德韦坚科）咱们走！

梅德韦坚科　（向特列波列夫）开演之前麻烦您通知一声。

［玛莎和梅德韦坚科下。

索林　这么说，那条狗又要整夜叫唤。真是的，在乡下我从没舒心过。从前，一赶上二十八天的假期，我就到这儿来，想好好休养休养，谁知一到这儿，各种各样的胡言乱语也跟着来了，刚来一天就想马上离开。（笑）我从来都是高高兴兴地离开这儿的……嗯，现在，我已经退休，到最后哪儿也去不了。愿意也罢，不愿意也罢，反正得在这儿住着……

雅科夫　（向特列波列夫）我们，康斯坦丁·加夫里洛维奇，去游一会儿泳。

特列波列夫　好吧。不过十分钟后回来。（看一眼表）戏快开演了。

雅科夫　是。（下）

特列波列夫　（眼睛看着舞台）这就是戏台。幕布，然后第一道侧幕，然后第二道，再往后就是一个空的空间。没任何布景。一眼望去，看得见湖水和天边。八点半我们准时开幕，那时月亮恰好升上来了。

索林 妙极了。

特列波列夫 如果扎列奇娜娅迟到，那么整个效果可就给破坏了。这时候她该到了呀。她父亲和继母一直监视她，她出门就像越狱一样困难。（为舅舅整整领结）你的头发和胡子都乱糟糟的。该给它们修剪修剪……

索林 （梳理胡子）我一生的悲剧。年轻时我也是这副样子，好像醉醺醺的。我从来都不讨女人喜欢。（坐下）我妹妹怎么又不痛快啦？

特列波列夫 为什么？因为她感到烦闷啊。（坐在索林身边）她在嫉妒。她讨厌我，讨厌我的剧本，因为她的小说家可能会喜欢扎列奇娜娅。她还不了解我的剧本，但已经对它恨之入骨了。

索林 （笑着）胡思乱想……

特列波列夫 一想到就在这个小戏台上获得成功的将是扎列奇娜娅，不是她，她就懊恼了。（看一眼表）我的母亲——是心理极不正常的怪人。公认的有才华，聪明，一部书能让她号啕大哭，涅克拉索夫[1]的长诗她能背得滚瓜烂熟，像个天使似的看护病人；可你试试当着她的面称赞一声杜丝[2]！哎哟！只应夸她一个人，只应写文章赞美她一个人，对她在《茶花女》或在《乌烟瘴气的生活环境》中的超凡表演欢呼，倾倒。可

---

1 尼古拉·涅克拉索夫（1821—1878），俄国诗人、编辑。19世纪中期俄国革命民主派代表人物。曾主持重要的文学杂志《现代人》和《祖国纪事》。他的作品常以民歌的风格，反映俄罗斯农民的生活与情感，被称为“公民诗人”。代表作有讽刺长诗《谁在俄罗斯能过上好日子》等。

2 杜丝（1859—1924），意大利伟大的女演员。

在这乡下，没这种麻醉剂，于是她就心烦，生气，我们大家变成了——她的敌人，在她面前我们都有罪。而且，她迷信，怕三支点燃的蜡烛，怕十三这个数字。她吝啬。我确切知道她有七万卢布存在敖德萨一家银行，但你开口向她借钱试试，她准哭。

索林　你只是想象母亲会不喜欢你的剧本，就已经激动不安了。平静一下吧，你母亲很疼爱你。

特列波列夫　（把一个个花瓣扯下）爱我——不爱我，爱我——不爱我，爱我——不爱我。（笑）你看，我母亲不爱我。怎么会爱我呢！她想生活，想爱，想穿鲜艳的短衫，可我已经二十五岁了，我的存在不时提醒着她，她年纪已经不轻。我不在，她只三十二岁，在我面前就得是四十三，因为这她恨我。她也知道我不承认戏剧。她热爱戏剧，她认为是在服务于人类，服务于神圣的艺术，可我认为，现代戏剧——是成规老套，是偏见。当幕布升起来，脚灯一亮，在有三堵墙的房间里，这些伟大的天才，这些神圣艺术的祭司就给我们表演起人们怎样吃、喝茶、恋爱、走路、穿衣；从庸俗的场面和台词里试图挤出道德——一点点的、浅薄的、离不开家长里短的说教；明明有一千种情形，却永远只是给我看同一种东西，同一种东西——这样，我只好逃之夭夭，像莫泊桑逃离埃菲尔铁塔一样，这种庸俗会把他的脑子挤压碎的。

索林　不能没有戏剧。

特列波列夫　需要新形式。需要崭新的形式，如果找不到，那宁可什么也没有。（看表）我爱我的母亲，爱得很深；可她抽烟、喝酒、公开和这个小说家生活在一起，报纸上老出现她的名字——这让我厌倦了。有时，一个凡人普通的自私左右着我；可惜，我的母亲是名演员，我觉得，假如她是普普通通的女人，我会幸福些。舅舅，还能有比我的处境更绝望、更愚蠢的吗：在她那里经常高朋满座，全是名人，演员、作家，只有他们中间的我——什么也不是，他们容忍我留在他们之中，只因我是她的儿子。我是谁？我是什么？在大学才念了三年，退学原因谁也说不清，常言道，没才能，一文不名，我在护照上标明的出身——基辅地方的一个市民而已。要知道我父亲曾是基辅市民，虽然他生前也是著名演员。因此，在她的客厅里，常常在所有这些演员和作家屈尊与我周旋时，我就觉得，他们在用他们的目光打量我有多么微不足道——而当我猜透了他们的心思，就感到受辱的痛苦……

索林　正想请问你，那位作家是什么人？真看不透他。总什么话也不说。

特列波列夫　一个聪明人，简单，稍稍带着点儿——你知道的——忧郁的味道。人还正派。四十岁不到，就大名鼎鼎、养尊处优了。现在他只喝啤酒，并且只有上年纪的人会喜欢他。至于他的作品，那么……我怎么跟你说呢？漂亮，有才气……不过……读过托尔斯泰或者左拉[1]之后，你不会想着去读这位特里戈林的作品。

索林　可我，小老弟，爱文人。当年曾有两个强烈愿望：想结婚，想当作家。可一样也没成功。是的。哪怕当个不起眼的小作

1　爱弥尔·左拉（1840—1902），法国自然主义小说家和理论家。每当他的新作面世，很快就会在俄国翻译出版。

家，最后也够得意的呀。

特列波列夫 （倾听）我听见脚步声了……（拥抱舅舅）没有她我活不了……就连她的脚步声也动听……我无上的幸福！（急忙迎向刚上场的尼娜·扎列奇娜娅）我的仙女，我的梦幻……

尼娜 （焦急不安）我没迟到吧……当然，我没迟到……

特列波列夫 （吻她的手）没有，没有，没有……

尼娜 我整天都提心吊胆，怕得要命！怕父亲不放我来……可是，他和后母刚刚出门去了。天空出现了彩霞，月亮正开始升上来。我就紧赶我的马，紧赶。（笑）我好高兴！（紧握住索林的手）

索林 （笑）那眼睛，恐怕刚掉过眼泪吧……嘿，嘿，这就不好了！

尼娜 没什么……您瞧，我喘得厉害。过半小时我就得走，应该快点儿。我们把握时间。不能，不能，看在主的分上，不能让我在这里久留。父亲还不知道我在这里。

特列波列夫 真的，已经该开演了。该去把所有人都叫来。

索林 我去叫就行，马上去。（朝右边走，唱）“两个掷弹兵，来到法兰西……”[1]（回顾）从前有一次，我也这么唱，一个检察官对我说：“阁下，您的嗓门挺大……”接着，他想了想之后又添了句：“可惜……刺耳。”（笑，下）

尼娜 我的父亲和后母不许我到这里来。他们说，这里的人生活

1 出自德国作家海因里希·海涅作词，德国作曲家罗伯特·舒曼作曲的《两个掷弹兵》（1822）：“两个掷弹兵踏上归途，从被俘的俄国回法兰西。一旦进入德国的土地，他俩便不禁垂头丧气……”

得太不正常……怕我也要当演员……可我被这片湖水吸引，像一只海鸥……您占据了我的整个心灵——（环顾）

特列波列夫 就我们两个人。

尼娜 好像，那边有个什么人……

特列波列夫 一个人也没有。

［他们亲吻。

尼娜 这是棵什么树？

特列波列夫 榆树。

尼娜 它颜色为什么这样暗？

特列波列夫 已经到了晚上，一切物体都暗下来了。别走得太早，恳求您。

尼娜 不行。

特列波列夫 要不我到您家去，尼娜？我会整夜站在花园里，看着您的窗户。

尼娜 不行，更夫会发现您的。特列索尔跟您还不熟，会朝您叫唤。

特列波列夫 我爱您。

尼娜 嘘……

特列波列夫 （听到脚步声）是谁？雅科夫，是您？

雅科夫 （在幕后）正是。

特列波列夫 各就各位。到时候了。月亮升起来了吗？

雅科夫 正是。

特列波列夫 酒精有了吗？硫黄有了吗？红眼睛一出现，应该闻到硫黄味。（向尼娜）来吧，那边全准备好了。您很紧张吧？

尼娜 是的，紧张得很。您母亲——倒没有什么，我不怕她，但特里戈林也在你们这里……在他面前表演，真是又害怕、又害羞……有名的作家……他年轻吗？

特列波列夫 是的。

尼娜 他写的小说太美啦！

特列波列夫 （冷冷地）不知道，没有读过。

尼娜 您的剧本很难演。没有活生生的人物。

特列波列夫 活生生的人物！我们不应照着原来的样子，也不能照着应该的样子描写生活，而是照着它在我们幻想中的样子。

尼娜 在您的剧本里动作太少，全是念台词。还有，我认为，剧本里无论如何应该有爱情……

［他俩走到台子后边去。多恩和波林娜·安德烈耶夫娜上。

波林娜·安德烈耶夫娜 地上已经潮湿啦，请您回去，穿上橡胶套鞋吧。

多恩 我觉着热。

波林娜·安德烈耶夫娜 您不爱惜自己。这叫固执。您是医生，明明知道潮湿空气对您有害，可偏偏要我为您担惊受怕；昨天，您故意整晚坐在凉台上……

多恩 （轻声唱）“你不要说，青春已经毁灭了”。[1]

波林娜·安德烈耶夫娜 您和伊琳娜·尼古拉耶夫娜谈得那么起劲，完全没注意到傍晚的凉气。您承认吧，您喜欢她……

多恩 我五十五岁了。

---

1 出自涅克拉索夫的诗改编的歌曲：“你不要说，青春已经毁灭，我被嫉妒百般折磨；不要说！我的坟墓近在咫尺，而你比春花更娇艳。”

波林娜·安德烈耶夫娜　这算得了什么，男人在这个年纪上不算老。您保养得好，照样让女人们喜欢。

多恩　您到底想说什么？

波林娜·安德烈耶夫娜　在女演员面前你们所有人都会崇拜得五体投地。所有人！

多恩　（轻声唱）"我又来到了你的面前……"[1]如果社会上有人喜欢演员，并且对他们另眼看待，比方说，不同于他们对待商人的态度，那也是正常的。这是——理想主义。

波林娜·安德烈耶夫娜　女人们总钟情于您，总想投入您的怀抱。这也是理想主义？

多恩　（耸耸肩）那又怎么样？女人们对我有好感。喜欢我，主要因为我是好医生。您记得，十年或者十五年之前，我是全省唯一一个合格的"产科医生"（法语）。而且，我一向正派。

波林娜·安德烈耶夫娜　（拉住他的手）我亲爱的！

多恩　别出声。他们来了。

［阿尔卡季娜挽着索林的胳膊，与特里戈林、沙姆拉耶夫、梅德韦坚科和玛莎同上。

沙姆拉耶夫　一八七三年在波尔塔瓦的庙会上她的表演太精彩啦。无与伦比！那才叫角儿！请您告诉我，有个叫查金的喜剧演员，帕维尔·谢苗诺维奇，现在在哪儿？他把拉斯波留耶夫[2]

1　出自俄国抒情诗人瓦西里·克拉索夫（1810—1854）的诗改编的歌曲："我重又着魔一样站在你面前，望着你那明亮双眼；重又感受那莫名的忧愁，渴望的目光一动不动。"

2　俄国剧作家苏霍姆-柯贝林（1817—1903）剧作《克列钦斯基的婚事》的主人公。该剧塑造了一批反面典型人物，讽刺了官场的腐败。

演绝啦，演技胜过萨多夫斯基[1]，尊敬的夫人，我敢这么发誓。他如今在哪儿？

阿尔卡季娜 您问的都是大洪水时代以前的人物。我怎么知道呢！（坐下）

沙姆拉耶夫 （叹息）帕什卡·查金！这样的演员如今见不到啦。戏剧每况愈下啦，伊琳娜·尼古拉耶夫娜！从前我们看过多少高大的橡树，如今我们看到的都是些树桩子啦。

多恩 现在杰出的天才演员不多，这是事实，但中等演员的水准比从前大有提高。

沙姆拉耶夫 我不能同意您。顺便说一句，这是趣味问题。"趣味无争辩"（拉丁文），"对死者只说好话"（拉丁文），"要么凯撒[2]要么什么也没有"（拉丁文）。

［特列波列夫从舞台后面走出来。

阿尔卡季娜 （向儿子）我亲爱的儿子，什么时候开演？

特列波列夫 马上开始。请您耐心等待。

阿尔卡季娜 （背《哈姆雷特》的台词）"啊，我的儿子！你使我的眼睛看透了我的心灵，我看见它流满了污血，长满了致命的脓疮——我必死无疑了。"

特列波列夫 （背《哈姆雷特》的台词）"你为什么委身于邪恶，为什么到罪恶的深渊去寻找幸福？"

---

1 普·米·萨多夫斯基（1818—1872），表演亚历山大·奥斯特洛夫斯基（1823—1886）剧作的权威，他提出演员要与自己的角色融为一体的主张，成为一种新的表演流派的创始人。

2 盖乌斯·尤利乌斯·凯撒（前100—前44），罗马共和国末期的杰出军事统帅、政治家，罗马帝国的奠基者。

[小舞台后响起号角声。

女士们，先生们！开演了！请安静！

[停顿。

我开始啦。（用一根小棒轻轻敲击，大声地说）啊，你们这些可敬的古老的幽灵。在暮色中，你们在湖的上空游荡，给我们催眠入睡吧，让我们在睡梦中看到二十万年后的景象吧！

索林 二十万年之后什么也没有了。

特列波列夫 那就让我们看看那什么也没有了的景象。

阿尔卡季娜 好吧。我们睡着了。

[幕布拉开；展现出湖水的景观；月亮挂在地平线上，水中有它的倒影；尼娜坐在一块巨石上，一身缟素。

尼娜 人们、狮子、鹰、鹧鸪、头上有角的鹿、鹅、蜘蛛、水中无言的鱼、海星和肉眼看不见的一切生灵——总而言之，一切的生命，一切的生命，一切的生命，在完成了悲惨的轮回后，都死灭了……已经几千个世纪，大地上不存在任何活物，可怜的月亮徒然点着自己的灯笼。草地上已听不到仙鹤的长鸣，五月的金龟子也不复在那菩提林里低吟。寒冷，寒冷，寒冷。空虚，空虚，空虚。可怕，可怕，可怕。

[停顿。

生灵的肉体化为了灰尘消逝，永恒的物质将它们变成了石头、流水和浮云，而它们的灵魂融合为一体。共同的世界灵魂——这是我……我……在我之中有亚历山大大帝、恺撒、莎士比亚、拿破仑的，和最低级的水蛭的心灵。在我之中有人们的意识，有动物的本能，而我记得一切，一切，一切，我把每一个生命都在我自身重新体验。

[磷火出现。

阿尔卡季娜 （轻声）这有点儿颓废文人的味道。

特列波列夫 （带着责备的口吻恳求）妈！

尼娜 我孤独。每百年我张一次嘴，说一次话，我的声音就在这空虚中悲凉地回响，谁也听不见……而你们，可怜的火苗也听不见我……黎明之前，一潭死水将你分娩，你们漂泊游荡，直到彩霞满天，但你们没有思想，没有意志，没有生命的震颤。永恒的物质之父，魔鬼，生怕生命又在你们身上出现，便每一瞬间在你们之中进行原子转换，像在岩石和流水之中一样，所以你们不间断变形。在宇宙中只剩精神常在和不变。

[停顿。

像一个被投入荒凉的深井里的囚徒，我不知道现在自己在什么地方，不知道什么等待着我。我只明白要和魔鬼，物质力量的原则进行一场顽强的殊死搏斗。我注定要赢得这场战斗，只有在此之后，物质与精神才能融入在美妙和谐之中，世界意志的王国才会降临大地。但这将会极其缓慢，经过漫长的，漫长的千千万万年，到那时，月亮，光明的天狼星和地球都化为尘烬……而在这之前，恐怖，恐怖……

[停顿；在湖的背景上出现两个红点。

看那魔鬼，我的强悍的仇敌，已经逼近。我看见了它可怕的紫红色的眼睛……

阿尔卡季娜 一股硫黄味。非这样不可吗？

特列波列夫 是的。

阿尔卡季娜 （笑）是啊，这是舞台效果。

特列波列夫　妈！

尼娜　它忧伤，因为没有人……

波林娜·安德烈耶夫娜　（向多恩）您把帽子摘下来了。戴上吧，会感冒的。

阿尔卡季娜　大夫是给魔鬼，给永恒的物质之父脱帽致敬呢。

特列波列夫　（勃然大怒、高声）戏演完了！够了！闭幕！

阿尔卡季娜　你为什么发这么大脾气？

特列波列夫　够了！闭幕！把幕拉上！（跺脚）闭幕！

［幕布落下。

罪过！我忘记了，只有少数特殊人物才有权写戏和演戏。我竟然冒犯了他们的特权！我觉得……我……（还想说点什么，但把手一挥，从左侧幕下）

阿尔卡季娜　他怎么啦？

索林　伊琳娜，亲爱的，不能这样对待年轻人的自尊心。

阿尔卡季娜　可我跟他说什么了？

索林　你让他受委屈了。

阿尔卡季娜　他自己事先声明是闹着玩的，所以我才把他的剧本当作开玩笑。

索林　但到底还是……

阿尔卡季娜　现在成了他写出一部杰作！请你们告诉我！原来他张罗这个戏，还用硫黄来熏我们，他并不为了闹着玩，而为了示威……他想要教训我们，应当怎么写戏，应当演什么。最后，这就变成无聊了。随你们的便吧，不停地针对我，暗中攻击和讽刺挖苦，谁都受不了！任性的孩子，自尊心太强。

索林　他本想让你高兴。

阿尔卡季娜　是吗？那他可以选一个普通的剧本，而不要强迫我们听那套颓废派的梦话。如果为开玩笑，听听这类梦话我也不反对，但要知道他是在自诩新形式，艺术的新纪元。可让我看，没有任何新形式，有的只是坏脾气。

特里戈林　每个人都按照自己的意愿和能力写作。

阿尔卡季娜　他按照自己的意愿和能力去写好了，但别打搅我。

多恩　雷神朱庇特一旦发火，就不是朱庇特啦……

阿尔卡季娜　我不是朱庇特，我是女人。（抽起烟来）我没发火，我只难过，一个年轻人这样无聊地虚度光阴。我也不想伤他的心。

梅德韦坚科　谁也没理由将精神和物质分离开，因为，也许，精神本身就是物质原子的组合体。（活跃，向特里戈林）嗯，您知道，要是有人写个剧本，再搬到舞台上去演，关于我们的难兄难弟——中小学教师的生活状况，那就好了。生活得太苦，太苦！

阿尔卡季娜　这是真的，不过咱们别再谈论什么剧本、原子了。多美的夜晚！女士们，先生们，听到了吗？歌声……（倾听）多好啊！

波林娜·安德烈耶夫娜　在对岸唱呢。

［停顿。

阿尔卡季娜　（向特里戈林）请您坐到我旁边来。十年或十五年前，在这里，在湖边，几乎每夜都能听到音乐和歌声。在那岸边有六座地主庄园。我记得，总有笑声、喧哗声，还有枪声，还有数不清的恋爱故事……那时的第一情人，所有六大地主庄园的偶像，现在就在我们中间，让我介绍（朝多恩点头），叶夫根尼·谢尔盖耶维奇。他现在还仪表堂堂，而以前没有一个女人能抗拒他的魅力。可是，我的良心开始责备我了。干吗要伤我可怜的孩子的心？心里觉着不安。（高声）科斯佳！孩子！科斯佳！

玛莎 我去找他。

阿尔卡季娜 劳驾，亲爱的。

玛莎 （朝左走）喂！康斯坦丁·加夫里洛维奇！……喂！（从左侧幕下）

尼娜 （从舞台后走出）大概，戏不会再往下演了，我可以出来了。你们好！（与阿尔卡季娜和波林娜·安德烈耶夫娜亲吻）

索林 演得好！演得好！

阿尔卡季娜 演得好！演得好！我们欣赏了您的表演。长得标致、嗓音甜美的姑娘，不该埋没在乡下。您应该是有才能的。听见了吗？您应该上舞台！

尼娜 啊，这是我的梦想！（叹气）但永远也实现不了。

阿尔卡季娜 谁知道呢？让我给您介绍一下，特里戈林，鲍里斯·阿列克谢耶维奇。

尼娜 啊，我多高兴……（害羞局促）我一直读您的小说……

阿尔卡季娜 （让尼娜坐在她身边）别不好意思，亲爱的。他是名人，但心地单纯！您看，他自己都觉着不好意思啦。

多恩 我认为，现在该把幕布升起来了，否则憋闷。

沙姆拉耶夫 （高声）雅科夫，伙计，把幕布升起来吧！

［幕布升起。

尼娜 （向特里戈林）这剧本很怪，是吗？

特里戈林　我完全看不懂。不过，我看得津津有味。您演得那么真挚。布景也很美。

［停顿。

这湖里会有不少鱼吧。

尼娜　是的。

特里戈林　我爱钓鱼。对我来说，没有比黄昏在岸边看着浮标更大的乐趣了。

尼娜　可是，我想，要是有人体验过创作的乐趣，那么对于他，其他所有的乐趣就都不存在了。

阿尔卡季娜　（笑着）别这么说。当有人恭维他几句时，他会不知如何是好了。

沙姆拉耶夫　我记得，有一回在莫斯科歌剧院里，著名的西尔瓦唱出一个低音的Do。也凑巧，这时上面楼座里正坐着我们教堂唱诗班的一个歌手。冷不防，可以想象一下我们当时多么震惊，从高层楼座里传出了一声："唱得好，西尔瓦——整整低八度……就这样（低音）。""唱得好，西尔瓦！"……全剧场的人都给听呆了。

［停顿。

多恩　安静天使飞过去了[1]。

尼娜　我该走啦。再见。

阿尔卡季娜　上哪儿？为什么走这么早？我们不放您走。

尼娜　爸爸等着我呢。

阿尔卡季娜　嗯，有什么办法。真可惜，舍不得放您走。

1　俗语，用于谈话中突然出现的沉默。

尼娜 如果您能知道，离开有多难受。

阿尔卡季娜 我的小姑娘，得找个什么人送送您才对。

尼娜 （惊恐）噢，不，不！

索林 （向尼娜，恳求地）留下吧！

尼娜 不行，彼得·尼古拉耶维奇。

索林 再待一个小时走。嗯，真的……

尼娜 （想了想，含泪）不行！（握手，迅速走掉）

阿尔卡季娜 真是个不幸的女孩儿。听说，她母亲临死前把自己一份很大的家产全部给了丈夫，一分不剩，现在这女孩一贫如洗，因为她父亲已经立下遗嘱，把全部遗产留给后妻。真让人气愤！

多恩 是啊，她的爸爸，说句公道话，是个衣冠禽兽。

索林 （搓搓发冷的手）我们走吧，女士们，先生们，不然我们该受潮了。我的两条腿疼。

阿尔卡季娜 你的两条腿像木头做的，瞧你走得那么费劲。好，咱们走吧，不幸的老头儿。（挽着他的胳膊）

沙姆拉耶夫 （把胳膊伸给妻子）夫人？

索林 我听到那条狗又在叫啦。（向沙姆拉耶夫）伊利亚·阿法纳西耶维奇，叫人把它放开了吧。

沙姆拉耶夫 不行，彼得·尼古拉耶维奇，我怕贼会钻进储藏室。那里还存放着我的粟米呢。（向与他并肩而行的梅德韦坚科）是的，整整低八度："唱得好，西尔瓦！"要知道还不是个专业歌唱家，不过是唱诗班的普通歌手。

梅德韦坚科 那唱诗班的歌手一个月能挣多少钱？

［除多恩外，全都下场。

多恩　（独自一个）不知道，也许是我完全外行，或者，我精神失常了，但我喜欢这个剧本。这剧本里头有真东西。当这女孩儿讲到孤独，然后，当魔鬼的红眼睛出现时，我激动得两手发抖。新颖，天真……好，大概是他来了。我要给他多说几句宽心的话。

特列波列夫　（上场）已经一个人都没有了。

多恩　我在这儿。

特列波列夫　玛申卡在花园里到处找我。够烦人的。

多恩　康斯坦丁·加夫里洛维奇，我特别喜欢您的剧本。它有那么一点儿奇怪，结尾我也没有听完，但它留下的印象是强烈的。您是有天分的人，您应该坚持下去。

［特列波列夫热烈地和他握手，突然拥抱他。

哎哟，多么神经质，眼泪都流出来了……我想说什么？您从抽象的思想领域选取题材。这是对的，因为艺术作品必须表现某种宏大的思想。只有严肃的，才是美的。您的脸色好苍白！

特列波列夫　您是说——应该坚持下去？

多恩　是的……但是只应描写那些重要的和永恒的。您知道，我以前的生活过得多彩多姿，有滋有味。我满意了，但假如我能感受到艺术家在创作期间所具有的那种精神的振奋，那么，我觉得，我就会鄙视自己物质的躯壳和一切属于这躯壳的东西，远离尘世飞向高空。

特列波列夫　对不起，扎列奇娜娅在哪儿？

多恩　还有，在作品中应该有清晰的、确定的思想。您应该知道，您是为什么写作，否则，如果您没有确定的目标，而在一条风景如画的道路上行进，那么您就会误入歧途，那么，您的天分会害了您。

特列波列夫　（急不可待）尼娜·扎列奇娜娅在哪儿？

多恩　她回家了。

特列波列夫　（绝望地）我该怎么办？我想见她……我必须见到她……我这就去……

［玛莎上。

多恩　（向特列波列夫）平静一下吧，我的朋友。

特列波列夫　我还是得去。我应该去。

玛莎　康斯坦丁·加夫里洛维奇，进屋里去吧。您母亲在等着您。她不放心。

特列波列夫　请您告诉她，我出门去了。还有，我请求你们所有人不要打搅我！让我安静吧！别老跟着我！

多恩　瞧，瞧，瞧，亲爱的……不能这样……这样不好。

特列波列夫　（含泪）再见，大夫，谢谢您……（下）

多恩　（叹息了一声）青春啊，青春！

玛莎　当人没有别的话可说的时候，就说：青春啊青春……（闻鼻烟）

多恩　（从她手中夺过鼻烟盒，把它扔到灌木丛）这很讨厌！

［停顿。

他们好像在屋里弹起琴来了。该走了。

玛莎　等等。

多恩　什么事？

玛莎　我想再一次告诉您。我想跟您谈谈……（激动地）我不喜欢自己的父亲……但我的心依恋着您……不知为什么我全身心地感觉到您跟我很亲近……请您帮帮我。帮帮我，要不我会做出傻事，我会嘲笑自己的生命，会毁了它……我再也支撑不下去了……

多恩 什么？要我帮您什么？

玛莎 我痛苦。没有人，没有人知道我的痛苦！（把头埋在他的胸前，轻声）我爱康斯坦丁。

多恩 人人都那么神经质！人人都那么神经质！多少恋爱故事……噢，迷人的湖泊啊！（温柔地）可是，我的孩子，我又能为你做什么呢？我有什么办法？有什么办法呢？

［幕落。

第二幕

［棒球场。舞台深处右边是一座带有大凉台的房子，左边可见一片湖水，湖水里反射着、闪烁着阳光。几处花坛。正午。在棒球场的旁边，在一棵老菩提树的树荫底下，阿尔卡季娜、多恩和玛莎坐在一条长凳上。多恩的膝盖上放着一本打开的书。

阿尔卡季娜 （向玛莎）咱们站起来。

［两人站起。

咱们并肩站着。您二十二岁，我几乎大您一倍。叶夫根尼·谢尔盖耶维奇，我们俩谁年轻些？

多恩 当然是您。

阿尔卡季娜　瞧……原因在哪儿？因为我工作，我感受，我闲不住，而您老坐在一个地方，不真正地生活……我还有个原则：不管将来。我永远不去想衰老和死亡。听其自然。

玛莎　而我觉得我好像已经出生了很久，很久；我像拖着尾巴一样拖着我的生命，就像一条没有尽头的拖地裙的后襟……常常没有生活的欲望。（坐下）当然，这全是鸡毛蒜皮的事。应该振作起来，不再去胡思乱想。

多恩　（轻声哼唱）“请您告诉她，我的花……”

阿尔卡季娜　再有，我像英国人一样，仪表得体。我呀，亲爱的，就像俗话所说的，总是一丝不苟，衣装和发型永远“合适”（法语）。哪怕只是走进花园，你可曾见过我身穿睡袍、披头散发的？从没有过。我之所以能保持青春，是因为我从来不会邋遢又臃肿，不放纵自己，像有些女人那样……（叉着腰，在场地上走动起来）您瞧，我——活像一只小鸡雏，哪怕十五岁的小姑娘也能演。

多恩　好，但我还得往下念。（拿起书来）我们刚刚念到米铺老板和老鼠……

阿尔卡季娜　“和老鼠”，念下去吧。（坐下）但话又说回来，请给我吧，我来念。轮到我了。（拿起书，用眼睛搜索着）“和老鼠”……找到了……（读）“毫无疑问，对于上流社会的人来说，娇宠浪漫主义作家，把他们招引到自己家里来，其危险就如同米铺老板在自己谷仓里喂养老鼠一样。然而，他们受人爱戴，所以，当一个女人选定了一个作家，想把他俘虏时，她就用恭维、温柔和迎合的手段来纠缠他……”嗯，法国人可能是这样，但我们这儿完全不同，没有事先的规划。通常，我们女人若想俘虏一个作家，她自己已经爱得发疯，行行好吧。远的不说，就说我和特里戈林吧……

［索林拄着手杖上，尼娜走在他身旁；梅德韦坚科在他们身后推着辆空轮椅。

索林 （用安慰孩子的口吻）是吗？我们这里很开心？咱们今天真的很愉快，（向妹妹）我们可开心啦！父亲和后妈都到特维尔去啦，我们现在可以过整整三天自由日子。

尼娜 （坐在阿尔卡季娜身边，拥抱她）我真幸福！我现在是您的了。

索林 （坐在自己的轮椅上）她今天多美。

阿尔卡季娜 打扮得好看，漂亮……所以您是个聪明人。（吻尼娜）但也不能好话说得太多，否则会不吉利。鲍里斯·阿列克谢耶维奇在哪儿？

尼娜 在水边浴场钓鱼呢。

阿尔卡季娜 他怎么就不厌烦！（想往下读）

尼娜 您在读什么书？

阿尔卡季娜 莫泊桑的小说《水上》，亲爱的。（轻声念了几行）嗯，下面没意思，不真实。（合上书）心里很不安。你们说，我的儿子怎么回事？他为什么这么忧郁，这么阴沉？他整天在湖上徘徊，我简直见不着他。

玛莎 他心里难过。（羞怯地，向尼娜）请您给我们读读他的剧本！

尼娜 （耸肩）您想听吗？剧本多沉闷！

玛莎 （抑制住激情）当他自己读点儿什么的时候，他的眼睛会闪闪发光，脸色也变得苍白。他有优美而忧郁的声音；而举止风度像诗人。

［听得到索林的打鼾声。

多恩 晚安！

阿尔卡季娜 彼得鲁沙！

索林 啊？

阿尔卡季娜 你睡着了吗？

索林 一点儿没有。

［停顿。

阿尔卡季娜 哥哥，你不去看病，这不好。

索林 我倒想治疗，但大夫不愿意。

多恩 六十岁的人了还治疗！

索林 人到了六十岁，也还想活呢。

多恩 （烦恼）哎哟！那好，您就吃点儿缬草酊吧。

阿尔卡季娜 我看，他到水上疗养院去住住更好。

多恩 什么？可去，也可不去。

阿尔卡季娜 我不懂。

多恩 没什么不懂的。一切很清楚。

［停顿。

梅德韦坚科 彼得·尼古拉耶维奇应该把烟戒了。

索林 不值一提的小事。

多恩 不，这不是不值一提的小事。酒和烟草让人失去个性。抽了一支雪茄烟或者喝一杯伏特加酒后，您已不再是彼得·尼古拉耶维奇了，而是彼得·尼古拉耶维奇再外加上一个什么人；您的自我开始向四周扩大，您对待您自己好像是对待一个第三者的“他”了。

索林 （笑）您喜欢发议论。您活过充实的一生，可我呢？我在法院当了二十八年差，什么也没经历过，最终，我非常想生活，理所当然。您吃饱喝足，什么也不在乎，所以您有谈论哲学的嗜好，而我想生活，所以我吃饭离不开烟酒。就是这么回事。

多恩 应该严肃对待人生，可是，到六十岁还想吃药，还抱怨年轻时没及时行乐，对不起，这是轻浮。

玛莎 （站起）可能该吃早饭啦。（以慵倦的脚步，懒洋洋地走着）腿都坐麻了……（从左侧幕下）

多恩 她去喝早饭前的两杯小酒了。

索林 可怜的人没有个人的幸福。

多恩 阁下，这是空话。

索林 您在空发议论，肚子不饿的人。

阿尔卡季娜 啊，还有什么比这乡间淡淡的忧伤更忧伤吗……又热，又静，谁都无所事事，谁都会高谈阔论……朋友们，跟你们在一起很愉快，听你们谈话很有趣，可是……坐在旅馆房间里钻研自己的角色——要好得多！

尼娜 （非常兴奋）说得好！我理解您。

索林 当然，住在城里好得多。坐在自己的办公室里，不经通报，听差不放任何人乱闯进来，还有电话……街上还有马车，什么都有……

多恩 （哼唱）“请您告诉她，我的花……”

[沙姆拉耶夫上，后边跟着波林娜·安德列耶夫娜。

沙姆拉耶夫 原来我们的人全都在这儿，日安！（吻阿尔卡季娜的手，随后又吻尼娜的手）看到你们健康，特别高兴。（向阿尔卡季娜）妻子说，您打算今儿跟她一起进城去。这是真的？

阿尔卡季娜　是的，我们打算去。

沙姆拉耶夫　嗯……非常好，但你们乘坐什么车去，尊贵的女士？今儿个要搬运麦子，所有的工人都忙着呢。我请问您，我能给您派什么马？

阿尔卡季娜　派我什么马？我怎么知道——派什么马！

索林　咱们有套车的马。

沙姆拉耶夫　（激动）套车的？可是我到哪儿去找套具呢？我到哪儿去找套具？这真奇怪！尊贵的女士！请原谅，我崇拜您的天才，愿意为您奉献十年生命，但我不能派给您一匹马！

阿尔卡季娜　可要是我非走不可呢？真是新鲜事！

沙姆拉耶夫　尊敬的女士！您不懂得什么叫农家活！

阿尔卡季娜　（勃然大怒）又是老一套！要是这样，我今天就回莫斯科。请您给我在村子里雇几匹马来，要不我就步行到车站！

沙姆拉耶夫　（勃然大怒）要是这样，我就辞职！您另找个管家吧！（下）

阿尔卡季娜　每年夏天如此，每年夏天我要在这里受一番侮辱！我以后再也不来了！

［从左侧幕下，那边有个水边浴场；过一会儿，只见她走进了房子里。特里戈林跟在她后边，他带着一根钓鱼竿和一个水桶。

索林　（勃然大怒）这是蛮不讲理！（站起）不成体统！忍无可

忍。立刻把所有的马都给牵来！

尼娜　（对波林娜·安德烈耶夫娜）居然拒绝伊琳娜·尼古拉耶夫娜的要求，著名演员的要求！她的任何一种愿望，哪怕是一个任性的要求，难道不比你们的农家活重要得多？简直叫人难以相信！

波林娜·安德烈耶夫娜　（绝望）我有什么办法？请您站在我的位置上想想：我有什么办法？

索林　（对尼娜）咱们去看看妹妹……我们都去求她留下别走。好吗？（望着沙姆拉耶夫下去的方向）难以忍受的人！暴君！

尼娜　（不让他站起）您坐着，坐着……我们推着您走。

［尼娜和梅德韦坚科推着轮椅。

噢，这多可怕！……

索林　是啊，是啊，很可怕……可是，他不会走的，我这就跟他说说。

［众人下；只剩下多恩和波林娜·安德列耶夫娜。

多恩　乏味的人们。您的丈夫真的应该从这里滚蛋，但事情结果会是：这个婆婆妈妈的彼得·尼古拉耶维奇，还有他的那位妹妹会向他赔礼道歉。您等着瞧吧！

波林娜·安德烈耶夫娜　他连套车的马都派到田里去了。每天都是这样的争吵。他想干什么就干什么。我已经劝过他两年了，让他别管这庄园了……为什么？有什么必要？买了纯种的火鸡和小猪来喂养，但都在他手里死光了。建起了一个养蜂场，但到冬天蜜蜂全饿死了。每天都要发生这一类误会。要是您能知道，这给我带来了多少烦恼！我烦得要发病啦！您瞧，我浑身在发抖……我受不了他的粗鲁。（恳求地）叶夫根尼，亲爱的，最可爱的，您把我带走吧……我们的时光要飞走了，我们已经不年轻了，哪怕在生命结束之前，我们不再捉迷藏，不再说谎……

［停顿。

多恩 我已经五十五岁，已经来不及改变自己的生活了。

波林娜·安德烈耶夫娜 我知道，您之所以拒绝我，是因为在我之外还有别的女人和您很亲近。您不能把她们都带走。我明白。请原谅，我惹您讨厌了。

［尼娜出现在房子旁，她在采花。

多恩 不，没什么。

波林娜·安德烈耶夫娜 嫉妒折磨得我好痛苦。当然，您是医生，您不能回避女人。我明白……

多恩 （向走近的尼娜）那边怎么啦？

尼娜 伊琳娜·尼古拉耶夫娜在哭，而彼得·尼古拉耶维奇的气喘病又犯了。

多恩 （站起）好，我去给他们都吃点儿缬草酊……

尼娜 （把花递给他）给您。

多恩 （用法语）谢谢！（向房子走去）

波林娜·安德烈耶夫娜 （和他同行）多可爱的花呀！（走近房子时，压低嗓音）把花给我！把花给我！（拿到花后，将花扯碎，然后扔到一边）

［两人走进房子。

尼娜 （独自一人）著名的女演员会哭，看着真奇怪，还是为了这么一点小事！同样奇怪的是，一位著名作家，深受公众崇拜，所有的报纸都报道他，他的照片到处都卖，他的小说译成了好几种外文，而他本人竟整天钓鱼，为钓到的两条小鱼而高兴。我原以为名人们都趾高气扬，接近不得的，以为他们瞧不起平民百姓，会用自己的声誉和名望，对那些把出身与财产看得高于一切的俗人施行报复。可他们也哭，也钓鱼，也玩牌，像所有人那样笑，生气……

特列波列夫 （上，没戴帽子，提着支猎枪和一只打死了的海鸥）这里就您一个人？

尼娜 就我一个人。

［特列波列夫把海鸥放到尼娜脚下。

这是什么意思？

特列波列夫 我今天做了件丢脸的事，把这只海鸥打死了。我把它献在您脚下。

尼娜 您这是怎么啦？（捡起海鸥，凝望着它）

特列波列夫 （沉默了一下）很快我也会照这样子打死我自己。

尼娜 我真不理解您。

特列波列夫 是的，自从我不理解您之后，您对我变心了，您的目光冷冰冰的；我在您跟前，您很不自在。

尼娜 您近来脾气变得好古怪。说的话不知所云，尽用些象征。现在这只海鸥，大概，也是个象征。可是，请原谅，我无法理解……（把海鸥放在长凳上）我头脑太简单，不明白您。

特列波列夫 这要从那天晚上说起。我的剧本就这么愚蠢地演砸了。女人们不会原谅失败的。我把它全烧了，连一张纸片都不留。假如您能知道，我是多么不幸！您的冷漠很可怕，让人无法相信，就好比我一觉醒来，却发现这片湖水一下子干涸了，或已经流到地底下去了。您刚才说，您头脑太简单，不明白我。唉！这有什么需要明白的？！我的剧本不招人喜欢，您瞧不起我的创作灵感，您已经把我看成渺小的平庸之辈……（跺脚）我太明白这个了！太明白了！我脑子里像有根钉子，就让它和我的自尊心一齐见鬼去吧，这自尊心在不断吸我的血，像毒蛇一样吸血……（看见正在读着一本书的特里戈林向前走来）嗯，一个真正的天才正走过来，走路的样子像哈姆雷特，手里也拿一本书。（戏仿）"空话，空话，空话……"这个太阳还没照到您，您已经微笑了，您的目光已经融化到他的光芒里去了。我不妨碍你们。（快步走下）

特里戈林 （记着笔记）"她闻鼻烟，喝白酒……总是穿黑衣裳。一个小学教师爱着她。"

尼娜 鲍里斯·阿列克谢耶维奇，您好！

特里戈林 您好，情况突然发生变化，我们大概今天离开。恐怕我们和您以后难得再见面了。真可惜。我不大有机会遇得到年轻的姑娘们，年轻、漂亮的姑娘们。我已经忘记了，也想象不出来十八九岁的年轻人有什么样的心态。所以，我的短篇和中篇小说里的年轻姑娘常常是虚假的。我真想摇身一变，变成您，哪怕只有一个钟头呢，也能体验一下您的思想感情，知道您究竟是个怎样的人。

尼娜 可我想变成您。

特里戈林 为什么？

尼娜 我想感受一下著名的、有才华的作家的心态。一个人知名度高了，会有什么样的感觉？作为名人，您有什么样的感觉？

特里戈林　“什么样的感觉”？没有。我从来就没有想过。（思索）二者必居其一：要么您夸大了我的名声；要么我对它毫无感觉。

尼娜　要是在报纸上读到关于您的文章呢？

特里戈林　如果是捧我的，高兴一阵子；如果是骂我的，难过两天。

尼娜　世界是奇妙的！假如您能知道，我多羡慕您。人的命运多不同，有人过着乏味、暗淡的生活。所有人都大同小异，所有人都不幸；而另外的人呢，就比如您吧——一百万人里才出一个——有幸享受漂亮、光彩夺目、充满意义的生活……您是幸福的……

特里戈林　我？（耸肩）嗯……您谈到名声、幸福，谈到某种“有趣的、光彩夺目的生活”，但对我来说，所有这些好听的字眼，对不起，就像我从没尝过的水果软糖。您非常年轻，也非常善良。

尼娜　您的生活是美好的！

特里戈林　这生活里又有什么特别的呢？（看表）请原谅，我该走了，去写作。对不起，我没时间了……（笑）您，俗话说，戳到我的痛处了，所以我开始激动，还有点儿恼火。顺便说一句，让我们谈谈吧。谈谈我那“美丽的、光彩夺目的生活”……但，从哪儿谈起呢？（略加思索）有一种执念，当一个人日夜想一样东西，比方说，总想月亮，那么，我也有自己的这么个月亮。有个无法摆脱的思想，日夜控制着我：我该写作，我该写作，我该……刚刚写完一部小说，不知什么缘故，我又得写第二部，然后写第三部，第三部写完，第四部……连续不停地写，就像搭乘了驿车，不能停。请问，这有什么“美丽、光彩夺目”可言，我问您？噢，多荒谬的生活！我现在和您在一起，很激动，可同时，我又无时无刻不惦记那一部还未完成的中篇小说。我现在看见一块样子像三角钢琴的云彩。我想：该在小说某处提到它，飘着一团云，形状像三角钢琴。现在空气里有洋茉莉的香味。我就马上记在心里：甜得腻人的香气，像寡妇们欣赏的花，以后描写夏天的晚景时可以用上。我把你和我自己现在说的每句话、每个词都赶紧记住，把所有这些句子封存到我的文学储藏库里——说不定能派上用场！等工作一完，我就赶快跑去看戏或钓鱼；要是这样能休息一下，陶醉一下也好啊——可实际上做不到，一个新情节，像颗铁球又在我的脑海里翻滚，又让我来到书桌旁，又得赶紧写呀，不停地写。永远是这样，永远，我让我自己不得安宁，我感觉，我在吞食自己的生命，为了向世间的什么人供奉一点花蜜，我把自己最好的花朵里的花粉全用尽，不仅用手折取花朵，还用脚践踏花根。我难道还不是个疯子？我的亲朋好友难道还会拿我当个正常人吗？“您在写作什么？您有什么大作问世？”千篇一律，千篇一律，我觉得，朋友们的这些关心、表扬和称颂，全都是欺骗，他们欺骗我，就像在欺骗一个病人一样。有时候我会害怕，怕他们就要偷偷从我身后扑来，一把将我抓住，把我像波普里希恩[1]一样地送进疯人院。而在我的年轻时代，那是最美好的青春岁月，我刚刚步入文坛，那时的写作生活更是苦

1 尼古拉·果戈理小说《狂人日记》的主人公波普里希恩，因无望的爱情而疯癫。

不堪言。文坛上一个无名作家，尤其正碰上他不走运的时候，总感到自己笨嘴笨舌，碍手碍脚，像是个多余的存在，神经紧张，焦躁不安，又身不由己地想和文艺圈子里的人周旋；谁也不承认你，谁也不理睬你，你连正眼看一看别人的勇气都没有，就像一个求胜心切的赌徒，可身上一个钱也没有。我没见到过自己的读者，但在我的想象里，只觉得他们都对我心怀敌意、不信任。我害怕观众，他们令我战栗。每次我的新剧本演出，我觉得黑头发的人都在起反感，黄头发的都无动于衷。噢，这多可怕！多痛苦！

尼娜　对不起，可是难道创作的灵感和创作过程本身，不会给您带来崇高的幸福的瞬间？

特里戈林　是啊。当我写作时，愉快。读校样时，也愉快，但……作品一出版，我就无法忍受，我已经看它不是那么回事了，是错误，根本就不该把它写出来，于是我失望，心情很差……（笑）而读者读着我的作品说："是的，写得可爱，有才气，可爱，但离托尔斯泰还差得远。"或说："挺好的小说，但屠格涅夫的《父与子》[1]更好些。"这样，到我寿终正寝，也只听到"可爱，有才气；可爱，有才气"这两句——不会再多了，而等我死后，我的朋友们从我墓前走过时，会这样说："这里长眠着特里戈林，他曾是一位作家，但比不上屠格涅夫。"

尼娜　请原谅，我很难理解您，您简直被您的成功宠坏了。

特里戈林　什么成功？我从来没有喜欢过我自己。作为作家，我不

1　俄国批判现实主义作家伊凡·屠格涅夫（1818—1883）最著名的小说。

爱我自己，更糟的是，我总觉着自己如堕五里雾中，我常常不理解我在写什么……我爱这片湖水，这些树木，这片天空，我感受着大自然，它能在我心中激荡起热情和写作的强烈欲望。但要知道我不仅仅是风景画家，要知道我还是公民，我爱祖国和人民，我感到，如果我是作家，那么就有责任写人民，写他们的痛苦，写他们的未来，谈论科学和人的权利，等等，我谈论着所有这一切，我忙不迭地谈论着，人们从四面八方鞭策我，还生我的气。我左冲右撞，像一头被猎犬追捕着的狐狸，我眼看生活和科学在不断地前进、前进，而我自己，像误了火车的农夫，越来越落伍了。最后，发觉自己只会写写风景，而其他一切，我一写就虚假，虚假到骨子里去了。

尼娜 您工作太多了，疲乏了，没时间和愿望来认识自己的价值。尽管您不满意自己，但对于其他人来说，您伟大、出色！如果我是您这样的一位作家，那么，我愿意把自己全部的生命贡献给大众，可我也会意识到，大众的幸福只在于提高到和我一样的水准，那样，他们就会推动我的战车。

特里戈林 哟，“战车”……我难道是阿伽门农吗？

［两人都微笑了。

尼娜 为了得到当一个作家或演员的幸福，我情愿忍受亲人对我的嫉恨，忍受穷困和失望，忍受住小阁楼，只吃黑面包；忍受对自己不满意的痛苦，忍受意识到自己不完美的痛苦，但在忍受之后，我得要求荣誉……真正的、声名赫赫的荣誉……（用手掩脸）头都晕啦……哎！

［阿尔卡季娜的声音（从房子里）：“鲍里斯·阿列克谢耶维奇！”

特里戈林 叫我了……大概是要收拾行李。真不想走啊！（凝望湖水）瞧这宁静宜人的风景啊！……太美啦。

尼娜 您看见湖对岸的那所房子和花园了吗？

特里戈林 看见了。

尼娜 那就是我死去的母亲的庄园。我出生在那里。我全部的生活是在这个湖边度过的，熟悉这湖里的每一座小岛。

特里戈林 你们这里太美啦！（发现海鸥）这是什么？

尼娜 海鸥。是康斯坦丁·加夫里洛维奇打死的。

特里戈林 美丽的鸟儿。真不想走。您去劝劝伊琳娜·尼古拉耶夫娜，请她留下来。（在记事本上记录）

尼娜 您在写什么？

特里戈林 记点儿笔记……突然想到一个情节……（把笔记收起）一个短篇小说的情节：在湖岸边，从小住着一位少女，样子就像您；她爱恋这片湖水，像海鸥一样；也像海鸥一样幸福和自由。可是偶然间来了个人，看见了她，因为无事可做，便把她毁了，就像这一只海鸥。

[停顿。

[阿尔卡季娜出现在窗口。

阿尔卡季娜 鲍里斯·阿列克谢耶维奇，您在哪儿？

特里戈林 我马上来！（回顾尼娜，向窗口走去，向阿尔卡季娜）有什么事？

阿尔卡季娜 我们不走了。

[特里戈林走进房中。

尼娜 （走近脚灯；沉思了片刻后）像是梦！

[幕落。

第三幕

[索林家的餐厅。左右两侧都有门。一个碗橱。一个药橱。餐厅中央有张桌子。手提箱和几个硬纸盒；有准备动身的明显迹象。

[特里戈林在吃早饭。玛莎站在桌子旁。

玛莎 您是作家，我把这全都对您讲了。您可以使用这些素材。我凭良心告诉您：要是他把自己伤得很重，那我一分钟也活不下去。但我毕竟还是有勇气的。不管三七二十一，做了决定：要把这个爱情从心里拔掉，连根拔掉。

特里戈林 怎么个拔法？

玛莎 嫁人。嫁给梅德韦坚科。

特里戈林 这个小学教师？

玛莎 是的。

特里戈林 我看不出有这个必要。

玛莎 没希望地爱，长年累月地期待什么……可嫁了人，就会顾不得什么爱情啦，新烦恼会把旧的扑灭。不管怎么说，这总算是，您知道，一种变化。咱们再来一杯？

特里戈林 太多了吧？

玛莎 哎，来吧！（斟满酒杯）别这么看着我。喝酒的女人，比您想象的多。其中少数人，像我，公开喝，而多数女人偷偷喝。是。而且都喝白酒或白兰地。（碰杯）祝您健康！您是单纯的人，真舍不得跟您分别。

［两人喝酒。

特里戈林 我自己也不想走。

玛莎 那您就请求她留下来。

特里戈林 不，她现在非走不可了。儿子的行为太出格。先是开枪自杀，现在又听说，打算跟我决斗。可为什么呢？他目空一切，怨天尤人，宣传新形式……要知道一切都有立足之地，老的也罢，少的也罢，为什么非得拼个你死我活？

玛莎 嗯，还有嫉妒心……话又说回来，和我无关。

［停顿。

［雅科夫拎着手提箱自左至右走过去；尼娜上，站在窗口。

我的小学教师人不算聪明，但是个善良的穷人，还很爱我。我可怜他，也可怜他的老母亲。嗯，祝您万事如意。请多包涵。（热烈地握手）您对我的好意，我非常感激。请寄我几本您的书，一定别忘了在书上签名题字。可别写什么“赠给尊贵的”，就写上这句：“给六亲不认的、不知为何活在世上的玛丽亚”。再见！（下）

尼娜 （从右侧跑出，将握拳的手伸向特里戈林）双还是单？

特里戈林 双。

尼娜 （叹气）不对。我手里只有一颗豆子。我想算个卦：去当演员或不去当？谁给我出出主意就好了。

特里戈林 这种事情，别人不能出主意。

［停顿。

尼娜 我们要分别了……也许再也不会见面。请您收下这个小小的纪念章，留作我的纪念。我叫人把您姓名的开头字母刻在上面……另一面刻上了您的一本书的书名：《日日夜夜》。

特里戈林　多精美！（吻纪念章）珍贵的礼物！

尼娜　有时候，也请想想我。

特里戈林　我会想起您的。我会想起您在那一个晴天的样子——记得吗——一星期前，您穿一条鲜艳的连衣裙……我们谈话……长椅上还躺着一只白色的海鸥。

尼娜　（沉思）是的，一只海鸥……

［停顿。

有人来了，我们不能再继续谈下去……在您动身之前，请给我两分钟时间，求您了……（从左侧下）

［阿尔卡季娜和身穿佩有勋章礼服的索林从右侧上。操心着装箱事宜的雅科夫随后跟上。］

阿尔卡季娜　老头子，还是留在家里。你有关节炎，还老跑出去会朋友干吗？（向特里戈林）刚刚是谁从这儿走开了？尼娜？

特里戈林　是的。

阿尔卡季娜　“抱歉”（法语），我们打扰你们了。（坐下）东西大概都收拾好了。累坏我啦。

特里戈林　（读着纪念章上的字）《日日夜夜》，一百二十一页，第十一和第十二行。

雅科夫　（收拾桌上的东西）这鱼竿也收进箱子吗？

特里戈林　是的，它们对我还有用。书就随便送给什么人好了。

雅科夫　是。

特里戈林　（自语）一百二十一页，第十一和十二行。这两行写的是什么？（向阿尔卡季娜）屋子里有我的书吗？

阿尔卡季娜 在我哥哥的书房里，靠墙角的那个书柜。

特里戈林 一百二十一页……（下）

阿尔卡季娜 真的，彼得鲁沙，留在家里吧……

索林 你们要走了，没有你们，我在家里会觉得心情沉重。

阿尔卡季娜 可城里又有什么特别的呢？

索林 没什么特别的，但毕竟不同。（笑）会有自治会的奠基典礼之类的仪式吧……真想从这种“呆头呆脑的活塞式生活”中解脱出来，哪怕是一两个钟头也好，就像一只破烟嘴似的，被长年搁在一边，无人理会。我已经吩咐他们一点钟把马备好，咱们到时一起出发。

阿尔卡季娜 （停顿之后）你还是别出门，别发愁，别着凉感冒了。注意着我的儿子。照顾他。好好开导他。

［停顿。

就要走了，所以不会知道康斯坦丁为什么自杀了。我觉得主要原因是嫉妒，越早把特里戈林带走，越好。

索林 怎么对你说呢？还有别的原因。事情明摆着，一个年轻人，又聪明，可住在乡下；在穷乡僻壤，没钱，没地位，没前途。无事可做。这种闲散使他感到又惭愧又可怕。我非常疼爱他，他也依恋着我，可他最终总还觉得自己在家里是个多余的人，是寄人篱下的食客。事情明摆着，自尊心……

阿尔卡季娜 他是我的心病！（沉思）也许让他去找个事做……

索林 （用口哨吹着歌曲，迟疑地）我觉得呢，最好的办法，如果你……给他点儿钱。首先，他得穿得像个人样儿。你瞧，他那件上衣，已经穿了整整三年，出门连件大衣也没有……

（笑）此外，让他出去散散心，也没坏处，比如，到国外去走一趟什么的……也费不了多少钱。

阿尔卡季娜　话虽这么说……做件衣服我还能办到，至于出国旅行……不，不，现在我连做衣服的钱也拿不出。（坚定）我没钱！

［索林笑。

不！

索林　（吹口哨）好啦。请原谅，亲爱的，别生气。我相信你……你是宽宏大量的好女人。

阿尔卡季娜　（含泪）我没钱！

索林　如果我有钱，事情明摆着，我自己就给他了，偏偏没有，一个子儿也没有。（笑）我的全部养老金都给管家拿走，浪费在了庄稼、牲口、养蜂上。我的钱就这样被白白糟蹋了。蜜蜂死了，奶牛死了，马呢，又永远不给我用……

阿尔卡季娜　对，钱我也有一些，不过我是女演员；光置装一项，就能叫我彻底破产。

索林　你善良，可爱……我尊重你……是的……怎么，我又不舒服……（身体晃动）头直转。（抓住桌子）难受……

阿尔卡季娜　（害怕）彼得鲁沙！（努力把他扶住）彼得鲁沙，我亲爱的……（叫喊）帮帮我！救人哪！

［特列波列夫上，头上缠着绷带。梅德韦坚科同上。

他难受！

索林　没关系，没关系……（微笑，喝水）已经过去了。好了……

特列波列夫　（向母亲）妈，别害怕，这不危险。舅舅现在常这样。（向舅舅）舅舅，你该去躺会儿。

索林 去躺一会儿，是的……可我照样得进城。躺一会儿就动身……事情明摆着……（拄着手杖走）

梅德韦坚科 （搀扶着他）有个谜语：早晨四条腿，中午两条腿，晚上三条腿……

索林 （笑）一点儿不错。夜里呢，两腿朝天倒在地上。谢谢您，我自己可以走。

梅德韦坚科 唉，您客气什么！……

［他与索林同下。

阿尔卡季娜 他真把我吓坏了！

特列波列夫 老住乡下，对他身体有害。他心里闷。妈，如果你能慷慨解囊，借给他一两千卢布，他就能在城里住上整整一年。

阿尔卡季娜 我没钱。我是演员，不是银行家。

［停顿。

特列波列夫 妈！给我换纱布吧。你做这事很在行。

阿尔卡季娜 （从药橱里取出碘酒和装包扎材料的药箱）医生迟到了。

特列波列夫 他答应十点前来，但现在已经中午了。

阿尔卡季娜 坐下吧。（从他头上取下纱布）你像戴着伊斯兰教男人的缠头巾似的。昨天一个过路人在厨房里直问你是哪一国人。你的伤口差不多全长好了。就剩下一点点了。（吻他的头）我不在你可不能再这么胡来了。

特列波列夫 不，妈。那一瞬间我绝望了，控制不了自己，以后再不会这样。（吻她的手）你有一双金子般的手。我记得，很久以前，那时你还在国立剧院里演戏，我还是个小孩子。有一天我们的院子里有人打架，把一个洗衣服的女人打伤了。还记得吗？把她扶起来时，都不省人事了……你总是去看她，带去药，还在木桶里给她的孩子洗澡。难道你记不得了？

阿尔卡季娜 记不得了。（给他缠新的纱布）

特列波列夫 那时我们住的房子里还住着两个芭蕾舞者……她俩常来找你喝咖啡……

阿尔卡季娜 这倒记得。

特列波列夫 她们都是非常虔诚的教徒。

［停顿。

最近，就这几天，我又像小时候那么天真、忘我地爱你了。除了你，我现在一个亲人都没有。只是为什么，为什么在我和你之间出现了这个人。

阿尔卡季娜 你不理解他，康斯坦丁。这个最高尚的人……

特列波列夫 但当他被告知我打算跟他决斗时，他的高尚并不妨碍他扮演一个懦夫。他要走。卑鄙可耻地逃跑！

阿尔卡季娜 简直胡说八道！是我自己要带他离开这儿的。我们的亲近关系当然不会让你喜欢，但你聪明，并且有教养，我有权要求你尊重我的自由。

特列波列夫 我尊重你的自由，但你也让我自由，用我愿意的态度对待这个人。最高尚的人！你瞧，我们为他几乎要争吵起来，而他呢，现在也许正在客厅里或者在花园里嘲笑我，嘲笑你，正在让尼娜恍然大悟，竭力要让她最后相信他是个天才。

阿尔卡季娜 说些我不爱听的话简直让你上瘾。我尊重这个人，请你当着我的面不要说他的坏话。

特列波列夫 可我不尊重。你想让我也把他当作一个天才，但是，对不起，说谎我不会，他写的那些小说让我读得恶心。

阿尔卡季娜 这是嫉妒，那些没有才能、自命不凡的人除了否定真正的天才，再不会别的了！

特列波列夫 （嘲讽）“真正的天才”！（勃然大怒）论才华，我比你们所有的人更有才华！（从头上把绷带扯下）你们，墨守成规的一群人，篡夺了艺术的头等地位，认为只有你们自己那一套玩意儿才合法、正统，而其余的一切，你们都想压制和扼杀！我不承认你们！无论你，还是他，我都不承认！

阿尔卡季娜 颓废派！

特列波列夫 回到你那甜蜜可爱的剧场去演你那些可怜、俗不可耐的剧本去吧！

阿尔卡季娜 我从来没有演过那种剧本。让我安静吧！你就连一出可怜的通俗喜剧都不会写。基辅的小市民！寄生虫！

特列波列夫 吝啬鬼！

阿尔卡季娜 捡破烂的！

［特列波列夫坐下，轻声哭泣。

微不足道的人！（激动地来回踱步）不许哭。不必哭……（哭）别这样……（吻他的额头、面颊和头）我亲爱的孩子，请原谅……请原谅自己有罪的妈妈吧。请原谅不幸的我吧。

特列波列夫 （拥抱她）要是你能理解我的话，该多好！我一切都失去了。她不爱我，我已经不能写作了……所有的希望都落空了……

阿尔卡季娜 别自暴自弃……一切都会好起来的，我马上把他带走，她又会重新爱上你的。（给他擦去眼泪）会的。咱们已经和解了。

特列波列夫 （吻她的双手）是的，妈。

阿尔卡季娜 （温柔地）跟他和解吧。用不着决斗……不是吗？

特列波列夫 好的……只是，妈，请允许我不再见他。看见他我就觉得沉重……超出了我的承受力……（特里戈林上）他来了……我得走（匆匆将药品放进橱内）还是让医生来给我包扎吧……

［特列波列夫从地板上捡起绷带，下。

特里戈林 （在书里寻找着）一百二十一页……第十一和十二行……有了……（读）"一旦你需要我的生命，就请来将它取走吧。"

阿尔卡季娜 （看了看表）马车快准备好了。

特里戈林 （自语）"一旦你需要我的生命，就请来将它取走吧。"

阿尔卡季娜 我想，你的东西都已经收拾好了吧？

特里戈林 （不耐烦地）是的，是的……（沉思中）为什么我从这个纯洁灵魂的召唤中听到了忧伤的声音，让我的心觉得无比痛楚？……"一旦你需要我的生命，就请来将它取走吧。"（向阿尔卡季娜）咱们再多待一天吧！

［阿尔卡季娜否定地摇摇头。

再待一天！

阿尔卡季娜 亲爱的，我知道这里什么让你想留下来。可控制住自己吧。你有点儿醉了，清醒清醒吧。

特里戈林 你自己也该清醒，做个聪明的、有理性的人。求你，做我的知己吧……（紧握她的手）你有能力做出牺牲……请你做我的朋友，放了我吧。

阿尔卡季娜 （激动异常）你这么迷恋她?

特里戈林 她吸引着我！也许这正是我需要的。

阿尔卡季娜 一个外省姑娘的爱情?啊，你太不了解你自己了！

特里戈林 有时人们一边走一边做梦，我现在就是这样，在跟你说话，但好像自己是在睡觉，梦见她……我被甜蜜而神奇的梦幻掌控了……放开手吧……

阿尔卡季娜 （颤抖着）不，不……我是普普通通的女人，不能这么跟我说话……别折磨我，鲍里斯……我害怕……

特里戈林 如果愿意，你可以成为非凡的女人。青春、美好、诗意的爱情，能把人引入梦幻世界的爱情，在世上只有它能带来幸福！我还没体验过这种爱情……年轻时，我没时间，那时忙于写书投稿，为生计奔波……现在，就是它，这爱情，终于来了，向我招手……我有什么道理躲开它?

阿尔卡季娜 （发怒）你疯了！

特里戈林 就算是疯了。

阿尔卡季娜 你们今天串通好了来折磨我的！（哭泣）

特里戈林 （抓住自己的头）她不理解我！不肯理解！

阿尔卡季娜 难道我已经那么老，那么丑，男人居然可以当着我的面毫无顾忌地谈论别的女人?（拥抱他，吻他）噢，你失去理智了！我出色的人，我的好人……你是我生命的最后一页！（跪下）我的欢乐，我的骄傲，我的极乐……（抱着他的双膝）假如你离开了我，哪怕一个小时，我都受不了，我一定会神经错乱，啊，我了不起的人，我的优秀的人，我的主宰……

特里戈林 会有人进来的。（帮她站起来）

阿尔卡季娜 就让他们来好啦，我爱你，不觉得丢人。（吻他的双手）我的珍宝，绝望的人，你想发疯，但我不想，也不允许你疯……（笑）你是我的……你是我的……这额头是我的，这眼睛是我的，这些像丝一样漂亮的头发也是我的……整个的你都是我的。你是这样的天才，绝顶聪明，当今的作家中最好的一个，你是俄罗斯的唯一希望……你有那么多真挚、质朴、清新、健康的幽默……你一笔就能传达出人物或风景的主要特征。你的人物是活的。噢，读你的作品谁都会欣喜若狂的！你以为这是俗不可耐的奉承吗？我在撒谎？嗯，瞧一瞧我的眼睛……瞧一瞧……我像说谎的人吗？你要看到，我是唯一能真正认识你的价值的人；只我一个人能向你说真话，我亲爱的，我美丽的……你走吗？是吗？你不会离开我吧？

特里戈林 我没有自己的意志……我从来没有过自己的意志……萎靡不振，懒散，永远百依百顺——女人当真会喜欢这个？把我领走吧，带走吧，只是不要让我离开你一步……

阿尔卡季娜 （自语）他现在是我的了。（放肆地，好像什么事也没发生）顺便说一句，如果愿意，你可以留下。我自己走，你过一个星期来找我。真是的，你那么急着走干什么？

特里戈林 不，咱们还是一起走。

阿尔卡季娜 随你便。一起走就一起走……

［停顿。

［特里戈林在小本上做笔记。

你怎么了？

特里戈林 早上听到一个很好的句子，“处女般的针叶林……”将来用得着。（伸懒腰）这么说，得走？又是车厢、车站、餐厅、煎肉排、闲聊……

沙姆拉耶夫 （上）我怀着告别的痛苦心情宣布：马已经备好。尊贵的女士，该动身去车站了；火车两点零五分进站。伊琳娜·尼古拉耶夫娜，劳您大驾，千万别忘了替我打听一下：那个名叫苏兹达利采夫的演员现在在哪儿？他还活着吗？身体还好吗？想当年我们曾经在一块儿喝过酒。在《特大邮件抢劫案》这出戏里，他演绝啦……我记得，有个叫伊斯梅洛夫的悲剧演员，和他一起在叶利索维特格勒演过戏，也是了不起的演员……别忙，尊贵的女士，还可以再待五分钟。有一回他俩在一出传奇剧里扮演阴谋家。当突然被捉住的时候，台词应该是：“我们中‘埋伏’了……”但伊斯梅洛夫却说：“我们中‘埋没’了。”（哈哈大笑）埋没！……

［在他说话的时候，雅科夫在手提箱旁边忙活，女仆给阿尔卡季娜送来帽子、皮大衣、阳伞、手套；大家都在帮她穿戴。厨子从左侧房门探头张望，等了一会儿，随后犹豫不决地走进来。波林娜·安德烈耶夫娜上，然后是索林和梅德韦坚科。

波林娜·安德烈耶夫娜 （拿着小篮子）这是给您路上吃的李子……很甜。也许您想吃些零食……

阿尔卡季娜 您太好了，波林娜·安德烈耶夫娜。

波林娜·安德烈耶夫娜 再见了，我亲爱的！如果有什么不如意的，请原谅。（哭）

阿尔卡季娜　（拥抱她）一切都很好，一切都很好，只是您不该哭。

波林娜·安德烈耶夫娜　咱们的年头过去啦！

阿尔卡季娜　那有什么办法！

索林　（穿着有短斗篷的大衣，戴着帽子，拄着手杖，从左门上；走过房间）妹妹，该走了，可别迟到了。我先上马车去。（下）

梅德韦坚科　我自己走着去车站……送行。我走得快……（下）

阿尔卡季娜　再见了，我亲爱的……如果我们都还平平安安地活着，明年夏天咱们还能见面……

［女仆、雅科夫和厨师吻她的手。

请别把我忘啦。（给厨师一个卢布）给您一个卢布，由你们三个人分。

厨师　非常感谢，东家。祝您一路平安！您一向待我们很好。

雅科夫　主保佑您一路平安！

沙姆拉耶夫　来封信，我们就感到幸福啦！再见了，鲍里斯·阿列克谢维奇！

阿尔卡季娜　康斯坦丁在哪儿？去告诉他，我就要动身了。得告别一下。嗯，多包涵吧。（向雅科夫）我给了厨师一个卢布。是给三个人分的。

［全都由右门下。舞台上空无一人。台后人声嘈杂，这是送人上路时常能听到的声音。女仆回来取桌子上那个装有李子的篮子，又下。

特里戈林　（回来）我忘了自己的手杖啦。可能搁在凉台上。

［在左边门口碰上进门的尼娜。

是您？我们要走了。

尼娜　我预感我们还能再见一面的。（兴奋地）鲍里斯·阿列克谢耶维奇，我已下了决心，命运已注定，我要登上舞台。明天我就不在这儿了，离开父亲，告别一切，开始新生活……我……跟您一样……也去莫斯科……我们在那里相会吧。

特里戈林 （回顾）那您住“斯拉夫商场饭店”去。一到就立即通知我……摩尔查诺夫卡，格罗霍里斯基公寓……我得快走……

［停顿。

尼娜 再等一分钟……

特里戈林 （低声）您真美……啊，一想到我们不久就能相会，这多幸福！

［她俯身依偎在他胸前。

我又能见到这绝美的眼睛，无法形容的美好、温柔的微笑……可爱的容颜，天使一样纯洁的姿态……啊，我亲爱的……（长时间地亲吻）

［幕落。

第四幕

［索林家的一间客厅，眼下被康斯坦丁·特列波列夫改成了书房。左右各有门通向内室。正面的玻璃门通向凉台。除客厅的一般家具外，右墙角有个写字台；左门旁，一张土耳其沙发，一个书柜，窗台和椅子上也散放着书。晚上。点着一盏带灯罩的台灯。半明半暗，听得见风在树枝间和烟囱中

的呼啸声。更夫敲击梆子的声响。梅德韦坚科和玛莎上。

玛莎 （叫喊）康斯坦丁·加夫里洛维奇！康斯坦丁·加夫里洛维奇！（环顾）没人。老头子总不停地问，科斯佳在哪儿，科斯佳在哪儿……没有科斯佳，他活不了啦……

梅德韦坚科 他怕孤独。（倾听）多可怕的天气！已经两昼夜了。

玛莎 （把灯捻亮）湖上起波浪了。好大的波浪。

梅德韦坚科 花园里黑洞洞的。该说一下，叫人把那个戏台拆了。立在那儿，光秃秃的，不成样子，像骷髅，幕布也被风吹得噼啪响，昨晚我从那儿经过的时候，我觉得，好像听到有人在里头哭。

玛莎 瞧你说的……

［停顿。

梅德韦坚科 玛莎，咱们回家吧！

玛莎 （否定地摇头）我今晚在这里过夜。

梅德韦坚科 （恳求地）玛莎，我们走吧！孩子恐怕饿了。

玛莎 没关系。玛特琳娜会喂他的。

［停顿。

梅德韦坚科 可怜。已经三天没有见到妈妈了。

玛莎 你变得真无聊。以前你至少还能发发议论，如今整天只孩子呀，回家呀，孩子呀，回家呀——除此之外，再也听不到你说别的了。

梅德韦坚科 咱们还是走吧，玛莎！

玛莎 你自己走好了。

梅德韦坚科 你父亲不肯给我马。

玛莎 会给的。你去和他要，他会给的。

梅德韦坚科 好，那我和他要。这么说，你明天回家？

玛莎 （闻鼻烟）是的，明天。没完没了……

［特列波列夫和波林娜·安德烈耶夫娜上。特列波列夫手里拿着枕头和被子，而波林娜·安德烈耶夫娜拿着床单；东西都被放到了土耳其沙发上，然后，特列波列夫走到自己的书桌前，坐下。

妈妈，这是干什么？

波林娜·安德烈耶夫娜 彼得·尼古拉耶维奇要我给他在科斯佳的书房里铺张床。

玛莎 让我来吧……（铺床）

波林娜·安德烈耶夫娜 （叹息）老头子像小孩子……（走到书桌前，俯身撑着臂肘，看桌上的稿子）

［停顿。

梅德韦坚科 那我就走了。再见，玛莎。（吻妻子的手）再见了，妈妈。（想吻岳母的手）

波林娜·安德烈耶夫娜 （烦恼）得啦！走你的吧！

梅德韦坚科 再见了，康斯坦丁·加夫里洛维奇。

［特列波列夫默默地伸过手去。梅德韦坚科下。

波林娜·安德烈耶夫娜 （看着稿子）谁也没想到，谁也没料到，科斯佳，您居然成了个真正的作家啦。从今以后，谢天谢地，杂志社会给您寄稿费了。（用手抚摸他的头发）人也变得英俊了，亲爱的科斯佳，好人儿，你对我的玛申卡温柔一些吧！……

玛莎　（铺着床）别打扰他，妈妈。

波林娜·安德烈耶夫娜　（向特列波列夫）你看她多好。

［停顿。

科斯佳，女人什么也不要，只要你温柔地看她一眼。我知道。

［特列波列夫从桌旁站起，默默地走下。

玛莎　你瞧，把他惹恼了。何苦总要缠着他呢！

波林娜·安德烈耶夫娜　我是可怜你，玛申卡。

玛莎　没必要！

波林娜·安德烈耶夫娜　我替你心痛。要知道我什么都看在眼里，都明白。

玛莎　全是蠢话。绝望的爱情——只有在小说里。都是不值一提的事。只是不该放纵自己，不该有所期待，在海边期待好天气……一旦爱情要钻进你的心，就应立刻把它赶走。好在他们已经答应了把我的丈夫调到另一个县里去教书。等我们搬到那里——我会忘记一切……会把它从心里连根拔掉。

［忧郁的华尔兹的演奏声穿过两个房间。

波林娜·安德烈耶夫娜　科斯佳在弹琴，这就是说，他抑郁。

玛莎　（无声地跳了两三圈华尔兹舞步）主要的是，妈妈，不要让我见到他。只要我的谢苗一调走，你相信吧，一个月我就会忘记。小事一桩。

［左边的门打开了，多恩和梅德韦坚科把索林用轮椅推上来。

梅德韦坚科　我现在一家六口了。而面粉已经卖到七戈比一担。

多恩　所以您要大伤脑筋了。

梅德韦坚科 您尽可以笑话我。您有的是钱。

多恩 钱？我行医三十年，我的朋友，做的可是提心吊胆的职业，白天黑夜，身不由己，随时准备出诊，到头来一共积蓄了两千卢布，不久前到国外跑了一趟，这些积蓄也全花光了。现在我也一贫如洗。

玛莎 （向丈夫）你没走？

梅德韦坚科 （负罪地）有什么办法？不给我马！

玛莎 （苦恼，压低嗓音）但愿我看不到你这副可怜相！

［轮椅停在房间的左半区；波林娜·安德烈耶夫娜、玛莎和多恩在轮椅附近坐下；忧伤的梅德韦坚科退到一旁。

多恩 可你们这里的变化真不小！客厅改成了书房。

玛莎 康斯坦丁·加夫里洛维奇在这里工作更舒适些。只要愿意，他随时可以走进花园，在那里思考。

［更夫敲更。

索林 我妹妹在哪儿？

多恩 到车站接特里戈林去了。马上就回来。

索林 既然您认为有必要把我妹妹叫回来，说明我的病一定不轻。（沉默一会儿）但也怪，既然我的病一定不轻，又什么药也不给我吃。

多恩 您想吃什么药呢？缬草酊？苏打水？还是奎宁？

索林 嗯，又开始发议论了。噢，活受罪！（把头向沙发点点）这是为我预备的床铺？

波林娜·安德烈耶夫娜 是为您预备的，彼得·尼古拉耶维奇。

索林 谢谢您。

多恩 （哼唱小夜曲）“月亮在夜空中浮游……”

索林 我想给科斯佳提供一篇中篇小说的素材。这小说该叫作《空想的人》。我在年轻的某个时候想过当作家——但没当成；想把话说得流利动听——但偏偏说得很差。（戏仿自己）“嗯，就这回事，嗯，反正就这样，嗯，这，嗯，那……”常常是这样，做总结，但做着做着，累得满头大汗；想过结婚，但没结成；一直想住到城里去——但你瞧，我终究要在乡下结束自己的生命了。嗯，就这回事。

多恩 想当四等文官——当成了。

索林 （笑）我可没想过这个，它自己找上门的。

多恩 六十二岁还对生活表达不满，您得承认——不够宽宏大量。

索林 多固执的人。您该明白，我想活着！

多恩 这是幼稚轻浮。根据自然规律，每个生命都有死亡的一天。

索林 您在发抽象的议论，像个吃饱了喝足了的人。吃饱了，所以对生活无所谓。但对于死，您也会害怕。

多恩 死的恐惧——是动物性的恐惧……应克服它。只有相信永恒生命的人，才会对死亡产生理性的恐惧，他们怕死，是因为自己有罪。可您呢？首先，您没信仰，其次——您有什么罪？不就在法院干了二十五年吗，如此而已。

索林 （笑）是二十八年……

［特列波列夫上。他坐在索林脚前的一张凳子上，玛莎一直看着他。

多恩 我们妨碍康斯坦丁·加夫里洛维奇工作了。

特列波列夫 不，没关系。

［停顿。

梅德韦坚科 请问，大夫，外国哪个城市您最喜欢？

多恩 热那亚。

特列波列夫 为什么是热那亚？

多恩 那里街上的人流太妙了。到了晚上，你走出旅馆，只见人们挤满了整个街道。然后，你漫无目的地在这个人流中行进，沿着弯弯曲曲的路线，你和这个人流共同生活呼吸着，心理上和它融合在一起，这时你开始相信，一种共同的世界灵魂实际上是可能存在的，就像尼娜·扎列奇娜娅当年在您的剧本中演过的一样。顺便问一句，尼娜·扎列奇娜娅现在在哪儿？她怎么样了？

特列波列夫 也许，还健康吧。

多恩 我听说，她过着一种颇为特殊的生活。怎么回事？

特列波列夫 大夫，这说来话长。

多恩 那您就略说一说吧。

[停顿

特列波列夫 她从家里跑出来之后，就和特里戈林在一起了。这您知道吗？

多恩 知道。

特列波列夫 她生过一个孩子。孩子死了。特里戈林不再爱她，回到自己旧恋人那里去了，就像意料之中的那样。话又说回来，他从来就没和旧恋人断过关系，优柔寡断，居然能左右逢源。根据我的理解，尼娜的个人生活很不幸。

多恩 舞台上呢？

特列波列夫 好像更坏。她在莫斯科近郊的一处避暑别墅的剧场初次登台，后来就跑到外省去了。那时候我密切注意她的行踪，有一段时间，她走到哪儿，我跟到哪儿。她总是演悲剧的主角，但演得很粗糙，缺乏韵味，悲惨地嚎叫，举止也生硬。有一些瞬间，当她突然大喊一声，或死过去，是有才能的，但不过是偶尔出现的瞬间。

多恩　就是说，她毕竟还是有才能的？

特列波列夫　很难弄清楚。应该是有的。我见过她，但她不想见我，她的女仆也不放我进她在旅馆的房间。我理解她的情绪，所以也没有坚持要和她见面。

[停顿。

还能对您说些什么呢？后来，回家之后，我接到过她的几封信。信写得聪明、温暖、有趣；她没抱怨过，但我感觉，她非常不幸；不仅字迹潦草，而且病态，神经过敏。她的想象也有点儿失常了。她署名海鸥。在《美人鱼》[1]里，磨坊主说他是只乌鸦，而她在那些信中总是重复说，她是海鸥。现在她就在这里。

多恩　怎么，在这里？

特列波列夫　在城里，一个普通院子里。住一家小旅馆，已经五天了。我到旅馆去过，玛丽亚·伊里英尼奇娜也去过，但她谁也不接待。谢苗·谢苗诺维奇坚持说，好像昨天午饭后他在离这儿两里的旷野里见到过她。

梅德韦坚科　是的，我看见了。她正朝进城的方向走。我向她鞠了一躬，问她为什么不来我们这儿做客。她说会来的。

特列波列夫　她不会来的。

1　俄国戏剧文学经典之一，由亚历山大·普希金创作，未完成。

［停顿。

她的父亲和后母不想认她。派人在四周把守，不许她走近庄园一步。（同医生一起走到写字台旁）大夫，在纸上高谈哲学多容易，而在实际生活中又多困难！

索林 她曾是多可爱的女孩子。

多恩 什么？

索林 我说，她曾是多可爱的女孩子。四等文官索林甚至有段时间爱上她了呢。

多恩 老浪子。

［听到沙姆拉耶夫的笑声。

波林娜·安德烈耶夫娜 大概他们从车站回来了……

特列波列夫 是的，我听到妈妈的说话声。

［阿尔卡季娜和特里戈林上，沙姆拉耶夫跟在后边。

沙姆拉耶夫 （进门）我们都在一年年地衰老，在大自然的影响下凋零，而您呢，尊贵的女士，依然年轻，浅色短衫，生气勃勃……优雅多姿……

阿尔卡季娜 您又想说这些不吉利的话咒我，无聊的人！

特里戈林 （向索林）您好，彼得·尼古拉耶维奇！您怎么老生病啊？这可不好（见到玛莎，高兴地）玛丽亚·伊利英尼奇娜！

玛莎 还认得我？（与他握手）

特里戈林 结婚了？

玛莎 早结过了。

特里戈林 幸福吗？（与多恩和梅德韦坚科打招呼，然后迟疑不决地走向特列波列夫）伊琳娜·尼古拉耶夫娜告诉我，说您已经忘记了过去，不再生气了。

［特列波列夫向他伸出手去。

阿尔卡季娜 （向儿子）鲍里斯·阿列克谢耶维奇带来一本杂志，里边有你的新小说。

特列波列夫 （接受杂志，向特里戈林）谢谢您。您费心了。

［都坐下。

特里戈林 您的那些热心的读者向您致敬……在圣彼得堡和莫斯科，总之都对您感兴趣，总是向我打听您。他们问：他什么样子，多大年纪，黑头发还是黄头发。不知为什么他们都以为您年纪已不轻了。而且没人知道您的真实姓名，因为您总是用笔名发表作品。您神秘得像个铁面人[1]。

特列波列夫 要在我们这里待好久吗？

特里戈林 不，明天就想回莫斯科。没法子。得赶一部中篇小说，此外，还答应为一本小说集写点儿什么。一句话，一切照旧。

［他们说话的时候，阿尔卡季娜和波林娜·安德烈耶夫娜在房间中间支起一张洛托牌桌，并且展开桌子；沙姆拉耶夫点了几支蜡烛，搬来几把椅子。众人从柜子里取出洛托牌。

天气对我不太友好。风刮得好凶。明天早上，如果风停，就到湖边去钓鱼。恰好，得去看看花园和那地方——您记得吗——演过您的那个剧本。主题已成熟，只需在记忆中把情节发生地重温一下。

玛莎 （向父亲）爸爸，让我丈夫领一匹马吧！他该回家了。

1　17世纪60年代到18世纪初期法国巴士底狱监狱关押过的一个神秘人物。

沙姆拉耶夫 （戏仿）一匹马……回家……（严厉）你自己看到了：马刚从车站跑回来。总不能叫它接着跑。

玛莎 但还有别的马呀……（见父亲不吭声，于是把手一挥）跟您打交道真难……

梅德韦坚科 玛莎，我，走着回家。真的……

波林娜·安德烈耶夫娜 （叹息）走着，这么个天气……（坐在牌桌旁）请吧，女士们，先生们。

梅德韦坚科 一共也就六里……再见了……（吻妻子的手）妈，再见。

［岳母不情愿地伸出手给他吻。

要不是有个孩子，我不会麻烦任何人……（向大家鞠躬）再见……（像做了什么错事似的走下）

沙姆拉耶夫 恐怕他走得回去。又不是个将军。

波林娜·安德烈耶夫娜 （敲桌子）请吧，女士们，先生们！咱们别耽误时间，不然很快要开晚饭啦！

［沙姆拉耶夫、玛莎和多恩都在牌桌旁坐下。

阿尔卡季娜 （向特里戈林）秋天的长夜一到，我们这里就玩洛托牌。您看：这是副旧牌。我们死去的母亲当年还和我们玩过这副牌呢，那时我们还都是孩子。晚饭前您想跟我们玩一会儿吗？（和特里戈林坐到牌桌旁）玩牌很无趣，但如果习惯了，也不错。（每人分得三张牌）

特列波列夫 （翻杂志）自己的小说他读过了，而我的那篇，他连纸都没有裁开。（将杂志放在书桌上，然后向左侧门走去；走过母亲身边时，吻了她的头）

阿尔卡季娜 那你呢，科斯佳？

特列波列夫　对不起，不知怎么的，不太想……我走一走。（下）

阿尔卡季娜　十个戈比一注。大夫，替我押上。

多恩　遵命。

玛莎　注都押好了吗？我开牌了……二十二！

阿尔卡季娜　好的。

玛莎　三！

多恩　好的。

玛莎　您打三？八！八十一！十！

沙姆拉耶夫　别这么快。

阿尔卡季娜　哈尔科夫的观众是怎么迎接我的啊，我的爷啊，到现在头还是晕的！

玛莎　三十四！

［后台传来忧伤的华尔兹舞曲声。

阿尔卡季娜　大学生们热烈地欢迎我……三个花篮，两束花，还有……（解下胸针，扔在桌子上）

沙姆拉耶夫　这小玩意不错……

玛莎　五十！

多恩　整五十？

阿尔卡季娜　我那天打扮得美极了！……要讲穿着打扮，我不傻。

波林娜·安德烈耶夫娜　科斯佳在弹琴。他抑郁，可怜。

沙姆拉耶夫　报纸上把他骂得很惨。

玛莎　七十七！

阿尔卡季娜　别理报纸上的话。

特里戈林　他不走运。总不能在自己真正的调子里写作。有点儿古怪、不确定，有时甚至像梦话。没有一个活生生的人物。

玛莎　十一！

阿尔卡季娜　（看一眼索林）彼得鲁沙，你觉得没意思？

[停顿。

他睡着了。

多恩　四等文官睡着了。

玛莎　七！九十！

特里戈林　如果我能住在这样的庄园里，在湖畔，我难道还会去写作吗？我一定会压制我的写作欲望，只去做一件事，就是钓鱼。

玛莎　二十八！

特里戈林　抓住一条小鲤鱼或者鲈鱼，这是无上的幸福！

多恩　但我相信康斯坦丁·加夫里洛维奇。他有闪光点！有闪光点！他用形象来思考，他的小说富于表现力，鲜明又出色，我能强烈地感受到它们。唯一可惜的是，他没有确定的任务。他能给人造成印象，更多的就没有了，但要知道仅凭借印象远远不够。伊琳娜·尼古拉耶夫娜，儿子成为作家了，您很高兴吧？

阿尔卡季娜　您想想看，我还没读过。总找不出时间。

玛莎　二十六！

[特列波列夫静静上场，走向自己的书桌。

沙姆拉耶夫　（向特里戈林）鲍里斯·阿列克谢耶维奇，我们这儿还有您一件东西。

特里戈林　什么东西？

沙姆拉耶夫　康斯坦丁·加夫里洛维奇有一次打死的海鸥，您吩咐要我把它做成标本。

特里戈林 记不得了。（沉思着）记不得了！

玛莎 六十一！一！

特列波列夫 （把窗子打开，倾听）天多暗！不明白我心里为什么这样不安。

阿尔卡季娜 科斯佳，把窗子关上吧，不然风吹进来了。

［特列波列夫把窗子关上。

玛莎 八十八！

特里戈林 女士们，先生们，我赢了一局。

阿尔卡季娜 （快乐地）真棒！真棒！

沙姆拉耶夫 真棒！

阿尔卡季娜 这个人时时走运，处处走运。（站起）现在咱们去吃点儿吧。咱们这位名作家今天还没吃午饭呢。晚饭后我们继续。（向儿子）科斯佳，别自顾自地写了，我们吃饭去。

特列波列夫 我不想吃，妈妈，我饱了。

阿尔卡季娜 随你便。（叫醒索林）彼得鲁沙，吃晚饭！（挽着沙姆拉耶夫的胳膊）我跟您讲讲，我在哈尔科夫受到怎样的欢迎……

［波林娜·安德烈耶夫娜吹灭桌上的蜡烛，然后和多恩推轮椅。大家都由左门下；只留下坐在自己书桌前的特列波列夫一人。

特列波列夫 （准备写作；将已写完的稿子重读一遍）关于新形式我过去说得太多了，可现在我感到，自己正一步一步陷到老套子里去了。（读）“墙上的海报内容如下……黑头发衬托出苍白的脸……”。“如下”“衬托”……这是平庸。（抹掉）就用主人公被雨声惊醒作为开头，其余统统删去。月夜的那段描写也太长，太矫揉造作。特里戈林找到了自己的方法，他写作时很轻松……在他笔下，一个破碎的瓶颈在堤坝上闪光，磨坊的风轮投下一道黑影——月夜的情景便出来了。而让我一写，又是颤抖的光影，又是星星无言的眨眼，又是消失在寂静而芬芳空气中的远处的钢琴声……这多令人苦恼！

[停顿。

是的，我越来越认识到，问题并不在于形式的新与旧，而在于一个人从事写作时根本无须考虑什么形式，他写作，因为这是从他的心灵中自由地流淌出来的。

[有人在敲离书桌最近的窗子。

这是什么？（向窗外望去）什么也看不见……（打开玻璃门，往花园望去）有个人跑下台阶。（喊）谁在这里？

[走出去；传来他在凉台上跑动的脚步声；少顷，与尼娜·扎列奇娜娅一同回来。

尼娜！尼娜！

[尼娜把脸埋在特列波列夫的怀里，轻声哭泣。

（深受感动）尼娜！尼娜！是您……真是您……我的预感是对的，我的心整天都压抑得可怕。（为她脱下帽子和披肩）噢，我亲爱的，我最可爱的，她到底来了！我们不要哭，不要哭。

尼娜　这里有人。

特列波列夫　一个人也没有。

尼娜　把门锁上，不然有人会进来的。

特列波列夫　谁也不会进来。

尼娜　我知道伊琳娜·尼古拉耶夫娜在这儿。把门锁上吧……

特列波列夫 （用钥匙把右边的门锁上，拿把椅子向左边的门走去）这扇门没有锁。我用椅子顶上。（把椅子放在门后）别害怕，不会有人来的。

尼娜 （凝视他的脸）来，让我好好看看您。（环顾）这里很暖和、漂亮……从前这里是客厅。我的变化很大吧？

特列波列夫 是的，您瘦了，您的眼睛变得更大了。尼娜，我还能见到您，这真有点儿奇怪。为什么您不让我去找您？为什么这么久都不来这里？我知道，您住这里快一星期了……我每天都到您那里去好几趟，我像一个乞丐似的守在您的窗下。

尼娜 我怕您会恨我。我每夜都梦见您，梦见您看着我，可又认不出我。如果您能知道的话！我刚一到，就总来到这里……到湖边。有好几次走到了您的房子旁边，但没勇气进来。咱们坐一会儿吧。

［他们坐下。

让我们坐下谈谈，谈谈。这里多好，又暖和，又舒适……您听到——刮着的风了吗？屠格涅夫的书里有这么段话："在这样的一些夜晚里，有避风的屋顶，有温暖的角落的人，是幸福的。"[1]我——是海鸥……不，不是。（揉揉额头）我在说些什么？对了……屠格涅夫……"但愿主保佑那些无家可归的流浪者吧……"没什么。（号啕大哭）

特列波列夫 尼娜，您又哭了……尼娜！

尼娜 没什么，这样我轻松些……我已经有两年没哭过了。昨晚

---

1 出自屠格涅夫的小说《罗亭》。

我跑到花园里，看我们的那个舞台是否还完好。它还立在那里。两年来我头一次哭了，我心里也觉得轻松了些，心情也明朗了些。您看，我已经不哭了。（握住他的手）这么说，您已经成为作家了……您是作家，我是——演员……我和您一起落进了生活的旋涡中……从前我无忧无虑生活着，像个孩子——早上醒来，张口唱歌；我曾爱着您，梦想过名声，可现在呢？明天一早我就要去叶列茨，坐三等车……和庄稼汉们坐在一起，而在叶列茨[1]，有教养的商人们会用献殷勤来纠缠不休。生活多丑陋啊！

特列波列夫　为什么去叶列茨？

尼娜　签了一个冬季的演出合同。该走了。

特列波列夫　尼娜，我诅咒过您，恨过您，撕过您的信和照片，但我时刻都意识到，我的心灵永远依恋着您。尼娜，我不能不爱您。尼娜，自从我失去您的那刻起，从我开始发表作品后，生活对于我就无法忍受——我痛苦……我的青春好像突然被夺走了，我觉得，我好像已在世上活了九十年。我呼唤您，亲吻您走过的土地；不论我朝哪里看，我到处看到您的脸，这温存的微笑，照亮我一生中最美好的年月……

尼娜　（惊慌失措）他为什么这么说，为什么这么说？

特列波列夫　我孤独，得不到任何依恋的温暖，我像是在地洞里一样寒冷，无论我写什么，写出来的都那样枯燥无味、生硬冷酷和灰暗忧郁。请留在这里吧，我恳求您，或者让我跟您一起走吧！

1　俄国西南部城市。

［尼娜迅速地戴上帽子，披上披肩。

尼娜，为什么？看在主的分上，尼娜……（看着她穿戴好）

［停顿。

尼娜 我的马车在小篱笆门边。请别送我，我自己走得到……（含泪）请给我口水喝吧……

特列波列夫 （给她水）您现在要去哪儿？

尼娜 进城。

［停顿。

伊琳娜·尼古拉耶夫娜在这里？

特列波列夫 在……星期四舅舅病重，我们打电报把她请了回来。

尼娜 您为什么说您吻我走过的土地？我该被杀掉。（向写字台俯下身子）我累极了！需要歇一歇……歇一歇！（抬起头）我——是海鸥……不是这个。我——是演员。嗯，是的！（听到阿尔卡季娜和特里戈林的笑声，静听一下，跑向左侧那扇门，透过锁眼看了看）他在这里……（返回，走向特列波列夫）嗯，好……没关系……对……他不相信舞台艺术，总嘲笑我的理想，慢慢地我自己也不再相信了，灰了心……另外，还有为爱情的担忧、嫉妒，还有为孩子无休止的担惊受怕……我变成浅薄小气、毫无价值的人，戏演得没意义……我不知道怎样摆放我的双手，不会在舞台上站，控制不住自己的声音。您不理解这种情形，当你感觉自己演得很糟。我——一只海鸥，不，不是这个……您记得您打死过一只海鸥吗？偶然间来了个人，看见了她，只是因为无事可做，便把她毁了……一个短篇小说的情节……啊，不是这个……（揉搓额头）我在说什么？……我说的是舞台。现在我已经不是那个样子啦……我已经是个真正的演员，我带着满足、狂喜演戏，陶醉在舞台上，感觉得到自己的美。现在，自从我住在这里后，我总去散步，总在走，在想，我想着并感觉着，我的心灵力量是怎样与日俱增……我现在知道了，懂得了，科斯佳，在我们的事业中——不管是演戏还是写作，重要的不是名声，不是耀眼的光环，不是我曾梦想过的东西，而是学会忍耐。学会背起自己的十字架并且相信吧。我相信，于是就不那么虚弱，当我想到自己的使命时，也就不怕生活了。

特列波列夫 （忧伤地）您找到了自己的道路，您知道朝着哪个方向走，而我不知道为谁而写作，为什么而写作，我仍然飘浮在一个梦幻的混沌世界里。我不相信，也不知道我的使命是什么。

尼娜 （倾听）嘘……我要走了。再见。等我成了一个大演员之后，您来看看我。答应吗？而现在……（握他的手）已经晚了。我几乎站都站不住了……我累极了，想吃东西……

特列波列夫 您别走，我给您准备晚饭……

尼娜 不，不……您别送我，我自己会走到……我的马车不远……这么说，她把他带来了？那又怎样，没关系。等您见到了特里戈林，什么也不要跟他说……我爱他。甚至爱得比以前更强烈……一个短篇小说情节……我爱，热烈地爱，爱到绝望。过去的日子多么美好，您还记得吗，科斯佳！多么晴朗、温暖、欢乐和纯洁的生活，还有什么样的情感啊，——像鲜花一样温柔与优雅……您还记得吗？（背诵）人们、狮子、鹰、鹧鸪、头上有角的鹿、鹅、蜘蛛、水中无言的鱼、海星和肉眼看不见的一切生灵——总而言之，一切的生命，一切的生命，一切的生命，在完成了悲惨的轮回后，都死灭了……已经几千个世纪，大地上不存在任何活物，可怜的月亮徒然点着自己的灯笼。草地上已听不到仙鹤的长鸣，五月的金龟子也不复在那菩提林里低吟……（冲动地拥抱特列波列夫，然后从左侧幕下）

特列波列夫 （停顿过后）要是有人在花园里见到她，再去告诉妈妈，那可不好了。这会叫妈妈不愉快的……

［在两分钟的时间内，他默默地撕毁了自己所有的手稿，并把它们扔在桌子下，然后打开右边的门，下。

多恩 （用力推开左门）奇怪。门好像锁上了……（上场，将椅子放回原处）玩障碍赛跑呢。

［阿尔卡季娜和波林娜·安德列耶夫娜上，后边跟着手里拿着酒瓶的亚科夫和玛莎，再后边是沙姆拉耶夫和特里戈林。

阿尔卡季娜 把红葡萄酒和特里戈林的啤酒放在这桌子上。咱们一边玩牌一边喝酒。女士们，先生们，坐下吧。

波林娜·安德烈耶夫娜 （向雅科夫）马上把茶也送来。（点燃蜡烛，坐在牌桌旁）

沙姆拉耶夫 （把特里戈林领到立橱前）这就是我刚才跟您说的那件东西……（从橱里取出海鸥标本）您定做的。

特里戈林 （注视着海鸥）不记得了！（想了想）不记得了！

［后台右方一声枪响；所有人都战栗了一下。

阿尔卡季娜 （受惊吓）怎么回事？

多恩 没事儿。这大概是我的药箱里什么东西炸了。请别担心。

（从右门下，半分钟后返回）一点儿不错，一小玻璃瓶乙醚炸了。（哼唱）“我又站在你的面前……”

阿尔卡季娜 （坐回牌桌旁）哎呀，我吓死了。这声音让我想起……（用手掩脸）眼前都发黑了……

多恩 （翻阅杂志，向特里戈林）两个月前这里登过一篇文章……美国来信……顺便我想问您一句……（揽着特里戈林的腰，引到脚灯前）因为我对这个问题很感兴趣。（低声地）想法子带伊琳娜·尼古拉耶夫娜离开这里。康斯坦丁·加夫里洛维奇开枪自杀了……

［幕落。

——剧终

（童宁　校注）

万尼亚舅舅

四幕乡村生活场景剧

人　物

亚历山大·弗拉基米罗维奇·谢列布里亚科夫　退休教授

叶莲娜·安德烈耶夫娜（爱称：莲娜契卡。法语：埃莲娜）　其妻，二十七岁

索菲娅·亚历山德罗夫娜（小名：索尼娅。爱称：索尼契卡。法语：苏菲）　其前妻的女儿

玛丽亚·瓦西里耶夫娜·沃尔尼茨卡娅　其前妻的母亲，三等文官的遗孀

伊万·彼得罗维奇·沃尔尼茨基（小名：瓦尼亚。法语：让）　她的儿子

米哈依尔·利沃维奇·阿斯特罗夫　医生

伊里亚·伊里奇·捷列金　破落地主

马林娜　老奶妈

长工

［故事发生在谢列布里亚科夫的庄园里。

第一幕

［花园。看得到一个带凉台的房子的一部分。林荫道上，一棵老杨树底下，有一张已经摆好茶具的桌子。周围散放着长凳和椅子。有张长凳上放着一把吉他。离桌子不远处有架秋千。下午三点钟，天空阴沉。

［马林娜，一个虚胖的、行动不便的老太婆，坐在茶炉旁编织长袜子，阿斯特罗夫来回踱步。

马林娜 （斟满一玻璃杯）老爷，请吧。

阿斯特罗夫 （不情愿地接过杯子）不太想喝。

马林娜 是想喝白酒？

阿斯特罗夫 不。我不是每天喝白酒。况且天气闷热。

［停顿。

奶娘，咱们认识有几年了？

马林娜 （沉思）几年？主才知道……你是什么时候到这个区来的？……那时好像索尼娅的妈妈，薇拉·彼得罗夫娜还在世呢。她活着的时候，你来过两个冬天……嗯，就是说，已有十一年了。（想了想）可能还要多……

阿斯特罗夫 从那时到现在我变化很大吧？

马林娜 很大。那时你年轻，漂亮，现在老了。也不那么漂亮了。因为——你喝起白酒来了。

阿斯特罗夫 不假……这十年来，我变成了另外一个人。原因在哪儿？奶娘，工作太多，我疲倦了。从早到晚，马不停蹄，不知道什么是安闲自在，晚上盖着被子也不得安宁，生怕又有人来把我拉去看病[1]。自从我们认识后，我没一天自由过。这能不变老吗？而且这生活本身乏味、愚蠢和肮脏……这生活会把人吞没了。你的周围只有怪人，好像只有怪人；你和他们相处两三年，自己也不知不觉变成了怪人。无法逃避的命运。（捻着自己长长的胡须）瞧，胡子长成了庞然大物……愚蠢的胡子。奶娘，我也成了怪人了……好在我还没变傻，主开恩，脑子还好用，就是情感有点儿迟钝。我一无所求，一无所需，也一无所爱……也许我就爱你一个人。（吻她的手）我小时候也有一个像你这样的奶娘。

马林娜 兴许，你想吃点东西？

阿斯特罗夫 不。三星期前，赶上大斋日，我去流行瘟疫的马里茨基村……斑疹伤寒[2]……农村的木屋里病人一个挨一个躺着……垃圾、臭气、烟尘，牛犊和病人一起躺在地板上……还有小猪仔……我忙了一天，都没坐下歇会儿，也顾不上吃口饭，可回家也休息不了——抬来了一个铁路信号员；我把

---

1 十九世纪末，俄国乡村管理局开始在偏远地区建立医疗点。

2 一种急性传染病。

他放在桌子上，准备给他动手术，但一上麻药他突然间就死了。就在这时，我的情感不合时宜地苏醒了，我良心发现了，好像是我蓄意杀死了他……我坐下，闭上眼——就是这个样，想：生活在我们之后一两百年的人，也就是我们现在正为之开路的后人，将来会想着对我们说几句感激的话吗？奶娘，要知道他们不会想起我们的！

马林娜　他们想不起，但主会想起的。

阿斯特罗夫　谢谢啊。你说得好。

［沃尔尼茨基上。

沃尔尼茨基　（从屋子里出来；他早餐后睡足了，一副无精打采的样子，坐到一张长凳上，把自己非常漂亮的领带摆正）是的……

［停顿。

是的……

阿斯特罗夫　睡好了吗？

沃尔尼茨基　好……很好。（打哈欠）打从教授和他太太在这里住下之后，我们的生活就脱离了常轨……不能按时睡觉，午饭要吃各种各样的喀布尔汁[1]，喝葡萄酒……这一切都有害健康！以前没清闲日子，我和索尼娅都在工作——结果你看，现在就索尼娅一人干活，我睡懒觉，胡吃海塞，喝酒……多不好！

马林娜　（摇头）这算什么规矩！教授十二点才起床，茶炉一早就烧开了，但所有人都要等他。他们不来，我们中午十二点吃

1　由酱油和各式调料配成的调味汁。

午饭，其他人家也是这样，但他们一来，下午六点才吃午饭。教授晚上看书写字，突然间夜里一点来钟，铃儿响了……什么事，我的老爷？喝茶！就得让人烧茶炉……这算什么规矩！

阿斯特罗夫 那他们还要在这里住多久？

沃尔尼茨基 （吹声口哨）一百年。教授打算在这里定居了。

马林娜 嗯，现在，茶炉已经烧开了两小时了，可他们去散步了。

沃尔尼茨基 他们来了，他们来了……别担心了。

［听得到说话声；从花园深处，走出散步而归的谢列布里亚科夫、叶莲娜·安德烈耶夫娜、索尼娅和捷列金。

谢列布里亚科夫 很美，很美……风景绝佳。

捷列金 美妙，教授大人。

索尼娅 爸爸，我们明天到林区去，想去吗？

沃尔尼茨基 女士们、先生们，喝茶吧！

谢列布里亚科夫 我的朋友们，劳驾把茶给我送到书房来！我今天还有点工作要完成。

索尼娅 你一定会喜欢这里的林区的……

［叶莲娜·安德列耶夫娜、谢列布里亚科夫和索尼娅走进屋子；捷列金走近桌子，挨着马林娜坐下。

沃尔尼茨基 天气又热，又闷，而我们这位伟大学者穿大衣，穿套鞋，拿着雨伞，戴着手套。

阿斯特罗夫 可能，是爱惜自己。

沃尔尼茨基 而她多美！多美！一辈子没见过比她更美的女人。

捷列金 马林娜·季莫费耶夫娜，不管我在田野上行走，还是在花园里散步，还是瞧着这桌子，我都感到无法形容的、无上的幸福。天气这么迷人，鸟儿唱歌，我们生活在宁静与和谐中——我们还能有什么要求？（接过杯子）非常感谢您！

沃尔尼茨基　（沉溺于幻想）那双眼睛……妙不可言的女人！

阿斯特罗夫　伊万·彼得罗维奇，给我们说点儿什么。

沃尔尼茨基　（萎靡不振）和你说什么呢？

阿斯特罗夫　没什么新鲜事儿吗？

沃尔尼茨基　什么也没有。都是老样子。我也依然如故，可能倒更不成样子，因为我变懒了，什么事也不干，只发牢骚，像一块老姜。我的老寒鸦，我的妈妈，还一个劲儿地聒噪什么妇女解放；她一只眼睛瞅着坟墓，另一只眼睛在聪明人写的书本里寻找新生活的曙光。

阿斯特罗夫　那教授呢？

沃尔尼茨基　教授还是像以前一样坐在书房里写作，从早上到深夜。“开动脑筋，皱起双眉，我们总在写颂诗，我们写颂诗，可我们在任何地方也听不到喝彩，无论对于自己还是对于诗。”[1]可怜的纸张！他还不如写写自传。这是多好的题材！明白吗，这位退休教授是一个冷漠无情、自私自利的老家伙，一条学术海鱼……痛风，风湿，偏头痛，因为嫉妒和贪婪而肝脏浮肿……这老家伙在自己前妻的庄园里生活，他不得不在这里生活，因为城里住不起。永远埋怨自己的不幸，其实自己出奇地幸福。（神经质地）想想他有多走运！他的父亲是一个最低级的教会执事，在教堂朗诵圣经和敲钟，后来他在

1　出自讽刺诗《诽谤者》，作者是伊万·德米特里耶夫（1760—1837），诗人和寓言作家，与普希金、克雷洛夫是同时代人。

一所宗教学校寄宿，谋得了学位和教席，先是成了大人，后当上了参议员，等等。不过这还并不重要。我就说这样一种情况。一个整整二十五年读艺术书籍并写艺术论文的人，恰恰对艺术一无所知。二十五年来，他咀嚼别人关于现实主义、自然主义和其他每一个胡扯的思想；二十五年来讲一些写一些聪明人早已知道而蠢人根本不感兴趣的话题——就是说，他讲了二十五年的无聊空话。同时他又多自命不凡！多自以为是！他退休了，没一个人再认得他，他完全是无名之辈；就是说，二十五年来他占据了别人的位置。可你看：他走路，活像个受崇拜的不朽人物！

阿斯特罗夫　嗯，大概，你在嫉妒吧。

沃尔尼茨基　是，我嫉妒！他多能讨得女人的欢心！没一个唐璜比他更能诱惑女人！他的第一个妻子，我的姐姐，温柔可爱，纯洁得像这片蓝天，高尚而宽宏大量，她的追求者比他这个教授教的学生数量还多，——她爱他的方式，只有纯洁的天使对和自己同样纯洁的天使之爱才可比拟。我的母亲，他的岳母，到现在还崇拜他，他到现在还让她奉若神明。他的第二个妻子，是美人儿，聪明绝顶——你刚刚已看见了她——嫁给了他这么个老头儿，把自己的青春、美貌、自由和光芒奉献给了他。什么道理？为什么？

阿斯特罗夫　她忠实于教授吗？

沃尔尼茨基　可惜，忠实于他。

阿斯特罗夫　为什么可惜？

沃尔尼茨基　因为这忠实是彻头彻尾的虚假。其中有很多动听的空谈，却没有逻辑。背叛令你无法忍受的老头儿丈夫——这不道德；竭力扼杀自己可怜的青春和活生生的情感——这就是道德的了。

捷列金 （带着哭声）万尼亚，我不喜欢你刚刚说的话。嗯，这句话是对的……一个背叛自己的妻子或丈夫的人，是不忠诚的人，他也可能背叛祖国！

沃尔尼茨基 （懊丧地）停下滔滔不绝的雄辩吧！华夫饼干！

捷列金 万尼亚，你听我说。因为我其貌不扬，我的妻子在与我结婚的第二天就与自己的相好私奔了。在此之后我也没违背自己的职责。我到今天还爱她，还忠实于她，而且尽我所能接济她，我拿自己的财产供她与情夫所生的孩子上学。我失掉了幸福，但我的自尊留下来了。但她呢？青春已经过去了，在自然法则的作用下，她的美貌已消失，他的情人也已死去……她如今还有什么呢？

［索尼娅和叶莲娜·安德烈耶夫娜上；稍后，玛丽娅·瓦西里耶夫娜拿着本书上；她坐下读书；别人递给她一杯茶，她盯着书本喝茶。

索尼娅 （向奶娘，匆匆地）奶娘，那边来了几个庄稼汉。你去吧，跟他们谈谈，茶我自己来……（倒茶）

［奶娘下。叶莲娜·安德烈耶夫娜拿了自己的茶杯，坐在秋千上喝。

阿斯特罗夫 （向叶莲娜·安德烈耶夫娜）我是来看您丈夫的。您写信来说，他病得不轻，关节炎犯了，还有其他的什么病症，但原来，他完全健康。

叶莲娜·安德烈耶夫娜 昨晚他觉得心情不好，说腿痛，可今天好了……

阿斯特罗夫 我却慌慌张张赶了三十里路，嗯，没什么，又不是第一回碰上这种事。但既然来了，我就要在你们这里住到明天，我要“尽量”（拉丁语）睡个够。

索尼娅 太好了。您难得在我们这里过夜。您恐怕还没吃午饭吧？

阿斯特罗夫 没有，还没吃。

索尼娅 正好您可以吃午饭。我们现在六点多钟开饭。（喝茶）好凉的茶！

捷列金 茶炉里的温度下降了许多。

叶莲娜·安德烈耶夫娜 没关系，伊万·伊万内奇，我们就喝凉茶。

捷列金 对不住……不是伊万·伊万内奇，而是伊里亚·伊里奇……伊里亚·伊里奇·捷列金，或有人因为我一脸麻子送我“华夫饼干”的外号。我曾经给索尼契卡洗礼过，您的丈夫，那位教授大人对我很熟悉。我现在就住在你们这里，女士，住在这庄园里，女士……如果您留心，会发现我每天都和你们一起吃午饭。

索尼娅 伊里亚·伊里奇可是我们的左膀右臂。（温柔地）教父，让我给您再倒点儿茶。

玛丽娅·瓦西里耶夫娜 哎呀！

索尼娅 您怎么啦，外婆？

玛丽娅·瓦西里耶夫娜 我忘了告诉亚历山大了……记性太坏啦……今天我收到了帕维尔·阿列克谢耶维奇从哈尔科夫[1]寄

---

1 十七世纪守护俄罗斯南疆的要塞城市，十九世纪后半叶率先建成铁路，成为机械制造业重镇。

来的信……寄来了自己的一本小册子。

阿斯特洛夫 有趣吗？

玛丽娅·瓦西里耶夫娜 有趣，但有点奇怪。他驳斥了他七年前自己维护的主张。这太可怕了！

沃尔尼茨基 这一点儿不可怕。妈妈，喝您的茶吧。

玛丽娅·瓦西里耶夫娜 但我想说话！

沃尔尼茨基 但我们已经不停地说了五十年，也读了五十年的小册子。该是就此打住的时候了。

玛丽娅·瓦西里耶夫娜 不知你为什么不高兴听我说话。让，请你原谅，但最近一年来你变化这么大，我完全认不得你了……你从前可是有明确的信仰的人，是有亮光的人……

沃尔尼茨基 嗯，是的！我曾是有亮光的人，但没给任何人照明过……

[停顿。

我曾是有亮光的人……再没比这更恶毒的俏皮话了！我现在四十七岁。直到去年之前，我像您一样故意用这套不切实际的书本理论知识蒙住自己的眼睛，让我看不到真正的生活，——我还曾以为我做得不错。而现在，如果您能知道就好了！我因为懊丧和愤怒而睡不着觉，我想到我多愚蠢地错过了大好时光，那时，我本可以拥有一切，这一切现在因为我上了年纪无法得到了！

索尼娅 万尼亚舅舅，没意思！

玛丽娅·瓦西里耶夫娜 （向儿子）你像在指责自己过去的那些信仰……但有错的不是它们而是你自己。你忘记了，信仰本身并没有什么，只是僵死的字母而已……需要的是行动。

沃尔尼茨基　行动？不是每人都能像您的那位教授先生，能够成为一台永动的书写机。

玛丽娅·瓦西里耶夫娜　你说这话什么意思？

索尼娅　（恳求地）外婆！万尼亚舅舅！求求你们了！

沃尔尼茨基　我沉默。我沉默，我道歉。

［停顿。

叶莲娜·安德烈耶夫娜　今天天气很好……不太热……

［停顿。

沃尔尼茨基　这样的天气上吊很好……

［捷列金调好吉他的音。马林娜在屋子周围召唤鸡群。

马林娜　唧唧唧……

索尼娅　奶娘，庄稼人来这儿有什么事？

马林娜　还是说荒地的事情。唧唧唧……

索尼娅　你叫哪一只？

马林娜　彼得鲁什卡带着一群小鸡崽走了……我怕老鹰把它们叼走……（离去）

［捷列金弹波尔卡舞曲，所有人都默默地倾听；长工上。

长工　医生先生在这里吗？（向阿斯特罗夫）米哈依尔·利沃维奇，有人找您来了。

阿斯特罗夫　从哪儿来的？

长工　从工厂来[1]。

阿斯特罗夫　（懊丧地）非常感谢。那么该走了……（用目光寻找

1　十九世纪末到二十世纪初，俄国工厂数量激增，工人的劳动环境恶劣，医疗保障极度缺乏。

帽子）很遗憾，活见鬼……

索尼娅 真不愉快……回来吃午饭吧。

阿斯特罗夫 不了，太晚了。哪儿去了……在哪儿……（向长工）真的，亲爱的，你给我从哪儿拿杯白酒来吧。

［长工下。

哪儿去了……放在哪儿了（找到了有宽边和前檐的制帽）奥斯特洛夫斯基的哪个剧本里有个人物，胡子很长但能力很差[1]……我就是这样一个人。好了，先生、太太，我要告辞了……（向叶莲娜·安德烈耶夫娜）如果有空能和索菲娅·亚历山德洛夫娜一起光临寒舍，我将非常高兴。我有一处不大的庄园，总共才三十亩地，但是，如果您有兴趣的话，我那堪称典范的花园和苗圃，是您在这方圆一千里内找不到的。在我的庄园边，有官家森林……那里的护林官年老了，永远生病，所以，实际上是我在打理那片森林。

叶莲娜·安德烈耶夫娜 有人对我说起过，您很爱森林。当然，这很有好处，但这难道不会影响到您真正的职业？您可是医生。

阿斯特罗夫 只有主知道，我的真正职业是什么。

叶莲娜·安德烈耶夫娜 有趣吗？

阿斯特罗夫 有趣的。

沃尔尼茨基 （嘲讽地）很有趣！

叶莲娜·安德烈耶夫娜 （向阿斯特罗夫）您还是年轻人，看样子，您才三十六或三十七岁……可能，事情并不像您说的那样有趣。除了森林，还是森林，我觉得，这有点儿单调。

---

1 这个人物出自亚历山大·奥斯特洛夫斯基（1823—1886）的剧本《没有陪嫁的新娘》。

索尼娅 不，这特别有趣。米哈依尔·利沃维奇每年都要种植新的森林，他已经得了铜质奖章和奖状。他还为保护旧的森林免遭砍伐奔忙着。如果您用心听他解释，就会完全同意他的观点。他说，森林美化大地，教会人懂得什么是美，在他心中唤起庄严的情感。森林使严酷气候变温和。在气候温和的国家，跟自然做斗争不太费力，因此那里的人也更体贴、更温柔；那里人漂亮、灵巧、敏感，他们的谈吐雅致，动作优美。他们的科学和艺术繁荣，他们的哲学不阴暗，对待妇女的态度充满一种美好的高尚……

沃尔尼茨基 （笑着）好，好！……这一切都很可爱，但一点儿都不可信。（向阿斯特罗夫）我的朋友，请允许我继续用劈柴生炉子，用树木盖板棚。

阿斯特罗夫 你可以用煤炭烧火，而板棚用石头垒就好了。我可以退一步承认出于需要而伐木，但为什么要毁林？俄罗斯森林在斧头下呻吟，几十亿树木遭到毁灭，野兽和鸟类也要失去栖身之地，河流在干涸，美丽风景将永远消失，而这全因为懒惰的人不肯弯一弯腰，从地底下挖燃料。（向叶莲娜·安德烈耶夫娜）夫人，我说得不对吗？只有丧失理智的野人，才会在自己火炉里把这种美丽烧掉，才会去毁灭我们无法再造的东西。人被赋予理智和创造力，理应去增加他们需要的财富，然而，到现在为止，他们没去创造，反而去破坏。森林越来越少，河流干涸，野兽绝迹，气候恶化，土地一天天地变得贫瘠和难看。（向沃尔尼茨基）现在你用嘲讽的眼神看着我，我所说的一切在你看来没意义。也可能，这真是属于古怪行为，但是，当我走过那些被我从伐木的斧头下救出的农村的森林时，或者当我听到由我亲手栽种的幼林发出声响时，我意识到，气候似乎也多少受我的支配了，而如果一千年之后人们将会幸福，那么在这幸福中也有我一份微小的贡献。当我栽下一棵小白桦树，然后看到它怎样慢慢变绿，怎样在风中摆动，我的心就充满自豪，而我……（看到长工用托盘端来的一杯白酒）但是……（喝酒）我该走了。大概，所有这些归根结底是古怪行为。告辞了！（走向屋子）

索尼娅 （挽着他的胳膊，一起走去）可下次您什么时候来？

阿斯特罗夫 我不知道……

索尼娅 又要一个月以后？

［阿斯特罗夫和索尼娅走进屋子；玛丽娅·瓦西列耶夫娜和捷列金还留在桌子旁；叶莲娜·安德烈耶夫娜和沃尔尼茨基走向凉台。

叶莲娜·安德烈耶夫娜 可您，伊万·彼得罗维奇，又不成体统了。您何必说什么“永动机”，招玛丽娅·瓦西列耶夫娜生气呢！今天吃早饭时您又和亚历山大争吵。这多卑劣啊！

沃尔尼茨基 但假如我恨他呢？

叶莲娜·安德烈耶夫娜 用不着恨亚历山大，他和大家都一样。不比您坏。

沃尔尼茨基 如果您能看到自己的面孔，自己的举止……您生活得多懒惰！哎呀，多懒惰！

叶莲娜·安德烈耶夫娜 哎呀，懒惰，无聊！所有人都骂我的丈夫，所有人都遗憾地看着我：不幸啊，她有个老丈夫！对我的这种同情——哦，我太理解了！就像阿斯特罗夫刚刚说的：你们所有人都在丧失理智地毁坏森林，很快大地将变成荒漠。

你们同样在丧失理智地毁坏人，很快，由于你们，大地上将不再存在忠诚、纯洁和自我牺牲精神。为什么你们不能坦然看待一个并不属于你们的女人？因为——这位医生说得对——你们所有人身上有一种破坏的魔鬼。不管是对于森林，对于鸟类，对于女人，还是对于你们彼此，你们都不怜惜……

沃尔尼茨基 我不爱听这种高谈阔论！

［停顿。

叶莲娜·安德烈耶夫娜 这位医生的面孔疲倦、神经质。但也漂亮。很显然，索尼娅喜欢他，我能理解她。自从我到了这里，他已经来访过三次了，但我有点儿羞怯，一次也没好好跟他说过话，亲切地对待过他。他可能以为我很凶。伊万·彼得洛维奇，我们之所以能成为好朋友，大概因为我们都是非常沉闷、乏味的人！非常沉闷的人！您别这样看我，我不喜欢这样。

沃尔尼茨基 如果我爱您，我难道能用另一种眼光来看您？您是我的幸福、生命，我的青春！我知道我获取您同样感情的可能性极小，等于零，但我什么也不需要，只请允许我能看着您，能听到您的声音……

叶莲娜·安德烈耶夫娜 小声点儿，他们听得见您说的话！

［他们向屋子走去。

沃尔尼茨基 （跟着她）请允许我倾诉自己的爱情，请您别把我赶走，对于我来说，这是最大的幸福……

叶莲娜·安德烈耶夫娜 这很痛苦……（两人走进屋子）

［捷列金拨动着琴弦，弹奏着一首波尔卡舞曲；玛丽娅·瓦西列耶夫娜在小册子边页上写着些什么。

［幕落。

第二幕

[谢列布里亚科夫家的餐厅。夜里。听得到更夫在花园里打更。谢布里亚科夫（坐在敞开的窗户前的一把圈椅上，他在打盹）和叶莲娜·安德烈耶夫娜（坐在他旁边，也在打盹）

谢列布里亚科夫 （睡醒）谁在这里？索尼娅，是你吗？

叶莲娜·安德烈耶夫娜 是我。

谢列布里亚科夫 是你，莲娜契卡……痛得要命！

叶莲娜·安德烈耶夫娜 你的毛毯掉到地板上了。（用毛毯裹住他的腿）亚历山大，我来把窗子关上。

谢列布里亚科夫 不，我闷得慌……刚刚睡着了，梦见好像我的左腿是别人的。是剧痛痛醒的。不，这不是痛风，更像关节炎。现在几点了？

叶莲娜·安德烈耶夫娜 十二点二十分。

[停顿。

谢列布里亚科夫 早晨你到藏书室去找找巴丘什科夫[1]的书。我们家大概有他的书。

叶莲娜·安德烈耶夫娜 啊？

谢列布里亚科夫 早晨你去找找巴丘什科夫的书。好像记得我们家

---

1 康斯坦丁·巴丘什科夫（1787—1855）：俄国诗人。早期浪漫主义文学代表作家。

里有。但为什么呼吸这么困难？

叶莲娜·安德烈耶夫娜　你累了。两个晚上都失眠。

谢列布里亚科夫　听说，当年屠格涅夫的痛风病发展成了心绞痛。我担心，我可别这样。可诅咒的、让人厌恶的衰老。让它见鬼去吧。当我年纪大了，我开始讨厌自己。你们所有的人，大概也都讨厌看我。

叶莲娜·安德烈耶夫娜　你用这样的腔调来谈论自己的衰老，好像你老了都是因为我们的过错。

谢列布里亚科夫　你是头一个讨厌我的人。

［叶莲娜·安德烈耶夫娜走开，坐得离他远了些。

当然，你是对的。我还没糊涂，我理解。你年轻、健康、美丽，你想生活，而我一个老头，快进坟墓了。怎么？难道我不明白？当然，很愚蠢的是，我现在还活着。但你们等等吧，我很快就会把你们全都解放的。我活不了几天了。

叶莲娜·安德烈耶夫娜　我没力气了……看在主的分上住嘴吧。

谢列布里亚科夫　好像是因为我，你们都没力气了，烦闷了，青春都被毁灭了，独有我一个人享受着生活而且心满意足。嗯，对，当然！

叶莲娜·安德烈耶夫娜　别说了！你在折磨我！

谢列布里亚科夫　我折磨了所有的人。当然。

叶莲娜·安德烈耶夫娜　（含着眼泪）我忍受不了了！你需要我什么，你倒说啊？

谢列布里亚科夫　什么也不需要。

叶莲娜·安德烈耶夫娜　那么别说了。我请求你。

谢列布里亚科夫　怪事，伊万·彼得罗维奇或是那位老蠢货——玛丽娅·瓦西里耶夫娜开口说话就没什么，全都好好听着，但只要我一说，你们全都开始自觉不幸了。甚至我的声音也讨厌。好了，就算我让人讨厌，我自私，我专横——但难道我甚至到了老年时还没一点儿自私的权利吗？难道，我要问，没安度晚年的权利？没得到大家关心的权利？

叶莲娜·安德烈耶夫娜　没人反对你有这些权利。

［风吹得窗子发出声响。

起风了，我去把窗子关上。（关窗）马上就要下雨。没人反对你有这些权利。

［停顿。更夫在花园里打更、唱歌。

谢列布里亚科夫　一生都为科学服务，我对自己的书房，自己的课堂，自己那些可敬的同事都已经习惯了——突然间，无缘无故地，我不知不觉走到了这么一个墓穴里，每天都要见到这里愚蠢的人，听到一些毫无意义的谈话……我想要生活，我爱成功，爱名声、喝彩，而这里——像在流放。我无时无刻不在怀念过去，关注别人的成功，害怕死亡……我再也不能这样了！筋疲力尽了！可还有人因为我年老而不肯体谅我！

叶莲娜·安德烈耶夫娜　等一下，要有耐心：过五六年，我也老了。

［索尼娅上。

索尼娅　爸爸，是你自己说要把阿斯特罗夫医生请来的，可他来之后，你又拒绝接待他。这很不礼貌。白白麻烦人家……

谢列布里亚科夫　你的阿斯特罗夫对我有什么用？他懂多少医学，我就懂多少天文学。

索尼娅　为治你的痛风病，也不可能写信把整整一个医学系都请到这里来。

谢列布里亚科夫 我不想和这个有躁狂症的人谈话浪费时间。

索尼娅 随你便。（坐下）我无所谓。

谢列布里亚科夫 现在几点了？

叶莲娜·安德烈耶夫娜 快一点了。

谢列勃里雅科夫 好闷啊……索尼娅，把桌上那瓶滴剂给我拿来！

索尼娅 马上。（给他滴剂）

谢列布里亚科夫 （被激怒）哎呀，不是这个！什么事都求不了你们！

索尼娅 请你别任性。也许，有人喜欢你这样，但我不行，发发慈悲吧！我不喜欢这样。而且我也没工夫，明天我要早起，我要去割草。

［穿着睡衣的沃尔尼茨基拿着蜡烛上。

沃尔尼茨基 院子里快来暴风雨了。

［闪电。

瞧！夫人和索尼娅，你们睡觉去吧，我来替换你们。

谢列布里亚科夫 （惊慌失措）不，不！别让我单独跟他在一起！不。他会冲我唠叨个没完！

沃尔尼茨基 但该让她们安静一会儿！她们已经两个晚上没睡好觉了。

谢列布里亚科夫 让她们去睡觉好了，但你也离开这里。感谢。求你。看在我俩过去的友情的分上，别反对。以后我们再谈。

沃尔尼茨基 （冷笑着）过去的友情……过去的……

索尼娅 万尼亚舅舅，别说了。

谢列布里亚科夫 （向妻子）我亲爱的，别让我跟他在一起！他会冲我唠叨个没完。

沃尔尼茨基　这会很有趣。

［马林娜拿着蜡烛上。

索尼娅　奶娘，你去睡你的觉吧。已经很晚了。

马林娜　桌上的茶炉还没收好。还不怎么困。

谢列布里亚科夫　大家都不睡觉，都没力气，唯有我一个人享清福。

马林娜　（走近谢列布里亚科夫，温柔地）老爷，怎么啦？腿痛？我的两条腿也酸痛，也酸痛。（给他整理好毯子）您这是老毛病了。死去的薇拉·彼得洛夫娜，索尼娅的母亲，常常通宵不睡觉，她操心劳神……她太爱您了……

［停顿。

老年人和小孩子一样，希望有人可怜他，但老年人偏偏得不到可怜。（吻他的肩）咱们走吧，老爷，上床睡觉了……咱们走吧，亲爱的……我给您泡杯菩提茶，我给您暖暖腿……我为您祈祷主……

谢列布里亚科夫　（深受感动）咱们走吧，马林娜。

马林娜　我自己的两条腿也酸痛，也酸痛！（和索尼娅一起扶着他走）薇拉·彼得洛夫娜总是操心劳神，总是哭……你，索尼娅，那时还小，还不懂事……走吧，走吧，老爷……

［谢列布里亚科夫、索尼娅和马林娜下。

叶莲娜·安德烈耶夫娜　和他在一起我痛苦难受，都站不住了。

沃尔尼茨基　他让您痛苦，我呢，自己让自己痛苦。已经第三个晚上不能入睡了。

叶莲娜·安德烈耶夫娜　这所房子不太平，不安宁。您的母亲恨所有人，除了自己的小册子和教授；教授总发火，他不信任我，害怕您；索尼娅生她爸爸的气，也生我的气，已经有两星期不和我说话了；您恨我丈夫，公开对自己的母亲表示不敬；而我愤怒难过，今天我自己已二十多次想要哭……这所房子不太平，不安宁。

沃尔尼茨基　别再高谈阔论了吧！

叶莲娜·安德烈耶夫娜　您，伊万·彼得罗维奇，受过教育，聪明，大概您该明白，世界不是毁于大火，不是毁于强盗之手，而是毁于人与人之间的憎恨和敌意，毁于所有这些渺小和无谓的争吵……您要做的不是埋怨唠叨，而是让大家和睦相处。

沃尔尼茨基　那您先让我和我自己和睦起来！我亲爱的……（突然抓起她的手）

叶莲娜·安德烈耶夫娜　放开！（抽出手来）走开吧！

沃尔尼茨基　马上要来一场雨，大自然里的一切都会焕然一新，呼吸也会变得更轻快。但只有我一人，不会被这场大雷雨焕发出精神来。日日夜夜，有个沉重的精神负担，像幽灵这超自然的力量让我无法呼吸：我的一生已无可挽回地浪费了。我没有过去——它愚蠢地耗费在区区小事上了，而我的现在又荒唐得可怕。这就是给您拿走的我的生命，我的爱情：我把它们放在哪儿？我拿它们怎么办？我的感情白白地消失了，就像照到坑里的一道阳光消失一样，我自己也要完蛋了。

叶莲娜·安德烈耶夫娜　当您跟我说起爱情，我不知怎么回事一下子变得麻木，失去知觉，我不知道说什么。请原谅，我没什么可对您说的。（欲走）晚安。

沃尔尼茨基 （拦住她去路）我多想让您知道，在我身边，在这所房子里，另一个生命——您的生命也在毁灭着，这想法使我多痛苦！您在等待什么？哪一种可恶的哲学妨碍您？您要明白，您要明白……

叶莲娜·安德烈耶夫娜 （盯着他看）伊万·彼得罗维奇，您醉了！

沃尔尼茨基 可能，可能……

叶莲娜·安德烈耶夫娜 医生在哪儿？

沃尔尼茨基 他在那里……在我房里过夜。可能，可能……一切都可能！

叶莲娜·安德烈耶夫娜 您今天也喝酒了？为什么？

沃尔尼茨基 总要有点儿过日子的样子……别妨碍我吧，夫人！

叶莲娜·安德烈耶夫娜 以前您从不喝酒，也从不这样滔滔不绝地说话……去睡吧！和您在一起我感到乏味。

沃尔尼茨基 （突然抓起她的手）我亲爱的……美妙的人！

叶莲娜·安德烈耶夫娜 （懊丧地）放开我。这简直是讨厌。（离去）

沃尔尼茨基 （独自一人）她走了……

［停顿。

十年前，我在死去的姐姐那儿遇见她。那时她十七岁，而我三十七岁。我为什么那时没爱上她，没向她求婚呢？要知道这是很有可能的！她现在就应该是我的妻子了……是的……现在我们两人就会一起被这雷雨惊醒；她会怕雷电，我会把她抱在怀里，轻声说："别怕，我在这儿。"嘿，多美妙的想法儿，想想我都要笑起来……但，我的主，我的头脑都糊涂了……我为什么变老了？她为什么不能理解我？她那动听的空谈，懒散的说教，她那关于世界毁灭的荒唐想法——

所有这些都让我痛恨。

［停顿。

噢，我受了多大的欺骗！我曾把这个教授，这个痛风病患者奉若神明，为他像牛一样劳作过！我和索尼娅从这个庄园里榨取最后的油水，我们像富农一样斤斤计较地出售素油、豌豆和奶渣，自己省吃俭用，一文钱一文钱积累成成千上万的卢布寄给他享用。我曾为他，为他的科学成就而骄傲，我活在、陶醉在他的事业里！他所写的、所说的一切，我都以为是天才的……天啊，可现在呢？现在他退休了，现在他生活的结局一目了然：他没留下一页著作，他是无名之辈，他等于零！肥皂泡！而我受骗了……我看到了——愚蠢地受骗了……

［阿斯特罗夫上，他穿着常礼服，没穿背心，没系领带；略有醉意；捷列金带着吉他随他上。

阿斯特罗夫　弹一曲！

捷列金　都在睡觉！

阿斯特罗夫　弹一曲！

［捷列金轻轻地弹奏。

（向沃尔尼茨基）这里就你一个人？女士们不在？（双手叉腰，轻唱一首民歌）“小屋逃走了，炉子灭了，主人没地方睡了……”雷雨把我闹醒了。雨好大。现在几点？

沃尔尼茨基　鬼知道。

阿斯特罗夫　我好像听到了叶莲娜·安德烈耶夫娜的说话声。

沃尔尼茨基　她刚刚在这儿。

阿斯特罗夫　一位美丽的女人。（端详桌子上的玻璃瓶）是药。应有尽有！哈尔科夫生产的，莫斯科生产的，还有图拉[1]生产的……他的痛风病把所有的城市都惊动了。他是真有病还是假装的？

沃尔尼茨基　真有病。

［停顿。

阿斯特罗夫　你今天为什么这样忧伤？是可怜教授，还是怎么的？

沃尔尼茨基　让我安静吧。

阿斯特罗夫　也许是爱上了教授夫人了？

沃尔尼茨基　她是我的朋友。

阿斯特罗夫　已经？

沃尔尼茨基　“已经”是什么意思？

阿斯特罗夫　女人成为男人的朋友必须经过以下的逻辑顺序：先是熟人，然后是情妇，再后来才是朋友。

沃尔尼茨基　庸俗哲学。

阿斯特罗夫　怎么？是的……应该承认——我正变成鄙俗的人。瞧，我也喝醉了。我一般一个月喝醉一次。当我在这种状态下，就变得厚颜无耻，极其蛮不讲理！这时我什么都不在乎！我可以接受最困难的手术，而且做得很好；我可以描绘最宏大的远景；这种时候，我已经不觉得自己是怪人，我相信我真能够给人类做出巨大贡献……巨大贡献！而且这种时候，我有我自己的哲学体系，而你们，兄弟们，在我眼中就

1　俄罗斯最早的生产军火的城市之一，位于莫斯科以南一百多公里。托尔斯泰的庄园坐落于此。

像小昆虫……小细菌……（向捷列金）华夫饼干，弹吧！

捷列金 朋友，我衷心愿意为你效劳，但要知道，家里有人在睡觉！

阿斯特罗夫 弹你的！

［捷列金轻轻地弹奏。

得喝点儿酒。咱们走，好像那里还有瓶剩的白兰地。天一亮，咱们就到我们家。去吗？我有个外科助理医士，他永远不说“去”，而是说“区”。是个可怕的骗子。那么，“区”吗？（看见进来的索尼娅）请您原谅，我没系领带。（匆匆下；捷列金跟在他后面）

索尼娅 万尼亚舅舅，你又和医生一起喝酒了，物以类聚……嗯，那一个总是这样了，可你为什么？和你这把年纪不相称。

沃尔尼茨基 年纪在这里没意义。没了真正的现实生活，人就活在幻想的海市蜃楼中。这总比什么也没有强。

索尼娅 所有的干草我们都收割下来了，现在连着阴雨天，草怕要烂了，而你还在海市蜃楼中。你完全把这产业丢下……就我一人干活，我也筋疲力尽了……（害怕）舅舅，你眼睛泪汪汪的！

沃尔尼茨基 什么泪？什么也没有……胡说……你现在看我，神情像你死去的妈妈一样。我亲爱的……（贪婪地吻着她的手和面孔）我的姐姐……我可爱的姐姐……她在哪里？如果她能知道！哎呀，如果她能知道！

索尼娅 什么？舅舅，知道什么？

沃尔尼茨基 我很沉重，不好受……没什么……过去了……没什么……我就走……（下）

索尼娅 （敲门）米哈依尔·利沃维奇！您还没睡吗？请来一下！

阿斯特罗夫 （门内）就来！（稍过一会儿出来：他已穿上背心，系上领带）有什么吩咐？

索尼娅 如果您愿意，您自己喝酒，但是，我恳求您不要让舅舅喝酒。对他有害。

阿斯特罗夫 好。以后我们再不喝了。

［停顿。

我这就回家。说做就做。备好马后，天也就亮了。

索尼娅 正下雨。等天亮吧。

阿斯特罗夫 雷雨就快过去了，不碍事。我坐车走。还有，以后不必为您父亲再去请我。我对他说是痛风，而他说是关节炎；我请他卧床，他要坐着。而今天他根本不和我说话了。

索尼娅 他给宠坏了。（朝碗柜里看）想吃点儿什么吗？

阿斯特罗夫 好的，拿来吧。

索尼娅 我喜欢在晚上吃点儿东西。碗柜里像还有点儿什么吃的。据说，他在生活中很讨女人的欢心，他的女人们把他宠坏了。您拿点儿干酪吧。

［两人站在碗柜旁，吃着。

阿斯特罗夫 我今天什么也没有吃，就喝了点酒。您父亲的性格很强势。（从碗柜拿出一个杯子）可以吗？（喝了一杯）这里没旁人，我有话可以直说。您知道吗，我觉得在你们这家里，我连一个月也住不下去，在这空气里我会喘不过气来……您的父亲只关心自己的书和自己的痛风病，万尼亚舅舅又成天郁郁寡欢，还有您的外婆，最后，还有您的继母……

索尼娅 继母怎么了？

阿斯特罗夫 人身上的一切都应是美的，无论面孔，还是衣裳，还是心灵，还是思想。她“是这片土地上最美的人”[1]，这不假，但……要知道她只吃饭、睡觉、散步，用自己的美貌来迷惑我们——再没有别的了。她没一点儿责任感，都是别人为她工作……难道不是这样？而游手好闲的生活不可能干净。

［停顿。

顺便说一句，也许，我待人的态度太严苛了。我不满意生活，和您的万尼亚舅舅一样，所以我们两人都成了爱唠叨的人。

索尼娅 您不满意生活？

阿斯特罗夫 总的来说我是爱生活的，但我们的生活，县城的、俄罗斯的、小市民的生活，我现在无法爱，而且全身心厌恶。至于我个人的生活，那么，天知道，完全乏善可陈。您知道，当人深夜走在树林子里，如果那时远处亮起灯火，那么他就不会感觉到疲乏、黑暗，也不会觉察扫到脸上的树枝荆棘……我在工作——您也知道——在这县城里没人像我这样拼命工作，命运不停鞭策着我，我常常苦不堪言，但我的远方没有灯火。我已别无所求，我也不爱人们了……我早就不爱任何人了。

索尼娅 任何人也不爱？

阿斯特罗夫 任何人也不爱。由于久远记忆，我只是对您的奶娘心怀几分柔情。庄稼人千人一面，缺乏教养，生活得不洁净，而和知识分子也很难打交道。让我疲惫。他们所有人，我的善良的熟人们，思想渺小，情感渺小，他们见不到自己鼻子以

---

1 出自亚历山大·普希金根据格林童话《白雪公主》改编的《死公主和七勇士的故事》。

外的东西——这简直愚蠢啊。而那些比较聪明、比较有影响力的人呢，又歇斯底里，被分析和反映论弄得走火入魔……他们叹息，仇恨，病态地造谣生事，不以诚相待，斜眼看人，一语就把人盖棺论定："这是神经病！"或者："这是好说漂亮话的人！"而当他们还不知该在我的额头上贴什么标签时，就说："这是个古怪的人，古怪！"我爱森林——这就古怪；我不吃肉——这也古怪。那种对于自然与人的单纯、纯洁和自由的态度，现在已不存在了……不存在了！（想喝酒）

索尼娅 （不让他喝）不，我请求您，我恳求您别再喝了。

阿斯特罗夫 为什么？

索尼娅 这与您多不相称！您的举止优雅，您的嗓音这么柔和……更进一步说，在我认识的人里，您是美丽的。为什么您要和那些喝酒、打牌的普通人一样？噢，您别这样做，我请求您！您总是说，人们不创造，只是毁坏主、上天赋予的东西。可为什么，您为什么要毁掉您自己？不该，不该这样，我请求您，恳求您了。

阿斯特罗夫 （向她伸出手去）我再也不喝了。

索尼娅 向我保证。

阿斯特罗夫 我说的是真心话。

索尼娅 （紧握他的手）谢谢您！

阿斯特罗夫 "够了"（意大利语）！我清醒了。您瞧，我已经完全清醒了，我这样清醒到我的最后一天。（看钟表）好吧，让我们继续。我说：我的时代已过去了，我已来不及……我变老了，劳累过度，变得庸俗，扼杀了所有感觉，好像，我已经不能依恋人了。我谁也不爱……已经不会去爱了。还能抓住我的，只有美了。我对于美还不能无动于衷。我觉得，如果叶莲娜·安德烈耶夫娜愿意的话，倒能让我头脑发昏一天的……但是要知道这不是爱情，也不是依恋……（用手挡住双眼，抖动了一下）

索尼娅 您怎么啦？

阿斯特罗夫 没什么……在大斋戒日，我的一个病人在我给他用麻药时死了。

索尼娅 该忘记这件事了。

［停顿。

请告诉我，米哈依尔·利沃维奇……如果我有个女友，或者有个妹妹，如果您知道，她……嗯，比如说，她爱您，您将会如何对待呢？

阿斯特罗夫 （耸肩）不知道。大概，不会怎么样。我会让她知道，我不会爱她的……而且我根本不考虑这个。不管怎样，我该走了。再见，亲爱的，要不我们到天亮也谈不完。（握她的手）如果可以的话，我从客厅出去，我怕您的舅舅把我拦住。（下）

索尼娅 （独自一人）他什么也没对我说……他的灵魂和内心对我还是关闭的，但为什么我觉得自己这样幸福？（因幸福而笑）我对他说了：您很优雅，您很高尚，您有温柔的嗓音……难道我说得不是时候？他的声音颤抖着，多么亲切……我现在还能在空气中感觉它的存在。当我向他说起关于我的妹妹的话，他也没听懂……（拧自己的手）啊，我长得不美，这多可怕！多可怕！可我知道，我不漂亮，我知道，我知道……上礼拜天，当我走出教堂时，我听到有人在议论我，有个女人说："她很善良，很大度，可惜她长得真不好看……”不好看……

[叶莲娜·安德烈耶夫娜上。

叶莲娜·安德烈耶夫娜　（打开窗子）雷雨过去了。空气多新鲜！

[停顿。

医生在哪儿？

索尼娅　他走了。

[停顿。

叶莲娜·安德烈耶夫娜　苏菲！

索尼娅　什么？

叶莲娜·安德烈耶夫娜　您生我的气要生到什么时候呢？我们谁也没做过伤害对方的事。为什么要彼此作对？够了……

索尼娅　我自己也想……（拥抱她）都不要生气了。

叶莲娜·安德烈耶夫娜　好极了。

[两人都很激动。

索尼娅　爸爸躺下了？

叶莲娜·安德烈耶夫娜　不，他坐在客厅里……我们已经有整整一个星期彼此不说话了，天知道这为什么……（看到碗柜开着）怎么回事？

索尼娅　米哈依尔·利沃维奇吃晚饭来着。

叶莲娜·安德烈耶夫娜　有葡萄酒……我们饮酒结盟吧。

索尼娅　好呀。

叶莲娜·安德烈耶夫娜　从一个酒杯里喝……（倒酒）这样更好。那么现在可以称呼“你”了？

索尼娅　你。

[两人喝酒，接吻。

我早就想和解了，但不知为什么总不好意思……（哭）

叶莲娜·安德烈耶夫娜 可你哭什么？

索尼娅 没什么。我就是这样。

叶莲娜·安德烈耶夫娜 嗯，别哭了，别哭了……（哭）怪女人，我也哭起来了……

[停顿。

你怨恨我，一定是因为觉得我嫁给你爸爸是有利可图……如果你相信誓言，那我就向你发誓：我嫁给他是因为爱。他作为一个学者，一个名人，我被他吸引。这爱情不是真正的，是虚伪的，是的，但我当时可认为这爱情就是真正的爱情。我没有过错。可从我们举行婚礼的那天起，你就用你那聪明而怀疑的眼光来折磨我。

索尼娅 好了，讲和了，讲和了！我们忘了它吧。

叶莲娜·安德烈耶夫娜 不该用这样的眼光看人——这与你不相称。应该相信所有人，否则无法生活。

[停顿。

索尼娅 像个朋友那样对我说句良心话……你幸福吗？

叶莲娜·安德烈耶夫娜 不。

索尼娅 这我知道。还有一个问题。你坦白说——你是否希望自己有一个年轻的丈夫？

叶莲娜·安德烈耶夫娜 你真还是个孩子。当然，我想。（笑）嗯，你再问点什么吧，问吧……

索尼娅 你喜欢医生吗？

叶莲娜·安德烈耶夫娜 是的，很喜欢。

索尼娅 （笑）我的样子一定很傻……是吗？你看他已经走了，但我还能听到他的嗓音和脚步声，我瞧着黑黑的窗子——我觉得那里有他的面孔。让我把话说完……但我不能这样大声说，我觉得难为情。我们到我房间里去吧，我们在那里聊，你觉得我傻吗？承认吧……跟我谈谈他的情况……

叶莲娜·安德烈耶夫娜 讲什么呢？

索尼娅 他很聪明……他什么都会，无所不能……他既看病，又种树……

叶莲娜·安德烈耶夫娜 问题不在森林和医学……我亲爱的，你要明白，这是才华！可你知道什么叫才华吗？勇气、自由的头脑、大刀阔斧的气魄……他栽上一棵树，已经想到它在一千年之后将给人带来什么，已经仿佛看到人类的幸福，这样的人不多，应该爱他们……他喝酒，有时有点儿粗鲁，——但这有什么糟糕可言？有才华的人在俄罗斯不可能洁白无瑕。你自己想想，这位医生过的是什么日子！路上难以通过的泥泞，严寒，暴风雪，路途遥远，粗俗的人群，到处是贫困和疾病，这样的条件下，人天天劳作、奋斗，是很难在四十岁时保持住洁白无瑕和不去饮酒的……（吻她）我衷心祝愿你，你该得到这幸福……（站起）可我是乏味的、昙花一现的人物……无论在音乐上，在丈夫家里，还是在所有的浪漫关系里。说实在的，索尼娅，如果认真想想，那么我是一个非常、非常不幸的人！（激动地来回走动）在这个世界上没有我的幸福，没有！你笑什么？

索尼娅 （捂着脸，笑）我多幸福……幸福！

叶莲娜·安德烈耶夫娜 我想弹琴……我想现在弹奏个什么曲子。

索尼娅 弹吧。（拥抱她）我睡不着了……弹吧！

叶莲娜·安德烈耶夫娜 马上。你爸爸失眠。当他病着的时候，不爱听音乐。你去问问。如果他不反对，我就弹。你去吧。

索尼娅 马上。（离去）

［更夫在花园里的打更声。

叶莲娜·安德烈耶夫娜 我好久没弹琴了。我要一边弹，一边哭，哭得像傻女人。（看窗外）叶菲姆，是你在打更吗？

［更夫的声音：是我！

别打了，老爷身体不舒服。

［更夫的声音：我马上走！（和着打更的声音吹口哨）小狗米契卡，小狗玛里奇，都到这边来！

［停顿。

索尼娅 （回来）不让弹！

［幕落。

第三幕

［谢列布利亚科夫家的客厅。三扇门：一扇右边，一扇左边，一扇居中。白天。

［沃尔尼茨基、索尼娅都坐着，叶莲娜·安德烈耶夫娜在舞台上来回踱步，若有所思。

沃尔尼茨基 教授先生表达了一个愿望，要求我们今天中午一点钟以前聚集到这个客厅来。（看表）差一刻一点。他想向世界宣布什么。

叶莲娜·安德烈耶夫娜　大概有什么事。

沃尔尼茨基　什么正经事也没有。除了写点儿废话，发点儿怨言和嫉妒他人之外，什么也没有。

索尼娅　（责备地）舅舅！

沃尔尼茨基　好，好，我的不是。（指指叶莲娜·安德烈耶夫娜）欣赏欣赏吧：一边走，一边懒散地晃悠着。很可爱！很可爱！

叶莲娜·安德烈耶夫娜　您整天唠叨，唠叨不停，这难道不厌倦！（愁苦地）我无聊死了，我不知道该做些什么。

索尼娅　（耸耸肩）事情还少吗？只要想做。

叶莲娜·安德烈耶夫娜　比如？

索尼娅　干点儿农家活儿，教教书，看看病人，还少吗？你和爸爸不在这里的时候，我和万尼亚舅舅自己到市场上去出售麦粉。

叶莲娜·安德烈耶夫娜　我不会，也没兴趣。只有在理想主义的小说里才有人给农民教书、看病，而我能无缘无故突然间去给他们看病和教书吗？

索尼娅　我还是不明白，为什么不能去教书？去一阵子就会习惯的。（拥抱她）别烦闷啦，亲爱的。（笑）你烦闷，找不到自己的位置，但烦闷和闲散是会传染的。你瞧啊：万尼亚舅舅现在什么都不干，像影子一样地跟在你的后边；我也放下了自己的工作，跑来跟你聊天。我也变懒了，真没有办法！米哈依尔·利沃维奇医生从前很少来我们这里，一个月也就来一次，请他很难，而现在他每天都来，把自己的森林和医学都抛到了一边。你也许是个魔法师吧。

沃尔尼茨基 干吗苦闷呢？（活跃地）嗯，我亲爱的，您真是太美了，做个聪明女人吧！在您的血管里流着美人鱼的血，那就做美人鱼吧！让您自己一辈子里哪怕一次露出本性，扑通跳进河里的旋涡深渊里，去疯狂爱上个什么水神，使得教授先生和我们所有的人只好望洋兴叹！

叶莲娜·安德烈耶夫娜 （愤怒）让我安静吧！这多残酷！（欲走）

沃尔尼茨基 （不放她走）嗯，我的欢乐，原谅我……我道歉。（吻手）和解啦。

叶莲娜·安德烈耶夫娜 您得知道，就是天使也有失去忍耐的时候。

沃尔尼茨基 为了表示和解，我送给你一束玫瑰花；早晨我就给您预备好了……秋天的玫瑰——是美好的玫瑰，也是忧郁的玫瑰……（离去）

索尼娅 秋天的玫瑰——美好的、忧郁的玫瑰……

[两人都看着窗外。

叶莲娜·安德烈耶夫娜 已经是九月份了。我们大概要在这里过冬！

[停顿。

医生在哪儿？

索尼娅 在万尼亚舅舅的房间里。在写什么东西。我很高兴万尼亚舅舅走了，我要跟你说几句话。

叶莲娜·安德烈耶夫娜 说什么？

索尼娅 说什么？（把头靠在她胸上）

叶莲娜·安德烈耶夫娜 行了，行了……（抚摸她的头发）行了。

索尼娅 我不漂亮。

叶莲娜·安德烈耶夫娜 你的头发很好看。

索尼娅 不！（环顾，在镜子里端详自己）不！要是女人长得不漂亮，就对她说："您的眼睛很漂亮，您的头发很漂亮。"我已经爱了他六年了，爱他胜过爱自己的母亲；我每一分钟都能听到他的嗓音，感觉到他的手的触摸；我看着门口，期待着，感到他可能马上就进到门里来。你瞧，我常到你这里来谈论他。现在他每天都来这里，但对我他却视而不见……这多痛苦！我已经毫无希望了，毫无希望！（绝望地）我的主，请给我点力量……我整夜祈祷……我常常走到他跟前，自己和他说话，看着他的眼睛……我已经没有自尊，我无法控制自己……昨天忍受不了，就向万尼亚舅舅承认我爱医生……所有仆人都知道我爱他。全都知道。

叶莲娜·安德烈耶夫娜 那么他呢？

索尼娅 不，他不关注我。

叶莲娜·安德烈耶夫娜 （沉思）真是怪人……这样吧，对不起，我跟他谈谈……我小心翼翼地，用暗示……

[停顿。

真的，怎么到现在还不清楚……让我来问他吧！

[索尼娅肯定地点点头。

太好了。爱还是不爱——这不难了解。我亲爱的，别不好意思，别担心——我会小心地问他，他不会觉察。我们只是要知道：行还是不行？

[停顿。

如果不行，就请他少来这里。是吗？

［索尼娅肯定地点点头。

看不见他，就会轻松一些。不必拖延时间了，现在就详细地问问他。他想给我看几张什么图纸……去告诉他吧，说我想见他。

索尼娅 （十分激动不安）你会把全部实情都告诉我吗？

叶莲娜·安德烈耶夫娜 对，当然。我认为，不管是什么样的事实，总要比一无所知好。交给我好了，亲爱的。

索尼娅 是的，是的……我对他说，你想看他的图纸……（走着，又在门口停住了脚步）不，还是一无所知的好……这样毕竟还有希望……

叶莲娜·安德烈耶夫娜 你怎么了？

索尼娅 没什么。（离去）

叶莲娜·安德烈耶夫娜 （独自一人）当你知道了别人的秘密，又无法提供帮助，再没有比这更糟糕的了。（思索）医生不爱她，这是明摆着的，但为什么就不能跟她结婚呢？索尼娅不漂亮，但对一个上了年纪的乡村医生来说，她是很理想的妻子。那么聪明，那么善良，那么纯洁……不，不是这样……

［停顿。

我理解这个可怜的女孩儿。在绝望的寂寞中，周围全是些灰色的、猥琐的人群，他们只知道吃饭、喝酒、睡觉，这时候出现了他，他和其他人不一样，他英俊、有趣、有魅力，就像在黑暗中升起了一轮明月……屈服于这个人的魅力之中，不能自拔……也许，我自己也有点儿不能自拔了。是的，没有他我也感到寂寞，瞧我一想到他，也露出微笑……这位万尼亚舅舅说，好像在我的血管里流着美人鱼的血。“一辈子哪怕有一次露出本性……”怎么？也许，真需要这样……做一只自由的鸟儿从你们这儿飞开，远离这些昏昏欲睡的嘴脸，这些无谓的交谈，忘记你们所有人还生存在这个世界上……但我胆怯、开不了口……我受着良心的折磨……他每天都来这里，我猜得到他为什么在这里，我感到自己是有过错的，我愿意跪在索尼娅跟前，哭泣着请她原谅……

阿斯特罗夫 （拿着一张图纸上）日安！（握手）您想看看我的画？

叶莲娜·安德烈耶夫娜 您昨天答应给我看您的作品……您有空吗？

阿斯特罗夫 嗯，当然有空。（在呢面折叠式方特牌桌上展开统计地图，并用图钉将它固定住）您出生在哪里？

叶莲娜·安德烈耶夫娜 （帮助他）彼得堡。

阿斯特罗夫 在哪儿受的教育？

叶莲娜·安德烈耶夫娜 音乐学院。

阿斯特罗夫 那您对这个可能不会感兴趣。

叶莲娜·安德烈耶夫娜 为什么？我，当然，不了解农村，但我读过不少书。

阿斯特罗夫 这里有我自己的一张桌子……在伊万·彼得罗维奇的房间里。当我筋疲力尽、头晕脑胀的时候，就抛开一切，跑到这里来，用画图来消遣一两个小时……伊万·彼得罗维奇和索菲娅·亚历山德罗夫娜在算账，我就坐在自己的桌子前涂抹——这样我感到温暖，安宁，还有一只蟋蟀在叫。可这种乐趣，我也不允许自己常常享受，一个月也就那么一次……（指着图纸）现在看这里。这是我们县五十年前的图。

深、浅绿色画出来的是森林；那时有一半的地域是森林。在绿色中用红格画出的地方，那时有驼鹿和野山羊……我把动植物种群都标明出来了。在这片湖水里，生活过很多天鹅、野鹅和野鸭，就像老人们说的，这儿各种各样的鸟多得不得了，飞起来就像一片乌云。除了一些大大小小的村庄，还有一些零星散布的农舍、小庄园、古老信徒派教徒的修道院和水磨坊……那时牛马成群。这用蓝色标明了。比如，这一区域蓝色更深；那里是盛产马群的地方，那时每一户都能养三匹马。

[停顿。

现在再往下边看。这是二十五年前的景象。这时森林只占三分之一的总面积了。野山羊已经没有了，但驼鹿还有。绿颜色和蓝颜色也不那么深了。诸如此类，可想而知。现在再看图的第三部分：今天全县的图形。绿色还能看到，但已经不能连绵成片，只是呈散点形状；驼鹿、天鹅、松鸡也绝迹了……从前的零星农舍、小庄园、修道院和磨坊也不见了。总的来说，这是一幅渐进的、无可怀疑的退化图景，看来，再过个十年、十五年，就会完全退化。您会说，这是文化的影响，旧生活总是要给新生活让路的。是的，我理解，如果在被砍伐的森林里，修建起公路和铁路，如果能有制造厂、工厂、学校，——人民是会变得更健康、更富足、更聪明的，但情况并非如此！在这个县里，照样是遍地沼泽、蚊虫，照样是没有好路，照样是贫困、伤寒热病、白喉、火灾……这种退化是力不从心的生存竞争的结果；这种退化来自因循守旧、愚昧无知和完全丧失自觉。饥寒交迫、贫病交加的人为了拯救生命的残渣，为了保护自己的子女，便本能地、无意识地抓住可以用来充饥御寒的一切，把一切都破坏了，毫不顾及明天……一切几乎都毁坏了，但可替代的没有创造出来。（冷冷地）我从您的脸色看出，您对这不感兴趣。

叶莲娜·安德烈耶夫娜　但我在这方面了解很少……

阿斯特罗夫　了解或不了解都没关系，只是不感兴趣罢了。

叶莲娜·安德烈耶夫娜　坦率说，我的心思不在这里，请原谅。我要向您打听一下，但我难为情，不知该怎么开始。

阿斯特罗夫　是审问？

叶莲娜·安德烈耶夫娜　是审问，但……是无恶意的。让我们坐下吧！

［两人坐下。

事关一个年轻人。让我们像诚实的人那样，像熟人那样，不用拐弯抹角。我们说过了就把它忘了。好吗？

阿斯特罗夫　好。

叶莲娜·安德烈耶夫娜　关于我的继女索尼娅。您喜欢她吗？

阿斯特罗夫　是的，我尊重她。

叶莲娜·安德烈耶夫娜　作为一个女人，您喜欢她吗？

阿斯特罗夫　（稍稍迟疑一下）不。

叶莲娜·安德烈耶夫娜　再问一两句就完了……您什么也没觉察？

阿斯特罗夫　没有。

叶莲娜·安德烈耶夫娜　（拉住他的手）从您的眼睛里我看得出，您不爱她……她在痛苦……您要明白这一点……别再到这里来。

阿斯特罗夫　（站起）我结婚的岁数已经过去了……我也没工

夫……（耸耸肩）我哪有时间？（他局促不安）

叶莲娜·安德烈耶夫娜 哎呀，多不愉快的谈话！我这么紧张，像挑千斤重担。嗯，谢天谢地，总算谈完了。我们忘记吧，就像我们没有谈过这个……请您走吧。您是个聪明人，您应该理解……

［停顿。

我甚至都脸红了。

阿斯特罗夫 如果您在一两个月前谈起这个，我可能要考虑考虑，但现在……（耸耸肩）如果她痛苦，那么当然……只是有一点我不明白：为什么要您要来做这个审问？（看着她的眼睛，用手指做了个威吓的姿势）您——真狡猾！

叶莲娜·安德烈耶夫娜 这是什么意思？

阿斯特罗夫 （笑着）真狡猾！假定说，索尼娅痛苦，我愿意相信，但您的这次盘问是为了什么？（不许她说话，活跃地）对不起，别故作惊讶的表情，您知道得很清楚，我为什么每天都到这里来……我为什么来，为谁来，您知道得一清二楚。可爱的猛兽，您别这么看我，我是老于世故的人……

叶莲娜·安德烈耶夫娜 （莫名其妙地）猛兽？我一点儿不懂。

阿斯特洛夫 美丽的、毛茸茸的一只艾鼬……您需要牺牲品！瞧我已经整整一个月什么也不做，我丢开一切，狂热地追寻您——这使您特别喜欢，特别喜欢……这又怎么的？我被战胜了，不用打听您也知道（交叉着两臂，低下头）我屈服了。来吧，把我吃了吧！

叶莲娜·安德烈耶夫娜 您发疯了！

阿斯特罗夫 （从牙缝里挤出笑声）您害羞了……

叶莲娜·安德烈耶夫娜 啊，我比您想像得更美好，更高尚！我向您发誓！（想走开）

阿斯特罗夫 （挡住她的去路）我今天就走，以后也不到这里来了，但是……（握住她一只手，端详）我们将在哪里见面？快点儿说吧：在哪里？有人会到这儿来的，快点儿说吧（狂热地）多美妙、美丽的女人……一个吻……我只要吻吻您芳香的头发……

叶莲娜·安德烈耶夫娜 我向您发誓……

阿斯特罗夫 （不让她说）为什么发誓？不必发誓。不必说多余的话……啊，多美！多美丽的手！（吻手）

叶莲娜·安德烈耶夫娜 但是简直是够了……您走开……（抽出手来）您忘乎所以了。

阿斯特罗夫 您倒是说呀，说啊，我们明天在哪儿见面？（搂住她的腰）你看，这是不可避免的，我们需要见面。（吻她；这时沃尔尼茨基手捧一束玫瑰花上，他停在门口）

叶莲娜·安德烈耶夫娜 （没发现沃尔尼茨基）饶恕我吧……让我安静吧……（把头靠在阿斯特罗夫的怀里）不！（想离开）

阿斯特罗夫 （抱住她的腰）明天到林务区去……两点钟……行吗？行吗？你会去吧？

叶莲娜·安德烈耶夫娜 （看见沃尔尼茨基）放开！（向窗户走去，羞愧难当）这太可怕了。

沃尔尼茨基 （把花束放到一把椅子上，非常激动，用手帕擦脸上和脖子上的汗）没关系……没关系……

阿斯特罗夫 （耍脾气）尊敬的伊万·彼得罗维奇，今天天气不坏，早上天空阴沉沉的，像是要下雨，而现在阳光灿烂，说

实在的，今年秋天的天气很好，秋播也不错。（卷起地图放进一个筒子里）只是日子变短了……（离去）

叶莲娜·安德烈耶夫娜 （迅速走近沃尔尼茨基）您尽可能地利用您的一切影响，今天就让我和我丈夫离开这里！听到了吗？今天就走。

沃尔尼茨基 （擦脸上的汗）啊？嗯，是的……好……埃莲娜，我全都看到了，全看到了……

叶莲娜·安德烈耶夫娜 （神经质地）听到了吗？我今天就要离开这里！

［谢列布里亚科夫、索尼娅、捷列金和马林娜上。

捷列金 尊贵的先生，我身体不大舒服，已经闹了两天小病了，有点儿晕……

谢列布里亚科夫 其他人在哪儿？我不喜欢这所房子，有点儿像迷宫。二十六个大房间，人们各自分散，谁也找不到谁。（按铃）请把玛丽娅·瓦西里耶夫娜和叶莲娜·安德烈耶夫娜请到这里来。

叶莲娜·安德烈耶夫娜 我在这里。

谢列布里亚科夫 先生太太们，请坐下。

索尼娅 （走近叶莲娜·安德烈耶夫娜，迫不及待地）他说了什么？

叶莲娜·安德烈耶夫娜 等一会儿。

索尼娅 你在发抖？你很不安？（用探寻的目光盯视着她的面孔）我明白了……他说他再也不到这里来了……是吗？

［停顿。

你说吧，是吗？

［叶莲娜·安德烈耶夫娜肯定地点头。

谢列布里亚科夫 （向捷列金）疾病还可以忍受，让我不能适应的，是这种乡间生活的氛围，我有这样一种感觉，好像我从地球上跌到了另外一个什么星球。先生太太，我请你们都坐下。索尼娅！

［索尼娅不听他的，她悲伤地低着头，站着。

索尼娅！

［停顿。

听不见。（向马林娜）你，奶娘，也坐下。

［奶娘坐下，编织袜子。

先生太太，我请你们洗耳恭听。（笑）

沃尔尼茨基 （不安地）我，也许不需要？我能走吗？

谢列布里亚科夫 不，你在这里比任何人都重要。

沃尔尼茨基 您需要我什么？

谢列布里亚科夫 您……你生什么气？

［停顿。

如果我在你面前有什么过错，那么请原谅。

沃尔尼茨基 别用这种声调。有事说事……你需要什么？

［玛丽娅·瓦西列耶夫娜上。

谢列布里亚科夫 妈妈也来了。先生太太们，我现在开始。

［停顿。

我请你们来，先生太太们，是为了向你们宣布：钦差大臣要到我们这里来[1]。不过，把笑话搁到一边去。事情很严

1　果戈理喜剧《钦差大臣》中市长召集一群官吏，宣布钦差大臣前来视察时说的话，是全剧第一句台词。

肃。我，先生太太们，把你们召集来是为了向你们请求帮助和征求意见，我知道你们一向对我很好，我相信能得到你们的帮助和支持。我是一个做学问的人，一个书生，总是远离实际生活。没有在行的专家们的指导不行，所以我请你，伊万·彼得罗维奇，也请您，伊里亚·伊里奇，还有您，妈妈……正如一句拉丁话所说：一个夜晚等待所有的人。意思是说，我们都在主的下边行走着；我老了，有病，所以我认为是对自己财产关系进行调整的时候了，因为这些财产关系与我的家庭有关。我的生活已完结，我不关心自己了，但我有一个年轻的妻子，一个还是姑娘的女儿。

［停顿。

我不可能继续生活在农村了。我们生来就不是为了过乡村生活的。但我们从这个庄园得到的收入不够我们在城里的开支。如果，比如说，卖掉森林，那不过是个非常的措施，不能每年都采取。需要找到一些办法，使得我们可以经常得到一项或多或少固定的收入。我想到了一个这样的办法，而且荣幸地提交你们讨论。不说具体细节，我只是说个大致轮廓。我们的庄园平均只有不到二分利息的收入。我建议把它变卖。如果把卖得的钱变成股票，那我们可以有四分到五分的利息，我就想着，几千卢布的余额足够我们在芬兰买一座不大的别墅。

沃尔尼茨基　等一等……我好像听错了。你再把你的话重复一遍。

谢列布里亚科夫　把钱变成股票，余下的在芬兰买别墅。

沃尔尼茨基　不是芬兰……你还说了其他什么。

谢列布里亚科夫　我建议卖掉庄园。

沃尔尼茨基 就是这个。你要卖掉庄园，非常好，想法很完美……那你准备把我和老妈妈还有索尼娅往哪儿安排?

谢列布里亚科夫 所有这些特殊的问题我们以后还要讨论。现在不能立刻解决。

沃尔尼茨基 等一等。很显然，在这之前我一点儿正常的理智都没有。到目前为止，我愚蠢地认为，这座庄园是属于索尼娅的。我死去了的父亲购置这座庄园，是为我姐姐作陪嫁的。到目前为止，我还很幼稚，认为我们的法律不是土耳其法律，我认为，姐姐的这份产业是应该由索尼娅来继承的。

谢列布里亚科夫 当然，庄园属于索尼娅。谁反对了?没有索尼娅的同意我不会出卖它的。而且我这样做也是为索尼娅好。

沃尔尼茨基 这真不可思议，不可思议!要么是我疯了，要么……要么……

玛丽娅·瓦西里耶夫娜 让，不要和亚历山大作对。你要相信，什么好什么不好，他知道得比我们多。

沃尔尼茨基 不，给我点水。(喝水)您说吧，您想说什么，想说什么就说吧!

谢列布里亚科夫 我不明白您为什么这样激动。我没说我的方案是理想的。如果大家都认为它不好，我也不坚持。

[停顿。

捷列金 (难为情地)我，教授大人，对于科学不仅怀有满腔热忱，而且还有像亲人一般的感情。我哥哥格里戈里·伊里奇妻子的哥哥，康斯坦丁·特罗菲莫维奇·拉克杰莫诺夫，曾是硕士……

沃尔尼茨基 等一下，华夫饼干，我们在说具体的事情……等一等……（向谢列布里亚科夫）你可以问问他。这座庄园是从他叔叔手里买下来的。

谢列布里亚科夫 哎呀，我为什么要问呢？有什么必要？

沃尔尼茨基 这庄园当时是用九万五千卢布买下的。父亲仅仅支付了七万，欠了两万五千卢布的债。现在你们听我说吧……如果不是我为了我深爱的姐姐，放弃了自己应得的遗产，这座庄园是买不下来的。除此之外，我像牛马那样在这里劳作了十年，而且偿还了债务……

谢列布里亚科夫 我后悔开始这次谈话。

沃尔尼茨基 这座庄园之所以能偿还债务而没破产，全靠了我的辛苦，现在我老了，就想把我从这里粗暴地赶出去！

谢列布里亚科夫 我不明白你想要达到什么目的！

沃尔尼茨基 这座庄园我管理了二十五年，劳作了二十五年，像最勤勤恳恳的管家给你寄钱，而这些年来，你没向我说过一句感谢的话。全部的时间——我年轻时，现在——从你手里我只能领到五百卢布的年薪——施舍给乞丐的钱！——而你一次也没想到哪怕给我增加一个卢布也好！

谢列布里亚科夫 伊万·彼得罗维奇，我怎么能知道？我不是一个能应付实际问题的人，我什么也不懂。你尽可以给自己加薪啊，加多少都行。

沃尔尼茨基 为什么我没偷盗？为什么你还不因为我没偷盗而瞧不起我？中饱私囊其实是公正的，如果那样的话，我现在就不至于是个穷光蛋了！

玛丽娅·瓦西里耶夫娜 （严厉地）让！

捷列金 （激动不安）万尼亚，我的朋友，别这样，别这样……我都发抖了……为什么要把关系搞坏？（吻他）别这样。

沃尔尼茨基 二十五年来，我和我的这个妈妈就这样像田鼠似的，封闭在四堵墙壁里……我们所有的思想和感情仅仅属于你一个人。白天我们谈论着你，谈论着你的工作，为你感到自豪，怀着敬意说出你的名字；夜晚我们把时间都消耗在阅读现在我深痛恶绝的那些书籍和杂志上！

捷列金 别这样，万尼亚，别这样……我受不了……

谢列布里亚科夫 （愤怒）我不知道你需要什么？

沃尔尼茨基 对于我们，你曾是至高无上的，我们把你的文章读得倒背如流……但我现在眼睛睁开了！我全都看清了！你在文章中大谈艺术，但对艺术全然无知！你所有我曾为之倾倒的著作，分文不值！你骗了我们！

谢列布里亚科夫 先生太太们！你们得让他安静！不然我要走了！

叶莲娜·安德烈耶夫娜 伊万·彼得罗维奇，我要求您住嘴！您听到了吗？

沃尔尼茨基 我不住嘴！（挡住谢列布里亚科夫的去路）等一下，我还没有说完！你毁了我的生活！我没生活过！没生活过！拜你所赐，我根除了、毁灭了我生命中最美好的年华！你是我最凶恶的敌人！

捷列金 我受不了……受不了……我这就走……（非常激动地离去）

谢列布里亚科夫 你需要我做什么？你有什么权利用这种口吻跟我说话？微不足道的人！如果庄园是你的，那你就把它拿走，我不需要它！

叶莲娜·安德烈耶夫娜 我现在就离开这个地狱！（叫喊）我再也

不能忍受了！

沃尔尼茨基 我的生活完结了！我有天赋，聪明，有胆量……如果我有正常的生活，那么我有可能成为叔本华、陀思妥耶夫斯基这样的人物……我胡言乱语起来了！我要发疯了……妈妈，我绝望了！妈妈！

玛丽娅·瓦西里耶夫娜 （严厉地）听亚历山大的话！

索尼娅 （跪在奶妈面前，紧偎着她）奶娘！奶娘！

沃尔尼茨基 妈妈！我怎么办？您不必说！我自己知道该怎么办！（向谢列布里亚科夫）你会记得我的！（走进中间一扇门）

［玛丽娅·瓦西里耶夫娜跟他下。

谢列布里亚科夫 先生太太们，最后怎么会弄成这样？把这个疯子从我身边赶走！我不能与他生活在同一个屋顶下！他的住房（指指中间的门）几乎与我紧挨着……让他搬到村里去，搬到厢房里去，或者我从这里搬走，反正不能和他住在一个房子里……

叶莲娜·安德烈耶夫娜 （向丈夫）我们今天离开这里！必须立刻就准备行装。

谢列布里亚科夫 一个最微不足道的人！

索尼娅 （跪着，把脸转向父亲；神经质地，含着眼泪）应该仁慈，爸爸！我和万尼亚舅舅这么不幸！（克制着的绝望）应该仁慈！你回忆回忆，当你还年轻的时候，万尼亚舅舅和外婆每夜为你翻译书，为你抄稿子……整夜，整夜的呀！我和万尼亚舅舅拼命劳作，省吃俭用，把钱都寄给了你……我们没白吃面包！我说的不是这个，我不是在向你表功，但你该理解我们，爸爸。应该仁慈！

叶莲娜·安德烈耶夫娜 （激动不安地，向丈夫）亚历山大，看在主的分上，和他解释解释……我请求你。

谢列布里亚科夫 好的，我和他解释……我没指责他什么，我也没生气，但你们要承认，他的行为至少是奇怪的。对不起，我这就去找他。（走进中间的门）

叶莲娜·安德烈耶夫娜 跟他和气些，安慰安慰他……（跟他走下）

索尼娅 （紧偎着奶娘）奶娘！奶娘！

玛丽娜·瓦西里耶夫娜 没关系，孩子。公鹅们斗够了就安静了……斗够了就安静了……

索尼娅 奶娘！

马林娜 （抚摸她的头）你在发抖，像挨了冻！好了，好了，可怜的没妈的孩子，主是仁慈的。喝点儿菩提茶或者吃点儿果酱，会过去的……可怜的没妈的孩子，别难过……（忧心忡忡地瞧着中间的门）瞧这些公鹅，闲得瞎折腾！

［舞台后听到枪声：叶莲娜·安德烈耶夫娜大叫；索尼娅哆嗦了一下。

哟，你怎么了！

谢列布里亚科夫 （跑上，因为恐惧而摇摇晃晃）制止他！制止他！他发疯了！

［叶莲娜·安德烈耶夫娜和沃尔尼茨基在门口搏斗。

叶莲娜·安德烈耶夫娜 （竭力从他手中夺手枪）请您给我！听到了吗？给我！

沃尔尼茨基 放开，埃莲娜！放开我！（挣脱开来，跑进门，用目光寻找谢列布里亚科夫）他在哪儿？嗯，在这里！（朝他开枪）砰！

[停顿。

没打中？又打空了？！（愤怒地）啊，见鬼了，见鬼了……下地狱去吧……（用枪敲打地板，疲惫地坐到椅子上）

[谢列布里亚科夫震惊不已；叶莲娜·安德烈耶夫娜靠着墙，她几乎晕厥。

叶莲娜·安德烈耶夫娜 把我从这里带走！带走，杀了我吧，但是……我不能待在这里，不能！

沃尔尼茨基 （绝望地）啊，我在干什么！我在干什么啊！

索尼娅 （轻声地）奶娘！奶娘！

[幕落。

第四幕

[伊万·彼得罗维奇的房间；这既是他的卧室，也是庄园的会计室。在窗子旁边有张大的桌子，上面放着账簿和各种文件、一张斜面的高写字台、几个柜子，一台磅秤，为阿斯特罗夫预备的桌子要小一些，上边放着绘图用具、颜料；旁边是画稿夹。鸟笼里养着一只椋鸟。墙上挂着一张看来这里谁也不需要的非洲地图。一张巨大的漆布包的沙发。左边——有一门可通内室；右边也有一门可通前室，在右边的门口放着一张专供农民擦鞋底的长条粗地毯。秋天的晚上，一片寂静。

［捷列金和马林娜面对面坐着缠织长袜子的毛线。

捷列金　马林娜·季莫费耶夫娜，您快点儿，说话就要叫我们告别，已经吩咐备马了。

马林娜　（想缠得快一点儿）快缠完了。

捷列金　他们到哈尔科夫去。在那儿定居。

马林娜　这样好些。

捷列金　毛线缠乱了……叶莲娜·安德烈耶夫娜说："一小时也不想再待在这里……我们走，我们走……到哈尔科夫去住一住，她说，先看看环境，然后再来取行李……"他们是不带行李上路。马林娜·季莫费耶夫娜，这么说，命中注定他们不会在那里生活。命中注定不会……

马林娜　这样好。刚才闹得多厉害，还开了枪——简直丢脸！

捷列金　是，成了画家艾瓦佐夫斯基[1]笔下的情节。

马林娜　但愿我的眼睛看不到。

［停顿。

又要像从前一样过日子。早上八点喝茶，十二点午饭，晚上——再坐下吃晚饭，什么都有自己的规矩，人的生活也一样……像基督徒一样生活。（叹息）我这个造孽的老太婆，已经好久没吃面条了。

捷列金　是的，我们很久不做面条了。

1　伊万·艾瓦佐夫斯基（1817—1900），被沙皇尼古拉一世称为"海洋之王"的亚美尼亚裔俄国画家，代表作有《九级浪》等。画作兼具浪漫主义与现实主义风格，经常表现规模宏大的戏剧性场景。

[停顿。

很久了……今天早上，马林娜·季莫费耶夫娜，我在村里走，一个小铺伙计在我背后说："哎，你这个食客！"我听了心里好苦！

马林娜 你别放在心上，老爷。我们所有人都是主的食客。像你，像索尼娅，像伊万·彼得罗维奇——没一个游手好闲，都劳动！所有人……索尼娅在哪儿？

捷列金 花园里。还和医生一起，找伊万·彼得罗维奇。怕他寻短见。

马林娜 那他的手枪在哪儿呢？

捷列金 （轻声）我把它藏在地窖里了！

马林娜 （微笑）罪过！

[沃尔尼茨基和阿斯特罗夫从院子上。

沃尔尼茨基 别打扰我。（向马林娜和捷列金）请你们从这里走开，哪怕让我独自在这儿待一个小时！我受不了监督。

捷列金 马上，万尼亚。（蹑手蹑足地下）

马林娜 公鹅：嘎—嘎—嘎！（收拾起毛线，下）

沃尔尼茨基 别打扰我！

阿斯特罗夫 我很愿意，我早就应该离开这儿，但我要重说一遍，不把从我这儿拿走的东西还给我，我不走。

沃尔尼茨基 我没拿你什么东西。

阿斯特罗夫 我严肃地说——别再耽搁了。我早就该离开这儿了。

沃尔尼茨基 我没拿你什么东西。

[两人坐下。

阿斯特罗夫 是吗？那么我再等一等，然后我要，请原谅，使用暴力。我要把你捆起来搜身。我是很严肃地谈这个的。

沃尔尼茨基 随便你。

[停顿。

我扮演了一个傻瓜：打了两枪，一枪也没打中！这个我永远不会原谅自己！

阿斯特罗夫 既然有了射击的愿望，那么不妨也朝自己的额头打一枪。

沃尔尼茨基 （耸耸肩）奇怪。我犯了杀人罪，但没人来逮捕我，没有人把我送上法庭。就是说，都认为我是疯子。（恶毒地笑）我是——疯子，而那些用教授、学术祭司的假面具掩盖自己的平庸、迟钝，掩盖自己可恨的无情的人倒不是疯子；那些嫁给了老头子又公开背叛他们的人不是疯子。我看见了，看见你是怎么拥抱她的！

阿斯特罗夫 是的，先生，我是拥抱了她，先生，可与你何干？（蔑视）

沃尔尼茨基 （看着门）不，是还支撑着你们的地球发疯了！

阿斯特罗夫 嗯，这是蠢话。

沃尔尼茨基 行吧，我是——不明事理的疯子，有权说蠢话。

阿斯特罗夫 老掉牙的玩笑。你不是疯子，只是个怪人，可笑的小丑。以前，我把所有怪人都当成不正常的病人，而我现在的想法是：正常状态中的人——就是怪人。所以你完全正常。

沃尔尼茨基 （用手掩脸）羞愧！如果你知道我多羞愧！什么样的痛苦也比不上这种尖锐的羞愧感。（忧郁地）无法忍受！（俯身在桌子前）我该怎么办？我该怎么办？

阿斯特罗夫 没关系。

沃尔尼茨基　给我点儿什么！嗯，我的主……我现在四十七岁；如果，比如说，我能活到六十岁，那么我还剩下十三年。时间很长！我怎么活过这十三年？我将做点儿什么，我用什么去填补它们？嗯，你要明白……（痉挛地握着阿斯特罗夫的手）你要明白，如果我能用一种新的方式去度过我的余生就好了。如果我能在一个明丽的早晨醒来，感觉到我在开始重新生活，而过去的一切都已经烟消云散就好了。（哭）开始新的生活……你指点指点我吧，怎么开始……从什么开始……

阿斯特罗夫　（懊丧地）哎，瞧你！哪有什么新生活！我们的处境，你的，我的，都无望。

沃尔尼茨基　是吗？

阿斯特罗夫　我坚信这一点。

沃尔尼茨基　给我点儿什么……（指指心脏）这里堵得慌。

阿斯特罗夫　（生气地叫喊）够了！（心软下来）那些将生活在我们之后一两百年的人们，会因我们生活得那么愚蠢粗俗而瞧不起我们——他们也许会找到办法成为幸福的人，而我们……我和你，只有一个希望。这个希望就是，躺在自己的棺材里面做个梦，兴许还是个好梦。（叹息一声）是的，兄弟。在整个县城里，以前只有两个正派、有知识文化的人：我和你。但就那么十年，平庸、可鄙的生活就淹没了我们；它用自己腐朽的气息毒害了我们的血液，我们也变得和所有人一样鄙俗了。（活跃地）但你别和我磨牙。把从我这儿拿走的东西还给我。

沃尔尼茨基　我没拿你任何东西。

阿斯特罗夫　你从我的旅行药箱里拿走了一瓶吗啡。

［停顿。

听着，如果你不管怎样，一定要自杀，那么到森林里去开枪自杀，吗啡可得还给我，要不会有流言蜚语，有人会认为这是我给你的……我也不想以后不得不给你解剖……你以为这有趣？

［索尼娅上。

沃尔尼茨基 别打扰我吧！

阿斯特罗夫 （向索尼娅）索菲娅·亚历山德罗夫娜，您的舅舅从我药箱里偷偷拿走了一瓶吗啡不肯还给我。请您告诉他，这样做……其实很不理智。而且我也没时间了。我该走了。

索尼娅 万尼亚舅舅，你拿了吗啡吗？

［停顿。

阿斯特罗夫 他拿了，我确信。

索尼娅 交出来吧。你为什么要吓我们？（温柔地）交出来吧，万尼亚舅舅！我，也许，比你还要不幸，但我没变得绝望。我忍受，将来也要忍受，一直到我的生命自然结束……你也忍受吧。

［停顿。

交出来吧！（吻他的双手）可爱的好舅舅，交出来吧！（哭泣）你是善良的，你可怜可怜我们，交出来。忍受着吧！舅舅，忍受着吧！

沃尔尼茨基 （从桌子里取出一个瓶子，交给阿斯特罗夫）嗯，你拿去吧！（向索尼娅）但是赶紧工作，赶紧做点什么事，否则我受不了……受不了……

索尼娅 是的，是的，工作。把他们一送走，我们就坐下来工作……（神经质地翻阅桌上的文件）我们这里全乱套了。

阿斯特罗夫 （把瓶子放进药箱，用皮带系紧）现在可以上路了。

叶莲娜·安德烈耶夫娜 （上）伊万·彼得洛维奇，您在这里？我们现在就走……您到亚历山大那里去一下，他想跟您说点儿什么。

索尼娅 走吧，万尼亚舅舅。（拉着沃尔尼茨基的手）我们走吧。爸爸和你应该和解。必须这样。

［索尼娅和沃尔尼茨基离去。

叶莲娜·安德烈耶夫娜 我要走了。（把手递给阿斯特罗夫）再见！

阿斯特罗夫 现在吗？

叶莲娜·安德烈耶夫娜 马已经备好了。

阿斯特罗夫 再见。

叶莲娜·安德烈耶夫娜 今天您答应我的，您要离开这里。

阿斯特罗夫 我记得，马上就走。

［停顿。

害怕了？（拉住她的手）这难道这么可怕？

叶莲娜·安德烈耶夫娜 是的。

阿斯特罗夫 留下来！好吗？明天到林务区去……

叶莲娜·安德烈耶夫娜 不……已经决定了……我之所以能够这么勇敢地看着您，是因为已经决定离开这里……我只请求您：把我想得好一些。我希望能得到您的尊重。

阿斯特罗夫 哎！（不耐烦的手势）留下来吧，请求您。您要承认，在这个世界上不必做什么，您没有什么生活目标，您也无须动什么脑筋，因此，或早或晚，您反正要屈服于您的感情——这是不可避免的。这样，与其选择哈尔科夫或库尔斯克[1]的什么地方，您不如就在这个大自然的怀抱里……至少这里更有诗意，甚至秋天也美……这里有林区，有屠格涅夫味道的旧别墅……

叶莲娜·安德烈耶夫娜 您多可笑……我生您气，可毕竟……我将来会愉快地记起您。您是有趣、奇特的人。以后我们再也不会见面了，所以——有什么必要掩饰呢？我甚至有些迷恋上您了。好，让我们握握手，像朋友一样分手吧。勿念旧恶。

阿斯特罗夫 （握手）是的，您走吧……（思索）您好像是很好、很诚恳的人，但在你全部本质里又好像有某种很奇怪的东西。您和丈夫到了这里来，原先在这里劳作着的、忙碌着的、创造着什么的人，本应投身于自己的事业，结果整个夏天仅仅惦记着您丈夫的痛风病和您。你们两人——您和您丈夫——将自己的无所事事传染给了我们所有人。我爱上您了，整整一个月什么也不干，而在这一个月里，有人在生病，在我的森林里，农民的牲口在啃我的树苗……所以，不管您和您的丈夫走到哪里去，你们都会把破坏带过去……当然，我在开玩笑，但毕竟有点儿奇怪……而且我深信，如果您留下，那将会有极大的毁灭。我会死，而您……也难逃灾难。好了，您走吧。“喜剧结束”（意大利语）！

叶莲娜·安德烈耶夫娜 （从他的桌上拿起一支铅笔，很快把它藏了起来）把这支笔拿走给自己作纪念。

阿斯特罗夫 有点儿奇怪……已经彼此相识了，但突然间不知因为什么……我们将永远不会重逢。世上的一切就是这样……

---

1 建于一〇九五年，距离莫斯科五百三十六公里。

趁现在还没人，趁万尼亚舅舅没捧着鲜花进来……请允许我……吻一下您……作为告别……好吗？（吻她的面颊）嗯，瞧……太好了。

叶莲娜·安德烈耶夫娜 祝您一切顺利。（环顾四周之后）顾不得许多了，一生就一次！（炽烈地拥抱他，两人随即又彼此分开）该走了。

阿斯特罗夫 您快点儿走吧。如果马已备好，那就上路吧。

叶莲娜·安德烈耶夫娜 像是有人来了。

［两人倾听。

阿斯特罗夫 “完结了”（意大利语）！

［谢列布里亚科夫、沃尔尼茨基、手拿书本的玛丽娅·瓦西里耶芙娜、捷列金和索尼娅上。

谢列布里亚科夫 （向沃尔尼茨基）谁也别再记住旧日的恩怨。在经历了所发生的事情之后，在这几个小时里我有很多感受，我也想了很多，大概可以给后世子孙写一系列关于应该如何生活的论文。我很愿意接受你的道歉，我自己也要向你表示歉意。再见了！（吻了沃尔尼茨基三次）

沃尔尼茨基 你以前收到多少钱，以后照样能定期收到。一切照旧。

［叶莲娜·安德烈耶夫娜拥抱索尼娅。

谢列布里亚科夫 （吻玛丽娅·瓦西里耶夫娜的手）“妈妈”（法语）……

玛丽亚·瓦西里耶夫娜 （吻他）亚历山大，再去照张相吧，把您的照片寄给我。您知道，您对于我非常珍贵。

捷列金 再会了，阁下！别忘了我们！

谢列布里亚科夫　（吻女儿）再见了……原谅一切吧！（向阿斯特罗夫伸过手去）谢谢您的让人愉快的光顾……我尊重您的思想方式，您的执着，您的激情，但允许我在向您告别的时候提一条意见，作为临别赠言：先生，应有所作为！应有所作为！（向大家鞠躬）再会了！

［离去；玛丽娅·瓦西里耶夫娜和索尼娅跟着下。

沃尔尼茨基　（深深地吻叶莲娜·安德烈耶夫娜的手）再见了……请原谅……我们再也见不了面了。

叶莲娜·安德烈耶复古娜　（感动地）再见了，亲爱的。（吻他的头，离去）

阿斯特罗夫　（向捷列金）你去关照一下，华夫饼干，让他们也一起把我的马备好。

捷列金　遵命，朋友。（离去）

［只留下阿斯特罗夫和沃尔尼茨基。

阿斯特罗夫　（从桌子上收拾起颜料，放进皮箱里）你怎么不去送送他们？

沃尔尼茨基　让他们走吧，可我……我受不了。心情沉重。该赶紧做我的工作……工作，工作！（在桌子上翻找文件）

［停顿；听到马铃声。

阿斯特罗夫　他们走了。教授恐怕很高兴。现在什么也引诱不了他来这里了。

马林娜　（上）他们走了。（坐到圈椅上织毛袜）

索尼娅　（上）他们走了。（擦拭眼睛）但愿一切都顺利。（向舅舅）嗯，万尼亚舅舅，让我们做点儿什么。

沃尔尼茨基　工作，工作……

索尼娅　我们已经好久，好久没一起坐到这张桌子前了。（点亮桌上的灯）墨水好像用完了……（拿着墨水瓶走向柜子，灌墨水）他们走了，我很难过。

玛丽娅·瓦西里耶夫娜　（慢慢地走上）他们走了！（坐下来埋头读书）

索尼娅　（坐在桌边，翻阅账本）我们先把账单写出来，万尼亚舅舅。我们积压了太多了。今天又有人来要账单。写吧。你写一张，我写另一张……

沃尔尼茨基　（写）"账单……给某某先生。"

［两人默默地写账单。

马林娜　（打哈欠）困了……

阿斯特罗夫　好静。笔尖在沙沙作响，蟋蟀在叫。温暖，舒适……真不想离开这里。

［听到马铃声。

在给我备马了……这么说来，只好和你们告别了，我的朋友们，也和我的桌子告别了——咱们走吧！（把图纸放进画夹）

马林娜　忙什么？可以再坐一会。

阿斯特罗夫　不行。

沃尔尼茨基　（写）"尚欠两个卢布七十五戈比的旧账……"

［长工上。

长工　米哈依尔·利沃维奇，马备好了。

阿斯特罗夫　知道了。（交给他药箱、皮箱和画夹）把这拿好。注意，别把画夹弄皱了。

长工　遵命。（下）

阿斯特罗夫 好了……（走过去告别）

索尼娅 可什么时候我们再见面？

阿斯特罗夫 应该不会早于明年夏天。也许是冬天……自然，如果有什么事情就通知我——我会来的。（与他们握手）谢谢盛情款待，谢谢一番好意……一句话，谢谢一切。（走向奶娘，吻她的头）再见了，老妈妈。

马林娜 不喝茶就走？

阿斯特罗夫 不想喝了，奶娘。

马林娜 或者，喝点儿伏特加？

阿斯特罗夫 （犹豫不决）也好……

［马林娜离去。

（沉默之后）我的那匹拉边套的马好像瘸了，昨天彼得鲁什卡给它喂水的时候才发现的。

沃尔尼茨基 得重新换个马掌。

阿斯特罗夫 只好到罗日杰斯特文村去找铁匠。没别的办法。（走近那张非洲地图，凝望着地图）想必现在这个非洲非常热——可怕的事！

沃尔尼茨基 对，大概是的。

马林娜 （拿着托盘上，上边放着一个酒杯和一块面包）吃吧。

［阿斯特罗夫喝酒。

祝你健康，老爷。（深深一鞠躬）你可以再吃点儿面包。

阿斯特罗夫 不了，我这样就行……然后，再会！（向马林娜）不必送我，奶娘。不必。

［他走了；索尼娅为了送他，拿着蜡烛跟下；马林娜坐在圈椅上。

沃尔尼茨基 （写）“二月二日，素油二十磅……二月十六日，又是素油二十磅……荞麦米……”

［停顿。听到马铃声。

马林娜 走了。

［停顿。

索尼娅 （回来，把蜡烛放到桌上）走了……

沃尔尼茨基 （算账和记账）共计……十五……二十五……

［索尼娅坐下，写。

马林娜 （打哈欠）哎呀，我们的罪过啊……

［捷列金蹑手蹑脚地上场，坐在门口，轻声弹奏吉他。

沃尔尼茨基 （向索尼娅，抚摸着她的头发）我的孩子，我的心情多沉重啊！哎，如果你能知道我的心情多沉重就好了！

索尼娅 可怎么办，应该生活下去！

［停顿。

我们，万尼亚舅舅，要生活下去，要度过一连串漫长的白天和夜晚；要耐心承受命运抛给我们的考验；无论是现在还是在年老之后，我们都要不知疲倦地为别人劳作；而当我们的日子到了尽头，我们便平静地死去，我们会在另一个世界说，我们悲伤过，哭过，我们曾经很痛苦，这样，主便会怜悯我们。舅舅，亲爱的舅舅，我们将会看到光明、美丽、优雅的生活，我们会很高兴，怀着感动与微笑回顾我们今天的不幸，我们会得到安息。我相信，舅舅，我热烈地、坚定地相信……（跪在他面前，把头靠在他的手上，用疲倦的声音说）我们会得到安息！

［捷列金轻声弹奏吉他。

我们会得到安息！我们会听到天使的声音，我们会看到镶着宝石的天空，我们会看到，所有这些人间的罪恶，所有我们的痛苦，都会淹没在充满全世界的仁慈之中，我们的生活也会变得安宁、温柔，变得像轻吻一样甜蜜。我相信，我相信……（给他用手帕擦眼泪）可怜的，我可怜的万尼亚舅舅，你哭了……（含着眼泪）你不曾知道在自己的生活中有过欢乐，但你等一等，万尼亚舅舅，你等一等……我们会得到安息……（拥抱他）我们会得到安息！

[更夫在打更。捷列金轻声弹奏着；玛丽娅·瓦西里耶夫娜在小册子边页上记着什么；马林娜在织毛袜。

我们会得到安息的！

[大幕徐徐落下。

——剧终

（童宁　校注）

三姐妹

四幕悲剧

人　物

安德烈·谢尔盖耶维奇·普罗佐罗夫（爱称：安德留沙）

纳塔利娅·伊万诺夫娜（小名：娜塔莎）　先是他的未婚妻，后是他的妻子

奥莉加（小名：奥莉娅）	他的妹妹们
玛莎（大名：玛丽亚。爱称：玛申卡）	
伊琳娜	

费奥多尔·伊里奇·库雷金（小名：费佳）　中学教师，玛莎的丈夫

亚历山大·伊格纳季耶维奇·韦尔希宁　陆军中校，炮兵连长

尼古拉·利沃维奇·图森巴赫　男爵，陆军中尉

瓦西里·瓦西里耶维奇·索廖内　二等陆军上尉

伊万·罗曼诺维奇·切布特金　军医

阿列克谢·彼得罗维奇·费多季克　陆军少尉

弗拉基米尔·卡尔洛维奇·罗代　陆军少尉

费拉蓬特　地方参议会的听差，老头儿

安菲萨　保姆，八十岁的老太太

故事发生在外省的小城。

第一幕

［普罗佐罗夫的家中。一间装饰着圆柱的会客室，柱子后面可见一个大餐厅。正午；院子里洒满阳光，一片欢乐景象。餐厅里正在布置早餐桌。

［奥莉加身穿古典中学[1]教员深蓝色裙装，无论走动还是站立，都不停手地批改学生作业本；玛莎穿黑裙坐着，帽子放在腿上，她在读书；穿白礼服裙的伊琳娜全神贯注地站着，若有所思。

奥莉加　父亲就是在整整一年前去世的，五月五日，正好是你的命名日，伊琳娜。那天非常冷，还下了场雪。当时我觉得自己快受不了了，你一动不动，倒下昏死过去。可一年过去，我们想起这件事时，已经不难受了，你又穿回了过命名日的白裙子，你的脸闪着光。（钟打十二下）那天钟也是这样敲

1　旧俄中学，对社会各阶层开放。1876年，古典语言（希腊文、拉丁文和古斯拉夫文）课程取代历史、文学和地理。因此剧中教授古典学课程的库雷金受到嘉奖。

的。

[停顿。

记得父亲出殡时，奏了军乐，墓地里还朝空鸣枪致敬来着。他是将军，指挥一个旅的大部队，但参加葬礼的人却很少。顺便一提，当时下着雨。特别大的雨夹雪。

伊琳娜 为什么要回忆呢！

[图森巴赫男爵、切布特金和索廖内在柱子后面、大厅堂里的餐桌旁边出现。

奥莉加 今天暖和，窗户可以完全敞开，白桦树枝也都还没发芽儿。父亲十一年前接收了这个旅的官兵，和咱们一起从莫斯科出发，我记得特别清楚，五月初，就是这个时节，莫斯科的一切已经在花海里，温暖，一切受着阳光的照耀。十一年过去了，我记得那里的一切，好像昨天才离开似的。我的主啊！今早醒来，看见大片的阳光，看见春天来了，我心里就快乐起来了，真想回故乡去！

切布特金 不可能！

图森巴赫 当然了，胡言乱语。

玛莎 （对着书，若有所思，轻轻吹口哨，吹着一支歌的旋律）

奥莉加 别吹口哨了，玛莎。你怎么能这样！

[停顿。

因为我整天待在中学里，后来教课教到晚上，常头痛，我想，因为我已经老了。真的，教这四年书，感觉体力和青春一天天、一点点地被耗尽了。只是有一个梦想不断生长，越来越强烈……

伊琳娜 到莫斯科去。卖掉房子，结束这里的一切，到莫斯科……

奥莉加 对！尽早回莫斯科去。

［切布特金和图森巴赫在笑。

伊琳娜 哥哥将来可能当教授，反正他不会久待在这里。我们还没回去是因为可怜的玛莎。

奥莉加 玛莎会每年去莫斯科和我们度过整个夏天。

［玛莎轻轻地用口哨吹一个曲调。

伊琳娜 主保佑，一切自会有安排。（看窗外）今天天气好。不知道为什么我心里这么轻松！今早想起来我要过命名日，突然感觉快乐了，想起童年时妈妈还活着的日子。多美妙的思想激励着我，多美妙的思想！

奥莉加 你今天整个人容光焕发，美极了。玛莎也美。安德烈曾经很漂亮来着，只是现在胖了，这和他不相称。只有我又老又瘦，可能是因为总和女学生们生气。难得今天自由，家待着头也不痛，感觉比昨天年轻些。我二十八岁了，假如……一切都好，一切是主所赐。可我觉得假如嫁了人，整天待在家里的话，会更好些。

［停顿。

我会爱我的丈夫。

图森巴赫 （对索廖内）您胡诌出这样的话。我厌烦听您说了。（进客厅）忘了告诉你们，新到任的炮兵连长今天要来拜访。（坐在钢琴前）

奥莉加 是啊！我非常高兴。

伊琳娜 他是老人吗？

图森巴赫 不，一点儿不老。顶多四十、四十五。（轻弹）外表看着——很不错的人，不笨——这是肯定的。就是话多。

伊琳娜 是有趣的人吗？

图森巴赫 对，人倒不错，只是娶了妻，上有岳母，下有两个女儿。这还是他的第二次婚姻呢。他到处拜访，满世界诉说，说他已有妻女。来这儿也要说。他那妻子疯疯癫癫，精神错乱，留着小姑娘的长辫子，用词夸张，要么高谈阔论，动不动寻死觅活，显然，把丈夫得罪了。要是我，会离家出走，但他还能忍，只是抱怨。

索廖内 （和切布特金一起进入客厅）用一只手我只能举起半普特[1]重物，而用两只手能举五普特，甚至六普特重物呢。所以我得出结论：两人之力不是一人的两倍，而是三倍，甚至更多……

切布特金 （边走边读报）脱发时……把两克白樟脑放在半瓶酒精内，溶解后，每天服用……（在小本上记录）记下来！（对索廖内）所以，我和您说，把螺旋拔塞锥插入瓶子，再用一根小玻璃管穿过它……然后用一小撮最常见、最普通的明矾……

伊琳娜 伊万·罗曼内奇，亲爱的伊万·罗曼内奇！

切布特金 什么事，我的女孩儿，我的欢乐？

伊琳娜 我问您，为什么今天我这么幸福呢？就像我在海上扬帆航行，抬头看到宽广的蓝天，白的海鸟绕着船舷在飞。这为什么？为什么？

切布特金 （吻她的双手，温柔地）我的白色海鸟……

---

1 沙皇俄国时期主要计量单位之一，重量单位，一普特约等于16.38千克。

伊琳娜 今早醒来，起床，洗了脸，突然间感觉，对于我，这世上的一切都清清楚楚了，我知道该怎样生活了。亲爱的伊万·罗曼内奇，我知道了一切。人应该劳动，汗流浃背地工作，不管他是谁，这中间都有他生活的意义和目标、他的幸福、他的狂热。当个建筑工地的工人有多好，天一亮就起床，在街上凿石头，要么当一个牧人，要么当教师教孩子们念书，要么当铁路上的火车司机……我的主，不要说做一个人了，就是做一头牛，当一匹普普通通的马，只要它工作，都远远强过那些大白天十二点钟才起床的年轻女人，然后在床上喝咖啡，然后再用两个小时梳妆打扮……啊，这太可怕了！真想工作啊，像大热天里有时想喝杯凉水解渴一样。要是我以后不早起去工作的话，您就不要再理我好了，伊万·罗曼内奇……

切布特金 （温柔地）我不理，不理……

奥莉加 父亲给我们养成七点起床的习惯。现在伊琳娜七点醒，至少躺到九点，而且还在思考什么。一脸严肃的表情！（笑）

伊琳娜 你习惯把我当小孩看，我严肃起来你当然奇怪。我二十岁了！

图森巴赫 对劳动的渴望，主啊，我太理解了！生活里我没工作过一次。我生在冷漠、闲散无聊的彼得堡，生在从来不知何为劳作和操劳的家庭。记得每次从士官中学回到家，仆人费劲给我脱靴子时，我总是坐立不安，动来动去，而我的妈妈欣赏地看着，她根本无法想象将来别人会用异样的眼光瞧我。我被保护起来，不用劳动。可这种保护未必会成功，未必！新时代来了，山一样高大的乌云正向我们头顶压过来，新鲜、猛烈的一场暴风雨在酝酿着，浩浩荡荡，距我们不远了，马上要把我们社会的懒惰、冷酷、对劳作的鄙视和腐朽的沉闷一扫而空！我要去工作，过不了二十五年，要么三十年，人人都将去工作。人人！

切布特金 我不去工作。

图森巴赫 不算您。

索廖内 因为二十五年后，您已不在人世，感谢主。过个三年五载，您将死于中风，或哪天我性子上来了，把一个枪子儿射进您的脑袋里，我亲爱的……（从衣袋里掏出一瓶香水，往自己胸膛、双手上喷洒）

切布特金 （笑）可我其实从来都没做过任何事。一出大学就不出一点儿力气，一动也不动地旁观，书也不读，只看报……（从衣袋里掏出另一张报纸）瞧……比如，从报上知道曾有一个杜勃洛留波夫[1]，至于他写了什么——不知道……天知道……

［听得见有人在敲底下一层楼的地板。

来了……在下边叫，有人找我。马上回来……等一会儿……（急匆匆下场，梳理着乱糟糟的胡子）

伊琳娜 可别又想出什么新花样。

图森巴赫 是啊，看他脸上郑重其事的表情，要送命名日礼物了。

伊琳娜 这真让人不愉快！

1　尼古拉·杜勃罗留波夫（1836—1861），19世纪俄国著名的革命民主主义者、文艺批评家、现实主义文学的倡导者。发表了《什么是奥勃洛莫夫性格》《黑暗王国的一线光明》等重要评论文章。

奥莉加　对，可怕！他总办蠢事。

玛莎　“海湾有棵绿橡树，金色链子锁橡树”[1]……（站起来，哼着小曲）

奥莉加　你今天心情不好，玛莎。

［玛莎哼着小曲，戴上帽子。

奥莉加　哪儿去？

玛莎　回家。

伊琳娜　奇怪……

图森巴赫　命名日缺席！

玛莎　都一样。晚上我来。再见，好妹妹……（吻伊琳娜）再一次祝你健康幸福。从前父亲在时，每过命名日都有三十到四十个军官来，可今天就这么一个半个，而且静悄悄的，像在沙漠里……走了……今天我是有点儿躁狂，心情不好，别听我说了。（含泪笑）待会儿聊，暂时分别，亲爱的，我还是出去散散心吧。

伊琳娜　（不满）嗯，你就是这样……

奥莉加　（含泪）我理解你，玛莎。

索廖内　要是一个男人高谈阔论，那么是讨论深奥问题，如哲学，或什么诡辩术；要是一个女人或者两个女人高谈阔论，那么，这就是——梦游。

玛莎　您这话什么意思，可怕的人？

索廖内　没什么。“他还来不及‘哎哟’一声叫，一只熊就把他

1　引自普希金长诗《鲁斯兰与柳德米拉》开篇的“献词”：“海湾有棵绿橡树，金色链子锁橡树；链上有只博学猫，无论昼夜转不停；右转转——唱支歌，左转转——讲故事。”

扑倒。”[1]

[停顿。

玛莎 （对奥莉加，生气地）别哭！

[安菲萨和捧着大蛋糕的费拉蓬特上场。

安菲萨 这里来，我亲爱的。进来，你的脚不脏。（对伊琳娜）地方自治参议会的，普罗托波波夫送来的，米哈伊尔·伊万诺维奇……蛋糕……

伊琳娜 谢谢你。谢谢他。（接受蛋糕）

费拉蓬特 啥？

伊琳娜 （大声些）谢谢他！

奥莉加 奶妈，分他一块儿蛋糕。费拉蓬特，去吧，到那边给你蛋糕吃。

费拉蓬特 啥？

安菲萨 咱们走……亲爱的费拉蓬特·斯皮里多内奇。咱们走吧……（和费拉蓬特下）

玛莎 我不喜欢普罗托波波夫，这个米哈伊尔·波塔佩奇或伊万诺维奇。不该请他。

伊琳娜 我没请。

玛莎 那太好了。

[切布特金上场，身后跟着一个抱着银制茶炊的士兵；人们纷纷发出惊讶和不满的声音[2]。

奥莉加 （以手掩面）银茶炉！可怕！（走到餐厅的餐桌旁）

---

1 引自伊万·克雷洛夫（1768—1844）的寓言《东家和长工》。

2 根据俄国习俗，丈夫会在银婚或金婚纪念日给妻子送茶炊。

齐声
- **伊琳娜**　亲爱的伊万·罗曼内奇，您在做什么！
- **图森巴赫**　（笑）我和您说过了吧！
- **玛莎**　伊万·罗曼内奇，亏您想得出！

切布特金　我亲爱的，我的好人们，我的亲人只有你们姐妹三个，对于我，你们是这世上我仅有的最宝贵的人。马上我六十了，一个老头子，不起眼的孤老头子……除了爱你们，我一无是处。如果没有你们，我可能早不在这世上活了……（对伊琳娜）亲爱的，我的女孩儿，刚出生我就认识您……抱过您……我还爱过您去世的妈妈……

伊琳娜　可送这贵重礼物是什么意思呢！

切布特金　（含泪，生气地）贵重礼物……你们可真行！（向勤务兵）把茶炉子抱那边去……（戏弄）"贵重礼物"……

［勤务兵把茶炊炉抱到餐厅里。

安菲萨　（穿过客厅）亲爱的孩子们，来了一个陌生上校！已经脱了大衣，女孩子们，他走过来了。亲爱的伊琳娜，你在客人面前要亲切，要有礼貌啊。（下）早饭早就该开始了……主啊……

图森巴赫　可能是韦尔希宁。

［韦尔希宁上场。

韦尔希宁上校！

韦尔希宁　（对玛莎和伊琳娜）荣幸地自我介绍：韦尔希宁。我很高兴，特别高兴，终于见到你们了。都长大成人了！哎呀！哎呀！

伊琳娜　您请坐。我们也很愉快。

韦尔希宁　（快乐地）多高兴，多高兴呀！你们是三姐妹。我记得你们——三个女孩子。模样想不起来了，可你们的爸爸，上校普罗佐罗夫家有三个小女孩儿，这我记得很清楚，我亲眼见过你们呢。日子过得多快！日子过得飞快哟！

图森巴赫 阿列克谢·伊格纳季耶维奇从莫斯科来。

伊琳娜 从莫斯科来的？您是从莫斯科来的？

韦尔希宁 是，从那儿来。你们已故的父亲曾在那里当炮兵连指挥官，当时我也在同一个旅里当军官。（对玛莎）我还能模糊想起您的模样儿，似乎。

玛莎 可我——想不起您了！

伊琳娜 奥莉娅！奥莉娅！（朝餐厅喊）奥莉娅，快来呀！

［奥莉加从餐厅走进客厅。

伊琳娜 韦尔希宁上校原来从莫斯科来。

韦尔希宁 您，大概就是奥莉加·谢尔盖耶夫娜吧，是大姐……那您是玛丽亚……您是伊琳娜——最小的妹妹……

奥莉加 您从莫斯科来？

韦尔希宁 是的。在莫斯科上了士官中学并开始服兵役。服役的年头很长，终于接到指挥此地炮兵连的命令，就过来上任了。我对你们没特别的印象，只记得你们是三姐妹。你们去世的父亲在我记忆里，闭上眼就看到他的样子。在莫斯科我常到你们家做客……

奥莉加 我以为过去的一切都记得，可突然间……

韦尔希宁 我的名字是亚历山大·伊格纳季耶维奇……

伊琳娜 亚历山大·伊格纳季耶维奇，您从莫斯科来……真想不到！

奥莉加 因为我们要搬到那儿去。

伊琳娜 我们打算着，秋天之前我们就到那儿了。我们的故乡，出生地……老巴斯曼街……

［两人都欢喜地笑了。

玛莎 没想到先遇见了同乡。（活跃）现在可想起来了！记得吗，奥莉娅，我们家里当时常有人议论："热恋中的少校"如何如何。您那时还是中尉，正谈恋爱，可大家不知为什么用"少校"来打趣您……

韦尔希宁 （笑）就是，就是……"热恋中的少校"。可不是嘛……

玛莎 那时您只留小胡子……啊，您可见老了！（含泪）您可老了！

韦尔希宁 是的，当大家叫我"热恋中的少校"时，我还年轻，在恋爱。现在不是那个样子了。

奥莉加 但是白发还没有呢。您老了些，不明显。

韦尔希宁 可已经四十三岁了。你们从莫斯科搬来很久了？

伊琳娜 十一年。怎么，玛莎，哭什么，怪人……（含泪）我也想哭……

玛莎 我没事儿。您住哪条街？

韦尔希宁 老巴斯曼街……

奥莉加 我们也住那儿……

韦尔希宁 我还在德国街住过。经常从德国街走到红色营房。半路上有一座阴森的小桥，能听见河水在桥下轻轻响着。一个单身汉站在桥上，心情就变得忧愁。

［停顿。

可这里的河流多宽阔，水量多大！好美的河流！

奥莉加　是啊，就是冷。这里寒冷而且蚊子多……

韦尔希宁　您说什么！这儿是最利于健康、很好的、斯拉夫式的气候。森林、大河……并且这儿也有白桦。白桦树可爱谦逊，所有树木里我最爱的就是它。居住此地的感觉很好。只是铁路修在二十里之外很怪……谁也不知道为什么[1]。

索廖内　我知道为什么。

［大家都看着他。

因为火车站要是修近了呢，就不会远；要是修远了呢，就不会近。

［难堪的沉默。

图森巴赫　爱开玩笑的人，瓦西里·瓦西里耶维奇。

奥莉加　我现在也想起了您。我记得您。

韦尔希宁　我还认识你们的母亲。

切布特金　她很美。愿她在天国安息。

伊琳娜　妈妈葬在莫斯科。

奥莉加　新圣女公墓[2]……

玛莎　想一想吧，我已经开始忘记她长什么样子。我们也要这样给人忘记，忘记。

韦尔希宁　是的，要被忘记的。没办法，这是命。我们心中那些庄严、有意义、非常重要的东西——最终有一天——后人轻易就忘掉了，或者，变得无关紧要。

［停顿。

1　1890年代俄国兴起修铁路热潮，但由于贿赂和腐败，车站常常修得远离城镇。

2　临近莫斯科新圣女修道院。

有趣的是，现在我们根本没法儿知道，哪些——在将来的人们眼里——会变成崇高、重要的事物，哪些会变得渺小、可笑。难道哥伦布的发现，或者，比如说，哥白尼的学说当初不是觉得不需要、可笑，像怪人写下的某种空洞无物的胡言乱语，并没把它们当成真理吗？那也说不定，我们现在过惯的生活，随着时间流逝，会变成奇怪、别扭、不明智、不够干净，也许，甚至是有罪的……

图森巴赫 谁知道呢？可也许，我们的生活将被视为高尚，人们会怀着敬意想起我们。如今没有酷刑，没有绞架，也没有外敌的侵袭，可与此同时有多少苦难啊！

索廖内 （用微弱的声音）唧唧唧，唧唧唧……不用给男爵喂食，只要让他讲哲学。

图森巴赫 瓦西里·瓦西里耶维奇，请您让我安静……（换个地方坐）这很无聊，停一会儿吧。

索廖内 （用微弱的声音）唧唧唧，唧唧唧……

图森巴赫 （对韦尔希宁）现在看到的苦难——它们那么多！——归根结底是说明社会所达到的道德水准普遍在提高……

韦尔希宁 是的，是的，当然。

切布特金 您刚刚说，男爵，我们的生活将被视为高尚；但人还是渺小……（站起来）看，我就渺小。可安慰自己，得说什么生活高尚，大家都明白的事。

［后台有人在拉提琴。

玛莎 安德烈在拉小提琴呢，我们的哥哥。

伊琳娜 他是我们家的学者。以后要当教授。爸爸是军人，可他的儿子选了研究学问的职业。

玛莎 遵从父亲的意愿。

奥莉加 我们今天刚戏弄了他。也许，他有点儿爱上某人了。

伊琳娜 就是本地的一位小姐。今天很可能来我们家。

玛莎 哎呀，瞧她那身打扮！别说不美，不时髦了，简直可怜。一条古怪、鲜艳的黄裙子，配俗气的流苏和红短衫！脸随便抹了几下就算洗了！就算洗了！安德烈才不喜欢她——我不允许，他还是有品味的，他不过是吓唬我们几个，寻开心。昨天我还听说她要嫁给普罗托波波夫，地方自治参议会的主席呢。太好了……（朝侧门喊）安德烈，到这儿来！亲爱的，就一分钟！

［安德烈上场。

奥莉加 我们的哥哥，安德烈·谢尔盖耶维奇。

韦尔希宁 韦尔希宁。

安德烈 普罗佐罗夫。（擦拭脸上的汗）您是来我们这里的炮兵连指挥官？

奥莉加 想得到吗，亚历山大·伊格纳季耶维奇从莫斯科来。

安德烈 啊？嗯，祝贺您，这下我的妹妹们该缠住您不放了。

韦尔希宁 我已经让您的妹妹们厌烦了。

伊琳娜 您瞧，安德烈今天送我的镜框多漂亮！（展示镜框）他自己做的。

韦尔希宁 （看着镜框，不知说什么好）是啊……挺好……

伊琳娜 还有那个镜框，钢琴上面的，也是他自己做的呢。

［安德烈挥挥手，走到一边。

奥莉加 又是我们家的大学者，又会拉琴，会各种木匠活儿，一句话，他样样行。安德烈，别走！他就这习惯——总想走开，让自己一人待着。到这里来！

[玛莎和伊琳娜笑着抓住他的手臂往前拉。

玛莎 走啊，走啊！

安德烈 请放开我。

玛莎 多好笑的事啊！从前人家给亚历山大·伊格纳季耶维奇起外号，叫他“热恋中的少校”，他一点儿不生气。

韦尔希宁 一点儿也不！

玛莎 我想叫你“热恋中的小提琴手”！

伊琳娜 或者叫“热恋中的教授”也行！

奥莉加 他恋爱了！安德留沙恋爱了！

伊琳娜 （鼓着掌）好啊！好啊！再来一次！安德留什卡恋爱了！

切布特金 （走到安德烈身后，双手揽住他的腰）“大自然仅仅因为爱情，把我们带到世间！”[1]（哈哈大笑；他时时刻刻拿着报纸）

安德烈 嗯，够了，够了……（擦脸）我一夜没睡，现在有点儿，正如常言所说，不太舒服。看书直看到夜里四点，躺下睡吧，又一点儿也不困了。胡思乱想的，一直到早晨，阳光都照进卧室里，还没睡着呢。我想在夏天，如果我们还住在这里的话，翻译一本英文书。

韦尔希宁 您会看英文书？

安德烈 是的。父亲，愿他在天国安息，从前强迫我们受教育。

---

1 出自法国通俗独幕喜歌剧《变形魔法家或流泪的争论和别怕抵押》中的开场咏叹调。原文是："大自然仅仅因为爱情，把我们带到世间；为安慰必死的人类，她温柔地赋予我们情感。"

我承认这说法可笑又愚蠢，自从他去世后，我就开始发胖，一年里胖得不成样子，就像我的身体终于从压迫中解放了。由于父亲的缘故，我和几个妹妹都懂法语、德语和英语，伊琳娜还懂意大利语。但这些知识又有什么用处呢!

玛莎 这个城市里懂三门外语是没必要的奢侈品。奢侈品都谈不上，就像某种用不着又丢不掉的附属品，像人手的第六指。我们知道太多多余的东西。

韦尔希宁 真想不到！（笑）知道太多多余的东西！我觉得，现在没有也不可能有这样的城市：乏味、死气沉沉，不需要聪明而有教养的人士。假定这座城里的居民——它总得有十万人吧——全是落后愚昧、没受教育；假定像你们这样的就三个。毫无疑问，凭你们三人的力量不足以战胜周围愚昧无知的大众；生活中你们一点一点地妥协让步，隐没在成百上千的人中间。虽然被生活压制，但你们是不会消失，不会没影响的；毕竟在你们身后，像你们这样的人也许会有六个、十二个等等，等等。直到有一天像你们一样有知识、有教养的人士成为这城里的大多数。想想两百年、三百年后，那世上的生活将变得难以想象地美好和惊人啊。人需要这样的生活，如果目前它还没来，那我们可以预先感觉、幻想、准备去追求它，为了这生活，人要比他们的祖父、父亲见多识广才对。（笑）而您还抱怨知道太多没用的东西呢!

玛莎 （摘帽子）我留下吃早饭。

伊琳娜 （叹气）的确，所有这些话本应该记录下来……

［安德烈不在场上了，趁人不注意时溜走了。

图森巴赫 经过多少年后，您说，世上的生活会变得美好、惊人。

这是真话。不过，为了现在就加入它，哪怕远远地，应该为它的到来做好准备、应该劳动……

韦尔希宁 （站起来）是的。不过，你们家有多少花儿啊！（环顾）房间也非常好。羡慕！我一辈子晃悠的家里只能放两把椅子、一张沙发、一个火炉，炉子还总灭火、冒烟。我生命里缺少的正是这些花儿……（不时地摩拳擦掌）哎呀！嗯，就是这样的！

图森巴赫 对，应该工作，您，大概会想：德国人都容易感动、心肠软，可我，说实话，我是俄国人，甚至不会说德语。父亲是东正教徒……

［停顿。

韦尔希宁 （台上踱步）我常想：假如想要重新开始生活，而且是有觉悟的生活，会怎样呢？假如以前过的，常言说，是一种草率的生活；另一种生活——干净纯正！那么我们中的每一个人，我认为，应该努力首先不重复从前的自己，至少要创造另一个生活环境，给自己布置一个有花、有大片阳光的居所……我有妻子，两个女儿，而且妻子身体还不好，等等，等等，所以，假如重新开始生活的话，那么我本该不婚……不，不婚！

［身着制服式燕尾服的库雷金上场。

库雷金 （走近伊琳娜）亲爱的妹妹，祝贺你的好日子，发自内心真诚祝你——健康，以及和你同龄的女孩儿所应受人祝福的一切……允许我赠给你一本书做礼物。（给她书）我们中学五十年的校史，我编写的，闲来无事随便写的一本小书，但你还是读读吧。早上好，女士们，先生们！（向韦尔希宁）库雷金，本地的中学教师。七等文官。（向伊琳娜）这本书里

可查到这五十年里我们学校所有毕业生的名姓。“竭尽全力，以待来者”（拉丁文）[1]。（吻玛莎）

伊琳娜 可你在复活节已经送过我一本了。

库雷金 （笑）不可能！那样的话，还给我吧，或最好送上校，请您收下，上校，将来某个时候看看消磨时间。

韦尔希宁 谢谢您。（打算告辞）特别高兴，认识了……

奥莉加 您要走？不行，不行！

伊琳娜 请留在我们家吃早饭！

奥莉加 求您了！

韦尔希宁 （鞠躬）看来我赶上命名日了。对不起，事先不知道，没祝贺您……（和奥莉加走进餐厅）

库雷金 今天，女士们，先生们，是星期天，休息日，我们要休息，要按照各人的年龄、身份和地位娱乐一番。地毯夏天藏，冬天用……我们还要把波斯粉或樟脑丸撒上去……罗马人健康，因为他们既会劳动，也会休息，他们从前还有句“健全思想寓于健全的身体”[2]的格言。他们的生活循规蹈矩。我们的校长说：一切生活里最重要的——是它的形式……失掉自身形式的事物，也将终结自身——连我们一天的日常生活也得有形式。（揽住玛莎的腰，笑）玛莎爱我。我的妻子爱我。窗帘也和地毯一起收藏……我今天愉快，心情好极了。玛莎，今天下午四点去校长家集合。教师和家属要组织去郊游。

玛莎 我不去！

---

1 古罗马哲学家马尔库斯・图利乌斯・西塞罗（前106—前43）的名言。

2 出自古罗马诗人尤维纳利斯（约61—约140）针对社会腐化和人类愚蠢的《讽刺集》。

库雷金 （伤心地）亲爱的玛莎，为什么？

玛莎 以后再说……（生气）好吧，我去，请别说了……（走开）

库雷金 然后我们再到校长家开晚会。校长尽管自己身体有病，可这个人努力先为社会公益做事。一个优秀的人啊，昨晚会议后他对我说："真累啊，费奥多尔·伊里奇！真累啊！"（望望墙上的钟，又看看自己的表）你们的钟快了七分钟。是的，他说，真累啊！

［舞台后面有人拉小提琴。

奥莉加 女士们，先生们，欢迎，吃早饭吧！有蛋糕！

库雷金 哎哟，亲爱的奥莉加，我亲爱的！昨天从一早一直工作到晚上十一点，累坏了，今天觉得自己很幸福。（离开客厅，朝餐厅的桌子走去）我亲爱的……

切布特金 （把报纸放到衣袋里，梳理着乱糟糟的胡子）蛋糕，好极了！

玛莎 （很严厉地向切布特金）只是您注意：今天什么酒都别喝。听见吗？酗酒对您有害。

切布特金 哪儿的话！那是从前。我已经两年没喝醉过了。（迫不及待）哎，亲爱的，还不都一样吗！

玛莎 还是不许喝酒。绝对不许。（生气，但不让她丈夫听见）见鬼，晚上又该和那些人挤在校长家了！

图森巴赫 我是您的话就不去……很简单。

切布特金 不去，我亲爱的。

玛莎 对，不去……这生活该诅咒，没法儿忍受……（走向餐厅）

切布特金 （朝她走过去）好吧！

索廖内 （朝餐厅走过去）唧唧唧……

图森巴赫　够了，瓦西里·瓦西里耶维奇。行了！

索廖内　唧唧唧……

库雷金　（愉快地）祝您健康！上校！我是教师，在这家里不是外人，玛莎的丈夫……其实她心地善良，特别善良……

韦尔希宁　我要喝这杯有调料的伏特加酒……（饮酒）祝您健康！（向奥莉加）我在您家里真是好极了！……

［客厅里只有伊琳娜和图森巴赫。

伊琳娜　玛莎心情不好。她十八岁嫁人。当时觉得这人世上最聪明。现在不这么想了。这人最善良，可不是最聪明。

奥莉加　（不耐烦）安德烈，你到底来不来啊！

安德烈　（在后台）马上！（走进餐厅，向餐桌走去）

图森巴赫　您在想什么？

伊琳娜　没什么特别的。不喜欢你们这位索廖内，怕他。说的都是些蠢话……

图森巴赫　他是怪……我也可怜他，也觉得不快，可还是更可怜他。觉得他羞涩腼腆……只有我们两人在一起时，他极聪明，极亲切；可在社交场合是粗人，喜欢决斗。请别走，让他们在桌子那边坐。让我待在您身旁。您在想什么？

［停顿。

您二十岁，我还不到三十，在我们前面还有多少年，许多、许多的日子啊，每一天都充满了我对您的爱……

伊琳娜　尼古拉·利沃维奇，请别对我提“爱”这个词。

图森巴赫　（没在听）我渴望生活、斗争、劳动，心里的这些渴望和对您的爱结合成一体，伊琳娜，可好像故意为难我似的，您这么美好，所以生活，我觉得，也如此美好！您在想什么呢？

伊琳娜 您说，生活美好。是的，可假如只是您觉得呢？我们姐妹的生活哪一天美好过？就像野生的杂草，在阻碍我们生长……眼泪都流了。不应该……（很快擦了擦脸，微笑）应该去工作，工作。为什么我们不快乐，看生活这么黑暗？因为不了解劳动。我们是蔑视劳动的人生出来的……

［穿着粉红色连衣裙，系着绿腰带的纳塔莎上场。

纳塔莎 他们已经要吃早餐……我迟到了……（迅速瞥一眼镜子，整理自己的头发）好像发型还不错……（看见伊琳娜）亲爱的伊琳娜·谢尔盖耶夫娜，祝贺，祝贺您！（给伊琳娜深深的一个长吻）您家来了这么多客人，说真的，我特别害羞……您好，男爵！

奥莉加 （进客厅）这就是纳塔丽娅·伊万诺夫娜，您好，亲爱的！

［她们亲吻。

纳塔莎 命名日快乐。您家这么大社交排场，我特别难为情……

奥莉加 何必呢，我们家里都是自己人。（惊慌地低声）您怎么系条绿腰带！亲爱的，这不好！

纳塔莎 难道这有不祥之兆吗？

奥莉加 不，只是不协调……不知怎么的有点儿奇怪……

纳塔莎 （哭腔）是吗？可这不是绿色，是暗色。（跟着奥莉加进餐厅）

［众人在餐厅吃早餐；客厅空无一人。

库雷金 祝你，伊琳娜，找到一位好未婚夫。你该出嫁了。

切布特金 纳塔丽娅·伊万诺夫娜，也祝您找个未婚夫。

库雷金 纳塔丽娅·伊万诺夫娜已经有未婚夫了。

玛莎 （用叉子敲碟子）我要喝杯葡萄酒！为什么不呢，活着就是为了生活！

库雷金 你的表现得分——三减。

韦尔希宁 酒好喝。用什么调制出来的？

索廖内 蟑螂。

伊琳娜 （哭腔）呸！呸！真恶心！……

奥莉加 今天晚饭还有美式烤火鸡、苹果派。感谢主，今天我一整天在家，晚上——也在家……女士们，先生们，晚上还有客人来呢……

韦尔希宁 请允许我晚上也来吧！

伊琳娜 请您来吧。

纳塔莎 原来他们这里不拘礼节，都是简简单单的人。

切布特金 “大自然仅仅因为爱情，把我们带到世间”。（笑）

安德烈 （生气）别说了，女士们，先生们！你们也不厌烦。

[费多季克和罗代拿着一大篮子花上场。

费多季克 可他们已经吃早餐了。

罗代 （高声，卷舌音发不好）他们吃早餐了？是的，已经吃早餐了……

费多季克 等一下！（照相）一张！再等一下……（照第二张）两张！现在我们过去吧！

[他们拿起花篮，朝餐厅走去，餐厅里的人们用一阵喧哗声迎接他们。

罗代 （高声）祝贺，祝您一切、一切美满顺利！今天天气迷人，简直好极了。今天整个早上我都和高中生们散步。我在高中教体操课……

费多季克 您可以随意动动，伊琳娜·谢尔盖耶夫娜，可以动！

（拍照）您今天真是一个漂亮的模特儿。（从衣袋里掏出一只陀螺）瞧，顺便一提，陀螺……声音好听……

伊琳娜 好可爱！

玛莎 “海湾有棵绿橡树，金色链子锁橡树”……“金色链子锁橡树”……（快要哭了）嗯，为什么总说这一句呢？一早起来这句诗就缠着我不放……

库雷金 这桌坐了十三个人！

罗代 （高声）先生，难道您还用迷信来讲话吗？

［笑声。

库雷金 如果十三个人坐一桌，那么，就是说，这里有情侣。是您吗，伊万·罗曼内奇，下辈子再说吧……

［笑声。

切布特金 我是一个老罪人了，纳塔丽娅·伊万诺夫娜为什么不好意思，我根本什么也不明白。

［众人大笑；纳塔莎从餐厅跑进客厅里，安德烈跟在她后面。

安德烈 行了，别介意！请等一等！……别忙，请求您……

纳塔莎 真难为情……天知道会发生什么事，他们取笑我。从桌边跑开我知道没礼貌，但我不能……不能……（以手掩面）

安德烈 我亲爱的，请您，求您，别冲动。我保证他们只是开玩笑，出于好心。我亲爱的，我美丽的，他们都是善良、真诚的人，爱我也爱您。到窗户这里来，这里他们看不到……（环顾）

纳塔莎 我不擅长社交！……

安德烈 噢，青春，美妙、美好的青春！我宝贵的，我亲爱的，不要这么冲动！……相信我吧，相信吧……我的心情这么好，心里充满爱和狂热……他们看不到我们！看不到！为什么，为什么我爱上了您，当一个人爱上了——啊，我什么也不明白。我亲爱的，我美丽的，纯洁的，做我的妻子吧！我爱您，爱您……我从未这样爱过任何人……

[两人接吻。

[两个军官上场，看到接吻的情侣，惊呆了。

[幕落。

第二幕

[晚上八点。舞台后面的街上依稀传来手风琴的演奏声。没点灯。穿着睡衣的纳塔丽娅·伊万诺夫娜手持蜡烛上场；她走着，在通向安德烈房间的门口停下。

纳塔莎 你，安德留沙，在干什么呢？看书？没事儿，只来看看……（走到另一间屋门口，打开门，往里张望，把门关上）点灯了没有……

安德烈 （手拿着书进来）你在做什么，纳塔莎？

纳塔莎 我看点灯了没有……现在正是谢肉节[1]，女仆又不是自家

1 谢肉节又名送冬节、薄饼节。东正教为期40天的大斋期里禁止吃肉和娱乐，所以斋期前一周要举办家庭化装舞会和狂欢，并且要吃肉以弥补即将到来的清苦生活。

人，总得四处巡视，别出事。昨天半夜我从饭厅过，那里点着蜡烛。谁点的，就是搞不清楚。（放下蜡烛）几点了？

安德烈 （看一眼钟）八点一刻。

纳塔莎 可奥莉加和伊琳娜到现在还没回家。在下班路上。可怜的她们都在工作呢。奥莉加在教委会开会，伊琳娜在电报局……（叹气）今早我和你的小妹妹说："得保重自己，"我说，"伊琳娜，亲爱的。"可她不听。你说，八点一刻了吗？我怕我们的宝贝生病了。他怎么这么冰凉呢？昨天他发热，今天又浑身冰凉……我特别害怕！

安德烈 没事儿，纳塔莎，小男孩很健康。

纳塔莎 还是得节制他的饮食。我害怕。我听说今天九点化装跳舞的人要来咱家，最好别让他们来，安德留沙。

安德烈 真的，我不知道。已经叫了人家。

纳塔莎 今早小孩子醒了，看着我，忽然微笑了一下；就是说，他都认识我了。我说："小赖宝，"我说，"早上好！早上好，亲爱的！"他就笑。孩子们都明白，明白得很。这么着，安德留沙，我去跟他们说，不要招待那些来跳舞的人。

安德烈 （犹豫不决）可这得看妹妹们的想法。她们是这里的主人。

纳塔莎 她们也是主人，我会跟她们说。她们人好……（走着）晚饭我吩咐备了酸奶。医生说你就喝酸奶，不然没法儿减肥。（站住）小赖宝身体凉。恐怕他在房间里觉得冷。该给他换一间屋，哪怕就在天暖前的一段时间呢。比如伊琳娜的房间就正好适合小孩子住：又干爽，又能全天见阳光。该和她说，让她先和奥莉加一起住……反正她白天不在家，也就夜里睡个觉……

［停顿。

安德留沙，你怎么不说句话？

安德烈 在思考……我也没话说……

纳塔莎 是的……可我要和你说什么来着……啊，对了，参议会的费拉蓬特来了，请求见你。

安德烈 （打哈欠）叫他来吧。

［纳塔莎下场；安德烈趴在她忘记拿走的蜡烛下看书。费拉蓬特上场；他穿着破旧大衣，领子立起来围着双耳。

安德烈 你好，我亲爱的，有什么事？

费拉蓬特 主席让我给您送一本书和一份什么文件。这不是……（给他书和纸包）

安德烈 谢谢。好。可你怎么不早点儿来？已经八点多了。

费拉蓬特 啥？

安德烈 （高声些）我在说，你来晚了，已经八点多了。

费拉蓬特 可不是。我到您这里天还亮，可不让我进。他们说老爷在忙。那么，没法子。忙就忙吧，反正我也不急着去哪儿。（以为安德烈在问他什么问题）啥？

安德烈 没什么。（细看书）明天星期五，不用出勤，但我还要去……办公。家里憋闷……

［停顿。

亲爱的老爷子，多奇怪的变化，生活真会骗人！今天因为无聊，因为无事可做，顺手拿起了这本书——旧的大学教材，我觉得好笑……我的主啊，我是地方参议会的秘书，就是普罗托波波夫当主席的参议会，我是秘书，能指望的最多是——当上参议会的议员！我要当地方自治参议会的议员，可我夜夜梦见的是成为莫斯科大学的教授，一个著名学者，全俄国引以为荣的学者！

费拉蓬特 听不清……耳朵已经聋了。

安德烈 如果你耳朵好使的话，或许我就不和你说了。得和谁聊聊，妻子不理解我，妹妹们呢，不知为什么我有点儿怕她们，怕她们取笑我，怕她们让我羞愧……我不喝酒，不爱小酒馆，可如果我现在能够在莫斯科的“面食餐厅”，或者“莫斯科大饭店”里坐一坐，那该是多大享受啊，我亲爱的。

费拉蓬特 莫斯科，前几天在自治会有个承包人说，几个商人吃薄饼；有一位吃了四十个，好像撑死了。不是四十个，就是五十个。记不清了。

安德烈 在莫斯科，坐在高大宽敞的饭店大堂里面，你不认识谁，谁也不认识你，可你不觉得自己是异乡人。在这里，你和所有人都认识，所有人都认识你，可你是异乡的，异乡的……异乡的、孤独的人。

费拉蓬特 啥？

[停顿。

还是那个承包人说过好多次——也许他撒谎呢——好像整个莫斯科被一根大粗绳子横着隔开了。

安德烈 为什么？

费拉蓬特 我哪儿知道。这是那承包人说的。

安德烈 胡说八道。（看着书）你以前去过莫斯科吗？

费拉蓬特 （停顿后）没去过。主没让我去。

[停顿。

我可以走了吗？

安德烈 可以走了，祝你健康。

［费拉蓬特下场。

祝你健康。（读着书）明早你还来，取走文件……走吧……

［停顿。

他走了。

［门铃声。

是啊，该做事了……（伸懒腰，不紧不慢地走回自己房里）

［舞台后面奶妈在唱催眠曲，摇孩子入眠。玛莎和韦尔希宁上场。然后开始谈话，同时一个女仆点上灯和几只蜡烛。

玛莎 我不知道。

［停顿。

我不知道。当然习惯成自然。父亲去世后，比如，我们就没有了勤务兵，好长时间我们适应不了。可除了习惯，我认为我是公正、不偏不倚的。可能，也许别的地方也不这样，我们这小城里，最正派、最高尚、最有教养的就是军人了。

韦尔希宁 我想喝点什么。喝茶吧。

玛莎 （看一眼钟）茶马上就送来了。我十八岁家里就让我出嫁了，我怕丈夫，因为他是中学教师，我刚刚毕业。那时他让我觉得特别有学问、聪明，是重要人物。可惜，现在看来他并不是。

韦尔希宁 不错……是的。

玛莎 我不是在说丈夫，我已经习惯他了，但文官中间的确有太多愚蠢、粗俗、没教养的人。愚蠢会让我激动，感到屈辱，见到不体贴、不温柔、不殷勤客气的人我就痛苦。当我在那些教师——我丈夫的同事们中间时，我简直痛苦不堪。

韦尔希宁 嗯……但我觉得，都一样，至少在这座城里，文官们和军人们都一样无趣。都一样！如果您要听听本地知识分子的谈话——不管是文官还是军人，那么都在为妻子遭罪，为房子遭罪，为财产遭罪，为车马遭罪……第一流的俄罗斯人具有崇高的思维方式，但请问，为什么他们的生活却过得如此低劣？为什么？

玛莎 为什么？

韦尔希宁 为什么他为儿女遭罪，为妻子遭罪？为什么儿女妻子为他遭罪？

玛莎 您今天心情不好。

韦尔希宁 也许。今天没吃午饭，从早起一点儿东西没吃。我的一个女儿生了点儿小病，每次女孩们生病，我就特别焦虑，她们有个那种样子的妈妈，我的良心在受折磨。哎哟，您要是今天看到她的话！什么叫毫无价值的人。早上七点，我们开始吵，九点我摔门走了。

［停顿。

我从没对人细说过我的家事，奇怪，我只和您一个人抱怨。（吻她的手）别生我的气。除了您一人，我什么人都没有，没有……

［停顿。

玛莎 炉子里的响声多大。就在父亲刚死去后不久，烟囱里发出巨响。就和现在一样。

韦尔希宁 您相信这是不祥之兆吗？

玛莎 是的。

韦尔希宁 奇怪。（吻她的手）您是高明的、美妙的女人。高明的、美妙的！这里黑，但我看到您眼里有光。

玛莎 （坐到另一把椅子上）这儿亮些……

韦尔希宁 我爱，我爱，我爱……爱您的眼睛，您的一举一动，我梦到过它们……高明的，美妙的女子！

玛莎 （静静笑着）每当您和我这样说的时候，我不知为什么总是笑，虽然我怕。别再这样说了，求您。（低声）其实，您说吧，对我都一样。（以手掩面）对我都一样。可有人来了，您说点儿别的吧……

[伊琳娜和图森巴赫穿过大厅上场。

图森巴赫 我的姓氏由三部分组成。图森巴赫——克罗尼——阿尔特沙乌勒男爵，但我是俄国人，像您一样的东正教徒。德国气质大概只剩下忍耐和固执了，所以我让您厌烦。天天晚上护送您。

伊琳娜 好累啊！

图森巴赫 我会每天晚上去电报局，护送您回家，十年——二十年，直到有一天您赶我走……（看见玛莎和韦尔希宁，高兴地）你们在这儿？你们好。

伊琳娜 总算到家了。（向玛莎）刚才一位太太来，给她在萨拉托夫[1]的哥哥发电报，因为她儿子今天死了，可怎么也想不起地址来。所以发了封没地址的电报，就发到萨拉托夫。她在哭。

---

1 伏尔加河下游沿岸港口城市，铁路交通枢纽，文化名城。

我无缘无故对她说了句无礼的话："我没工夫。"真蠢！今晚化装的舞者们来家里吗？

玛莎 是的。

伊琳娜 （坐在圈椅里）休息一会儿，累了。

图森巴赫 （面带微笑）每次您上班回来，都让人觉得您这么弱小、不幸……

［停顿。

伊琳娜 是累了。不，我不喜欢电报局。不爱那地方。

玛莎 你瘦了……（用口哨吹曲调）变年轻了，你的脸变得有点儿像小男孩。

图森巴赫 因为她把头发梳平了。

伊琳娜 该找找其他的工作，这个工作不适合我。我要的、幻想的——这里都没有。没诗意、没意义……

［敲地板的声音。

军医在敲地板。（向图森巴赫）亲爱的，您敲敲地板吧，我没劲儿，累了……

［图森巴赫敲地板。

伊琳娜 他马上就上来。应当采取措施才好。昨天军医和我们的安德烈在俱乐部又赌输了。据说安德烈输了二百卢布。

玛莎 （漠然）现在你又能怎么办！

伊琳娜 两星期前输过一次，十二月输过一次。很快他就要把一切输光了。也许，我们就能离开这城市。我的主，每夜梦见莫斯科，彻底疯狂了似的。（笑）我们六月会搬过去，可离六月还有……二、三、四、五月，差不多半年呢！

玛莎 只是可别让纳塔莎知道输钱的事儿。

伊琳娜　我觉得对于她来说输不输钱都一样。

［切布特金刚刚从床上起来，他睡了午觉，来到餐厅，梳理着乱糟糟的胡子，坐在桌旁，从衣袋里掏出一张报纸。

玛莎　他来了……他交过房租了吗？

伊琳娜　（笑）没有。八个月了，一分钱没交过。准是忘了。

玛莎　（笑）瞧他像个大人物似的端坐着！

［大家都笑了起来；停顿。

伊琳娜　怎么您不说话啊，亚历山大·伊格纳季耶维奇？

韦尔希宁　不知道。想喝茶，我宁愿用半生换一杯茶！[1]从早起到现在还什么都没吃呢……

切布特金　伊琳娜·谢尔盖耶夫娜！

伊琳娜　什么事？

切布特金　请到这儿来。“到这里来”（法语）。

［伊琳娜走过去在桌旁坐下。

我没您不行啊。

［伊琳娜摆牌阵。

韦尔希宁　怎么？既然茶不招待，那我们高谈阔论一番也好啊。

图森巴赫　谈吧。关于什么？

韦尔希宁　关于什么？幻想一下……比如我们死后，再过二、三百年，生活会是什么样。

图森巴赫　什么样？以后的人会坐氢气球飞行，衣装样式改变了，也许，第六感被发现，并且发达了，可生活还一样艰辛，一

1　仿拟莎士比亚剧本《理查三世》第五幕第四场的著名台词：“一匹马！一匹马！我愿用我的王国换一匹马！”

样充满了神秘与幸福。再过一千年，人还会这样叹息：“唉，活着真沉重啊！”与此同时还和现在一样，他会心怀恐惧，不想死去。

韦尔希宁 （想了一会儿）怎么跟您说呢？我觉得，世上的一切会慢慢改变，甚至改变已经被我们亲眼所见。再过二百年、三百年，以至一千年后——不在于时间长短——幸福的新生活就来了。当然，享受和参与这生活我们赶不上。可我们现在为它活着，为它工作，嗯，为它受苦，也就在创造它了。只有这个才是我们生存的唯一目的，也就是我们的幸福。

［玛莎静静地笑。

图森巴赫 您怎么了？

玛莎 不知道。今天从早起开始一整天我总想笑。

韦尔希宁 和您一样，我在同一所士官中学毕业，没上大学；看书不少；可不选择，也许全是无用闲书，但越上岁数，想知道的就越多。头白了，差不多可以说是一个老年人了，可知道得太少！唉，太少了。可我还觉得，最主要和最真实的我已经知道得清清楚楚。我多想能向您证明：幸福现在没有，不可能有，将来也不会为了我们到来……我们只该工作、工作，至于这幸福命中注定的享有者——是我们极远的后代子孙。

［停顿。

不是我们，哪怕是我的后代子孙也好啊。

［费多季克和罗代出现在餐厅里；他们坐下，弹着吉他低声唱。

图森巴赫 照您说的，甚至幻想幸福都不行了！可如果我是幸福的呢？

韦尔希宁　不。

图森巴赫　（诧异地将两手一举一拍，笑着）显然，我们彼此不了解。嗯，怎么说服您呢？

［玛莎静静地笑。

图森巴赫　（用手指点着）您尽管笑吧！（对韦尔希宁）别说过两百或三百年，就是过一百万年后，生活还和原先一样；它不变，保持常态，遵循自己的法则，这法则与您无关，至少，您永远不可能了解它。迁徙的鸟儿，比如仙鹤吧，一直不停飞。不管它们脑子里的念头是崇高或渺小，反正它们要飞，不知道为什么飞，也不知道飞向哪里。它们现在飞着，将来还要飞；不管在它们中间生出什么样的哲学家；随它们去议论，只要飞就是了……

玛莎　可毕竟还应该有意义吧？

图森巴赫　意义……现在下雪。这有什么意义？

［停顿。

玛莎　我觉得，人该有信仰，或者说该寻找信仰，不然他的生活就是空虚、空虚……活着却不知道仙鹤为什么飞，孩子为什么出生，星星为什么在天空出现……要么，知道人为什么生活，要么，一切都是不值一提、根本无所谓的。

［停顿。

韦尔希宁　可毕竟还是可惜的，青春一去不复返……

玛莎　果戈理有句话："诸位，活在这世上真烦闷啊！"[1]

1　引自果戈理的小说《两个吵架的伊凡》（1832）。

图森巴赫　而我要说：诸位，和你们争论真困难啊！你们简直……

切布特金　（读着报纸）巴尔扎克在别尔基切夫结婚了[1]。

［伊琳娜轻声唱一段曲调。

为自己记到本里。（记录）巴尔扎克在别尔基切夫结婚了。（读报）

伊琳娜　（摆纸牌阵，若有所思）巴尔扎克在别尔基切夫结婚了。

图森巴赫　"命运的赌签已经掷下。"[2]玛丽亚·谢尔盖耶夫娜，我提出退伍申请了。

玛莎　听说了。我看不出这决定有什么好处。不喜欢文官。

图森巴赫　都一样……（站起身）我又不英武，哪里像个军人？嗯，可都一样，顺便一提……我要去工作。哪怕在我有生之年就工作一天也好，晚上回家，筋疲力尽地倒在床上，马上睡着了。（向餐厅走着）工人们睡觉应该很踏实！

费多季克　（向伊琳娜）刚才在莫斯科街"驯鹿羔"商店给您买了彩色铅笔和转笔刀……

伊琳娜　您总习惯把我当小孩儿逗着玩。可我已经长大……（拿铅笔和转笔刀，高兴地）好可爱啊！

费多季克　我给自己买的是小刀……您看看……一把，还有一把，第三把，这把是掏耳朵的，这把是小剪刀，这把是剪脚趾甲的……

1　别尔基切夫位于乌克兰日托米尔州，是一座历史悠久的古城，1850年法国作家巴尔扎克与波兰女地主在此成婚。巴尔扎克婚后五个月病逝于巴黎。

2　盖乌斯·尤利乌斯·凯撒率领大军越过界河时说的话。引申含义为木已成舟、放手一搏。

罗代 （高声）军医，您多大了？

切布特金 我？三十二。

［笑声。

费多季克 马上给您另摆一副牌……（摆牌阵）

［茶炊被抬进来；安菲萨在茶炊旁边站着；稍后纳塔莎上场，她也在桌子旁边忙来忙去；索廖内上场，和大家问好，在桌边坐下。

韦尔希宁 这里的风可真是大啊！

玛莎 是的，我厌烦冬天了。已经记不得夏天的样子。

伊琳娜 牌阵摆通了，我看到了！我们要去莫斯科。

费多季克 不，通不了。瞧见没有，黑桃八在黑桃二后面！（笑）就是说，你们不会去莫斯科。

切布特金 （读报）齐齐哈尔。天花流行。

安菲萨 （走近玛莎）玛莎，喝茶吧，亲爱的。（向韦尔希宁）请吧，先生……对不起，我的大人……忘了您的名字，还有父称……

玛莎 拿到这里来吧，奶妈，我不过去了。

伊琳娜 奶妈！

安菲萨 来——了！

纳塔莎 （向索廖内）吃奶的孩子什么都明白。"你好，"我说，"小赖宝，你好，亲爱的！"他就用很特别的眼神看我一眼。您觉得我是母亲才这样说，不是，不是，我能让您相信！真不是一般的小孩！

索廖内 这小孩要是我的，我会把他放在油锅里煎着吃了。（端着茶杯到客厅，在墙角里坐下）

纳塔莎 （以手掩面）没教养的野人！

玛莎 对于冬夏浑然不觉的人是幸福的。假如我在莫斯科的话，我根本不会在意是什么气候……

韦尔希宁 我前几天读了一个法国部长的日记[1]，他在狱中写的。因为牵扯进了巴拿马运河建造中一桩欺诈案。他狂喜万分地描述透过监狱窗子看到的几只小鸟，以前做部长时他没在意过。现在，当然，要是把他释放了，他还和从前一样不会在意这几只小鸟的。所以等您将来住到莫斯科，您就不会在意莫斯科。现在我们没有幸福，它不存在，我们只不过希望着它罢了。

图森巴赫 （从桌上拿起一只盒子）糖果在哪儿？

伊琳娜 索廖内吃了。

图森巴赫 全都吃了？

安菲萨 （端茶给他）您的信，老爷。

韦尔希宁 我的？（拿信）女儿写的。（阅读）对，当然……玛丽亚·谢尔盖耶夫娜，对不起，得悄悄走，茶不喝了。（激动地站起）永远要这样……

玛莎 这是什么？不是秘密吧？

韦尔希宁 （小声）我妻子又服毒了。得走。我悄悄走掉。这一切真不愉快。（吻玛莎的手）我亲爱的，可爱、美丽的女人啊……我悄悄过去……（下）

安菲萨 他去哪儿了？我给他拿了茶……这人怎么回事。

---

1 书名为《狱中印象》，1893年被判处两年监禁的法国巴拿马部长所著。1888年组织建造巴拿马运河的公司破产，数名法国政客因欺诈被定罪。

玛莎 （怒不可遏）别说了！（端茶走开）唠叨个没完，你不让我安静，老太婆。

安菲萨 怎么生气了？亲爱的！

［安德烈的声音：安菲萨！

安菲萨 （戏弄）安菲萨！他在屋里坐着……（下）

玛莎 （在餐厅桌子边，生气）让我坐下！（把牌搅乱）牌收起来！你们请喝茶！

伊琳娜 你啊，玛申卡，真凶。

玛莎 既然我凶，就别和我说话。别招惹我！

切布特金 （笑着）别招惹她……

玛莎 您六十了，可您，像个小孩子，永远说一些鬼才明白的话。

纳塔莎 （叹气）亲爱的玛莎，为什么在谈话中用这些词语呢？你有美貌，在文明的社交场合，直说吧，本可以魅力十足。"请原谅，玛丽亚，但您的举止有点儿粗鲁"（法语）。

图森巴赫 （忍着不让自己笑出声）给我……给我……白兰地酒，可能在那儿。

纳塔莎 （用蹩脚的法语说）"我的小赖宝可能睡不着觉了"，刚才他醒了。他今天不舒服。我去看看，对不起……（下）

伊琳娜 亚历山大·伊格纳季耶维奇去哪儿了？

玛莎 回家了。他和夫人又闹出故事来了。

图森巴赫 （手持盛白兰地的细长颈小玻璃瓶，向索廖内走去）您总一个人坐着，不知想什么心事——别人弄不明白您在想什么。嗯，咱们和解了吧。咱们喝点儿白兰地。

［两人喝酒。

今天我得通宵弹琴呢，大概，乱弹一气……管它呢！

索廖内　为什么和解？我们没吵过架。

图森巴赫　您总是引起我这样的感觉，好像我们之间发生过什么事情。您性格古怪。您得承认。

索廖内　（朗诵）“说我怪，谁又不怪！”[1]别生气，阿列哥[2]！

图森巴赫　我和阿列哥有什么关系……

［停顿。

索廖内　当我和一个人在一起，我是很好的，和大家都一样。可在社交场合就灰心丧气、害羞紧张……总是胡言乱语。可毕竟我比许多、许多人更诚实、更高尚。对此我可以证明。

图森巴赫　我常生您的气，我们两人在社交场合时，您总挑我毛病，但我还是挺喜欢您的，不知为什么。管它呢，今天我要大醉一场。我们干杯吧！

索廖内　我们喝干。

［两人喝酒。

男爵，无论何时何事我都不反对您。可我有莱蒙托夫[3]性格。（轻声）我甚至长得都有点儿像莱蒙托夫呢……常言说……（从衣袋里掏出一瓶香水，往手上倒）

图森巴赫　打退伍报告了。了结了！用五年时间把一切反复考虑了，

1　俄国古典喜剧《智慧的痛苦》主人公恰茨基的台词。

2　普希金长诗《茨冈》（1824）主人公，是“多余人”群像中的一个。阿列哥厌恶贵族社会的文明和生活方式，投奔游牧为生的茨冈人，与茨冈姑娘相爱。两年后，茨冈姑娘爱上另一个青年。阿列哥嫉恨之下杀死了妻子和她的情人。茨冈部落将他抛弃。此处索廖内戏称男爵为阿列哥，亦暗示了后文他为爱情而决斗的举动。

3　米哈伊尔·莱蒙托夫（1814—1841）俄国著名诗人，代表作有长篇小说《当代英雄》、长诗《恶魔》、剧本《假面舞会》等。

终于，决定了：我要工作。

索廖内　（朗诵）别生气，阿列哥……忘掉、忘掉自己的幻想吧……

[当他们说话时，安德烈拿着书从房里走出，悄悄进来，过去紧靠一支蜡烛坐下。

图森巴赫　我要工作。

切布特金　（和伊琳娜走向客厅）那次宴请的大菜是真正的高加索做法：葱汤，而烧烤呢，叫作“切哈尔特玛”，烤鸡肉或羊肉。

索廖内　“切列木沙”，根本不是肉，是植物，有点儿像您说的葱。

切布特金　不对，我亲爱的。“切哈尔特玛”——不是葱，是公绵羊肉。

索廖内　可我在对您说，“切列木沙”——是葱。

切布特金　可我说，“切哈尔特玛”——公绵羊肉。

索廖内　可我在和您说，“切列木沙”——是葱。

切布特金　我为什么要跟您争辩呢！您从没到过高加索，从没吃过切哈尔特玛。

索廖内　没吃过，因为我受不了那味道。“切列木沙”有一股臭蒜味儿。

安德烈　（祈求地）够了，先生们！求你们！

图森巴赫　化装的舞者们什么时候来？

安德烈　答应九点来；这就就要来了。

图森巴赫　（拥抱安德烈）“啊，你们是前厅，我的前厅，我的新前厅……[1]”

1　一首伴随欢快舞蹈的民歌。

安德烈 （跳舞，唱）“新的前厅，槭树的……”

切布特金 （跳舞）“带花木格子的前厅！”

［笑声。

图森巴赫 （亲吻安德烈）见鬼去吧，咱们喝酒。安德留沙，让咱们饮酒结盟，为了你干杯。我和你，安德留沙，去莫斯科，上大学。

索廖内 哪所大学？莫斯科可有两所大学呢[1]。

安德烈 莫斯科有一所大学。

索廖内 可我在和您说——两所。

安德烈 那就三所吧。更好。

索廖内 莫斯科有两所大学！

［众人不满地嘟囔着，并做嘘嘘声。

莫斯科有两所大学：一新一旧。如果你们不想听，如果我的话冒犯了你们，那我可以不说。我甚至可以去另一间屋……（走进一个门内）

图森巴赫 好！好啊！（笑着）女士们，先生们，开始吧，我坐下弹琴！这个索廖内真太可笑了……（坐到钢琴前，弹华尔兹舞曲）

玛莎 （独自跳着华尔兹）男爵醉了！男爵醉了！男爵醉了！

［纳塔莎上场。

纳塔莎 （向切布特金）伊万·罗曼内奇！（向切布特金说了几句，然后静悄悄下场）

［切布特金在图森巴赫肩上拍了一下，小声向他说了什么。

1 莫斯科小剧院当时有“莫斯科第二大学”之称。

伊琳娜 怎么回事？

切布特金 我们该走了。祝您健康。

图森巴赫 晚安。该走了。

伊琳娜 请问……舞者们来了呢？

安德烈 （难为情）舞者们不能来家里了。瞧，亲爱的，纳塔莎说小赖宝不太舒服，因为……一句话，我不知道，对我完全都一样。

伊琳娜 （耸肩）小赖宝不舒服！

玛莎 活着就是为了生活！人家赶，咱们就走。（对伊琳娜）不是小赖宝有病，是她自己……这里的病！（用手指点额头）庸俗的小市民！

[安德烈从右门走回自己房间，切布特金在后面跟着；餐厅里大家互相道别。

费多季克 多遗憾！小孩子不生病的话，本指望在这里度过一个晚上，那么，当然，我明天给他带玩具来……

罗代 （高声）今天午觉算白睡了，我还以为，要跳一夜的舞呢。可现在刚八点多钟！

玛莎 咱们走到街上去商量。我们决定一下怎么办吧。

[响起了“再见！”“祝您健康！”等话语。可听见图森巴赫愉快的笑声。大家都走了。安菲萨收拾桌子，熄灭蜡烛。传来奶妈的催眠曲。安德烈穿着大衣、戴着帽子和切布特金悄悄地上场。

切布特金 我没来得及结婚，因为我的生活像闪电，一闪就过去了；再说也因为你母亲，我深爱她，可她已结婚……

安德烈 结什么婚？没必要，乏味。

切布特金 对，可是寂寞。不管怎么高谈哲学，寂寞是件可怕的事，亲爱的……虽然实际上……当然了，反正都一样！

安德烈 咱们快点儿走。

切布特金 急什么？来得及。

安德烈 我怕被我妻子拦住。

切布特金 啊！

安德烈 今天我不玩牌了，只坐一会儿。身体不舒服……伊万·罗曼内奇，您说，我老喘粗气有办法治吗？

切布特金 别问我！我不记得了，亲爱的。我不知道。

安德烈 咱们从厨房走。

［他们下场。

［门铃响，又是一声；听见喧哗声、笑声。

伊琳娜 （上）什么声音？

安菲萨 （小声）穿化装衣服的跳舞的人！

［门铃声。

伊琳娜 你和他们说，奶妈，房里一个人也没有。对不起他们。

［安菲萨下场。伊琳娜沉思着在房间里走来走去；她很激动。索廖内上场。

索廖内 （困惑地）一个人也没有……大家在哪儿呢？

伊琳娜 他们回家了。

索廖内 奇怪。现在这里就您一个人？

伊琳娜 一个人。

［停顿。

再见。

索廖内 我刚才的举动不够稳重、没分寸。可您和所有人不同，您高尚、纯洁，您看得出大是大非。您一人，只有您一人能了解我。我爱，刻骨铭心、无穷无尽地爱……

伊琳娜 别了！请您离开。

索廖内 没有您我活不下去。（跟在她身后）啊，我的极乐！（含泪）啊，幸福！高明、美妙、惊人的眼睛，从没见过哪个女人有这样的眼睛……

伊琳娜 （冰冷地）别说了。瓦西里·瓦西里耶维奇！

索廖内 我头一次向您表白爱情，我真的不是在地球上，而是在别的行星上。（搓自己的额头）嗯，可反正一样。我不会去勉强别人喜欢，当然……但是我不该有幸福的情敌……不该……当着所有圣徒发誓，我会杀死情敌……啊，美妙的！

［纳塔莎拿着蜡烛上场。

纳塔莎 （打开一扇门，向内张望，又打开另一扇，探探头，走到她丈夫的门前）安德烈在里面呢，让他看书吧。请原谅，瓦西里·瓦西里耶维奇，我原本不知您在这里，我穿着睡衣……

索廖内 对我都一样。别了！（下）

纳塔莎 你累了，亲爱的，可怜的女孩儿！（吻伊琳娜）你该早睡。

伊琳娜 小赖宝睡了吗？

纳塔莎 睡了。可睡不安稳。正好，亲爱的，我一直打算和你说，你总不在家，没机会……我想现在的儿童房太阴冷潮湿。你的屋子又特适合小孩住。亲爱的，你先临时搬到奥莉娅那边吧。

伊琳娜 （没明白）什么地方？

［听得见一辆三套马车响着车铃行驶到房子前。

纳塔莎 你先和奥莉娅住一个房间，临时的，你的给小赖宝住。他真是一个可爱的小人儿啊，今天我跟他说："小赖宝，你是我的！我的！"他就用自己那双小眼睛瞧我。

［门铃声。

应该是奥莉加，她这么晚！

［女仆走到纳塔莎跟前，向她耳语。

普罗托波波夫？真是怪人。普罗托波波夫来了，叫我和他一起坐马车逛逛。（笑）这些男人多奇怪……

［门铃声。

有人来了。要是坐车逛一刻钟，好不好……（向女仆）告诉他，我马上来。

［门铃声。

铃响了……应该是奥莉加。（下）

［女仆跑下；伊琳娜坐着，若有所思；库雷金、奥莉加上场，后面是韦尔希宁。

库雷金 真没想到！都说家里要开晚会的呀。

韦尔希宁 奇怪，我才走，半小时前，都还等着穿化装服的舞者呢……

伊琳娜 大家都走了。

库雷金 玛莎也走了吗？她到哪儿去了？为什么普罗托波波夫在楼下坐着三套马车等人？他等谁？

伊琳娜 别提问……我累。

库雷金 好吧，任性的孩子……

奥莉加 教务会刚结束。真遭罪啊。我们的女校长病了，现在我代理她的职务。头，头疼，头……（坐下）安德烈昨天打牌输了两百卢布……要知道全城在议论这件事……

库雷金 对，我开教务会也累。（坐下）

韦尔希宁 我的妻子刚刚忽然想吓我一下，差一点儿服毒。一切都顺利结束了，我也高兴了，现在我休息休息……这么说来，我该走吗？也好，请允许我祝你们一切都好。费奥多尔·伊里奇，和我坐车随便到哪里去转转吧！我不能在家里，绝不能……咱们去吧！

库雷金 累了。我不去。（站起来）累了。我妻子回家了？

伊琳娜 应该是。

库雷金 （吻伊琳娜的手）别了！我明天和后天都休息。祝一切都好！（走着）真想喝杯茶。本想着在惬意的社交中度过一个晚上……"骗人的希望啊！"（拉丁文）[1]第四格加惊叹词！

韦尔希宁 那我一个人转转。（轻声吹着口哨，和库雷金一起下场）

奥莉加 头疼，头……安德烈输了钱，满城议论……要去躺一下。（走着）明天自由了……啊，我的主啊，这多惬意啊！明天自由，后天也自由……头疼，我的头……（下）

伊琳娜 （独自一人）都走了。一个人也没有。

［街上传来手风琴的声音，奶妈唱着催眠曲。

纳塔莎 （穿着皮衣，戴着帽子，从餐厅走过；女仆在后面跟随）过半小时回家。就出去逛一会儿。（下）

伊琳娜 （剩下她一个人，忧愁地）去莫斯科！去莫斯科！去莫斯科！

［幕落。

---

1 引自马尔库斯·图利乌斯·西塞罗关于教育问题的《演说家》。

第三幕

［奥莉加和伊琳娜的房间。左边和右边都是床，都用屏风围住。夜里两点。舞台后面响着失火的警报，火已经烧很久了。可看出整栋房里的人们都还没睡。玛莎躺在沙发上，像往常一样穿着黑裙。奥莉加和安菲萨上场。

安菲萨　都在楼梯下面坐着呢……我说："请上来，"我说，"可以的。"——她们直哭。"爸爸"，她们说，"不知道他到哪儿去了。主保佑，"她们说，"可别给烧死了。"真想的出来！院子里还有些人……也是连外衣都没穿。

奥莉加　（从柜子里取出连衣裙）把这件灰的拿着……还有这件……这件短衫也拿着……还有这条短裙，奶妈……这是怎么回事，天啊！基尔萨诺夫斯基街大概全烧了……这件拿走……这件也拿走（把一件连衣裙向她手里抛过去）可怜的韦尔希宁一家吓坏了……他们的房子就差一点儿。让他们在我们家住一夜吧，别让他们回去……可怜的费多季克的家全烧了，什么都不剩……

安菲萨　该把费拉蓬特也叫上来，亲爱的，不然我拿不动……

奥莉加　（按铃）没回应……（到门口去）谁在那里，请到这里来！

［从那扇开着的门里看得见玻璃上映的一片通红火光；传

来消防队员们从房间旁边经过的声音。

多可怕。多烦啊!

[费拉蓬特上场。

奥莉加　把这些东西拿下去……科洛季林家的小姐们在楼梯下面等着呢……把这些都给她们……还有这个……

费拉蓬特　遵命。一八一二年，莫斯科也起了大火，我的主！法国人吃了一惊[1]。

奥莉加　走吧，快去吧……

费拉蓬特　遵命。（下）

奥莉加　奶妈，亲爱的，全都给他们，我们什么也不要了，全给他们吧，奶妈，我累，都快站不住了……不能让韦尔希宁一家回去……小姑娘们可以在客厅里睡……亚历山大·伊格纳季耶维奇到楼下男爵那里去睡……费多季克也到男爵那里，或者到我们的餐厅……军医今天醉了，好像成心似的，醉得厉害，他那间屋子今天没法安顿人。还有，把韦尔希宁夫人也请到客厅里休息吧。

安菲萨　（疲乏地）亲爱的，你别赶我走！别赶！

奥莉加　你在说蠢话，奶妈。没人要赶你走。

安菲萨　（把头靠在她胸前）我的亲人，我的金子般的……我劳动，我做活……等不中用了……所有人对我说："走开吧！"可我到哪儿去？到哪儿去？八十了。我快八十二岁了……

奥莉加　你坐一会儿，奶妈……你累了，可怜……（让她坐下）歇一会儿，我的好奶妈。你的脸惨白！

1　1812年9月14日，拿破仑军队占领莫斯科后发生大火灾，城市的四分之三遭到毁灭。

［纳塔莎上场。

纳塔莎 那里大家在说需要尽快组织救灾协会。怎么呢？好主意。本来就应当帮助穷人，这是富人的责任，小赖宝和苏菲契卡在自己的屋里睡着，好像什么事都没发生似的。家里到处是外人，不管你走到哪儿，房子里挤得满满当当的。现在城里正闹流感，真怕把我的孩子们给传染了。

奥莉加 （没听她说话）这间屋里看不到火光。这里很安静……

纳塔莎 是的……我大概披头散发的。（镜子前）都说我胖了……假话！一点儿也不胖！玛莎睡着了，她累极了，可怜的……（对安菲萨，冰冷）在我面前还敢坐着！站起来！滚出去！

［安菲萨下；停顿。

为什么你们要养这老太婆，不懂！

奥莉加 （惊慌失措）对不起，我也不懂……

纳塔莎 她在吃白饭。一个农妇，该住到乡下去……还要把她供奉起来吗！我喜欢家里井井有条！家里不该有多余的人。（抚摸她的脸颊）你呀，可怜的，还不够累吗！咱们的女校长够累了！等我的索菲契卡长大，要上学时，我要怕你了。

奥莉加 我当不了校长。

纳塔莎 选的是你，奥莉契卡。这是定了的事。

奥莉加 我拒绝。不能……我力不能及……（喝水）你刚刚对奶妈的态度太粗暴……请原谅，我不能忍受……眼前直发黑……

纳塔莎 （激动）请原谅，奥莉娅，请原谅……我没想让你不痛快。

［玛莎站起来，拿着枕头生气地下场。

奥莉加 要明白，亲爱的……我们受过教育，可能，这有点儿奇怪，但我受不了这个。类似的态度压迫着我……我要生病……简直喘不上气！

纳塔莎 请原谅，请原谅……（吻她）

奥莉加 所有的甚至极小的蠢事、一句粗话都会让我激动……

纳塔莎 我经常多嘴，这是真的，但你得同意，亲爱的，她可以住乡下。

奥莉加 她在我们家已经三十年了。

纳塔莎 但要知道现在她不能干活！要么我不懂，要么你不想理解我。她丧失了劳动能力，只能睡觉或者坐着。

奥莉加 那就让她坐着好了。

娜塔莎 （震惊）什么叫就让她坐着？她可是一个佣人。（含泪）你让我不能理解，奥莉娅，我们现在有保姆，有奶妈，我们有女工，有厨师……为什么我们还需要这个老太婆？为什么？

［舞台后面响起警报声。

奥莉加 这一夜我老了十岁。

纳塔莎 我们得说好，奥莉娅。说一次，一劳永逸……你在学校，我——在家；你有事业，我有家务。如果我谈用人的事，那么我知道我在谈什么；我知道，我——在——谈——什——么……明天这个老贼、老东西……（跺脚）让这个老巫婆离开这里！她敢惹我生气！她敢！（忽然想起来了）真的，如果你不搬到楼下住，那我们总有的吵。这太可怕。

［库雷金上场。

库雷金 玛莎在哪儿？她该回家了。据说火被扑灭了。（伸懒腰）只烧掉一个街区，因为有风，开始还以为会把全城都烧了呢。

（坐下）疲乏。亲爱的奥丽契卡……我常常想，如果没有玛莎的话，那我一定会和你结婚的，奥莉契卡。你非常好……我真遭罪啊！（倾听）

奥莉加 什么？

库雷金 好像成心似的，军医今天喝多了，醉得厉害，这不是成心作对嘛！（站起来）瞧他走过来了，好像是的……听到了吗？是的，是往这里来了……（笑）好一个军医……我躲开。（走向柜子，站到角落）这个强盗。

奥莉加 两年都不喝了，突然一下子喝个烂醉……（和纳塔莎走进房间深处）

［切布特金上场；不像喝醉的人似的东倒西歪，走过房间，停住，看看，然后走到洗脸盆前，开始洗手。

切布特金 （闷闷不乐）都见鬼去……见鬼去……大家以为我是能治百病的医生，可我全都不知道了，以前知道的都忘了，什么都不记得，全都忘了。

［不在意奥莉加和纳塔莎，她们下场。

见鬼去吧。上个星期三在扎西比给一个女人看病——她死了，她死的原因在我。是的……二十五年前我还懂点儿医术，现在忘光了。什么都没有……脑子空空，心冰冷。也许我并不是人，只做出人样儿，有手，有脚……有头；我根本不存在，只是我感觉在走，在吃，在睡觉。（哭）啊，如果不存在该多好啊！（止住哭，闷闷不乐）鬼才知道……前天在俱乐部聊天；大家说莎士比亚、伏尔泰……我没读过，压根儿没读过，可自己脸上的表情，似乎我都读过。其他人也像我一样。庸俗！低贱！于是想起周三被我误诊致死的女人……全想起来了，心里生出一种扭曲、丑恶、卑鄙的东西来……跑出去，喝醉了……

[伊琳娜、韦尔希宁和图森巴赫上场；图森巴赫穿着崭新而时髦的文官外衣。

伊琳娜 我们在这里坐会儿吧。这里不会有人来。

韦尔希宁 要不是这些士兵，全城都要烧尽了。好样的！（满意地不时摩拳擦掌）金子般的士兵们啊！哎呀，真是好样的！

库雷金 （朝他走去）几点了，先生？

图森巴赫 已经三点多钟了。天快亮了。

伊琳娜 所有人都在餐厅坐着，没人走。你们这位索廖内也坐着……（对切布特金）军医，您还是睡去吧。

切布特金 没关系……谢谢……（梳理着乱糟糟的胡子）

库雷金 （笑）您喝醉了，伊万·罗曼内奇！（拍了拍他肩膀）您了不起！古人说，"酒中有真理"（拉丁文）。

图森巴赫 大家都请我组织一场救灾音乐会呢。

伊琳娜 可谁来演奏呢……

图森巴赫 其实可以办音乐会。我看，玛丽亚·谢尔盖耶夫娜钢琴就弹得极好。

库雷金 弹得好极了！

伊琳娜 她已经忘了演奏曲目。三年没弹琴了，也许四年。

图森巴赫 这城里根本没人懂音乐，没人，但是我，我懂，实话告诉你们，玛丽亚·谢尔盖耶夫娜弹得出色，几乎是天才。

库雷金 您说得对，男爵。我非常爱玛莎。以她为荣。

图森巴赫 琴技如此高明，同时又意识到没有知音，一个知音也没有！

库雷金 （叹息）对……可她参加音乐会合适吗？

［停顿。

因为我，女士们，先生们，什么也不懂。也许很好。应该承认，我们校长是个好人，甚至最好、最聪明的人，可他有个观点……当然，和他无关，但我还是，假如您有此打算，那我，您瞧，还得和校长谈一谈。

［切布特金手拿着瓷钟，细细端详。

韦尔希宁 我被火弄得满身脏，太难看了。

［停顿。

昨天偶然听说，部队要调动到很远的地方。有人说去波兰王国，也有人说，好像要去赤塔[1]。

图森巴赫 我也听说了一点儿。是吗？这里该完全成座空城了。

伊琳娜 我们也要离开这里。

切布特金 （把钟掉在地上，钟碎了）粉碎！

［停顿；大家又伤心又难为情。

库雷金 （捡拾碎片）打碎这样一件宝贝——唉，伊万·罗曼内奇！伊万·罗曼内奇，您的表现得分——零减！

伊琳娜 这是去世的妈妈的钟。

切布特金 也许……妈妈的钟就是妈妈的钟。可能我没打碎，只是觉得我打碎了。也许我们只是觉得存在，而实际上并不存在。我什么也不知道，没有人知道什么。（在门口）你们看我干什么？纳塔莎和普罗托波波夫有恋爱关系，可你们看不见……你们就坐那里，什么都看不见，可纳塔莎却和普罗托

---

1 位于俄罗斯的东西伯利亚地区，贝加尔湖以东，与中国相邻。

波波夫有恋爱关系……（唱歌剧中的一句唱词）“给你一颗无花果……”（下）

韦尔希宁 是的……（笑）其实所有这一切多奇怪！

[停顿。

火着起来时，我立刻往家跑；快到了一看——我们的房子完好，安全，没危险。但我的两个女儿只穿睡衣站在门口哭，因为她们的妈妈不在家，看着大人手忙脚乱，马和狗四处乱跑，两个女孩脸上那种惊慌、恐惧、祈求，我都说不清了。当我看到她们的脸的时候，我的心都揪紧了。我的主啊，在漫长生活里这两个女孩儿还得要忍受多少痛苦啊！我抱起她们，一边跑一边还在想一件事：在这世界上她们还得要忍受多少痛苦啊！

[警报声；停顿。

我到了这里，可孩子们的妈妈在这里叫喊，发脾气。

[玛莎拿着枕头上场，坐在沙发上。

韦尔希宁 当只穿睡衣、光着脚的两个女儿站在家门前时，街道被火光映红，周围全是恐怖的喊叫声，我就想，某种相似的东西发生在多年以前，当外敌突然入侵，抢劫，放火……同时，本质上它们之间又有天壤之别！再过许多年，两三百年，后人会用恐惧、嘲讽的眼光看待我们现在过的这种生活，今天的一切会显得笨拙、沉重、不舒适、怪异。啊，大概，将来的生活何等美好！（笑）对不起，我又在高谈阔论了。请允许我继续吧，女士们，先生们。真的想聊一聊，现在正有这个心情。

[停顿。

好像这一屋子所有人都睡着了。我要说：将来会有何等美好的生活！你们可以想象……像你们这样的人现在城里只有三个，但在后来的几代里——人数就多了，越来越多，那个时代一定会到来，所有人按你们的样子改变，像你们这样生活，然后你们的生活方式也陈旧了，到时会生出比你们更好的人……（笑）今天我有某种很特别的情绪。非常想活着……（唱）"爱情能俘获男女老幼，爱情火焰啊，对健康大有益处。"[1]（笑）

玛莎 咚哒啦——咚——咚……

韦尔希宁 咚——咚……

玛莎 哒啦——哒——哒？

韦尔希宁 （笑）哒啦——哒——哒……（笑）

［费多季克上场。

费多季克 （跳舞）烧了！烧了！彻底烧光了！

［笑声。

伊琳娜 这也能开玩笑。全都烧没了吗？

费多季克 （笑）彻底烧光了，什么也没剩下。吉他烧了，照片烧了，我所有的信件也都烧了……我原本打算送您的日记本——也烧了。

［索廖内上场。

伊琳娜 不行，请您离开，瓦西里·瓦西里耶维奇。您不能来这里。

索廖内 凭什么男爵可以，我不能？

---

1 出自柴可夫斯基根据普希金《叶甫盖尼·奥涅金》创作的同名歌剧，塔吉娅娜的丈夫所唱的咏叹调。

韦尔希宁 其实应该走。火还烧着吗?

索廖内 据说扑灭了。不，我真的纳闷，为什么男爵可以，我不可以?（掏出一小瓶香水往自己身上喷）

韦尔希宁 哒啦——哒——哒。

玛莎 哒啦——哒。

韦尔希宁 （笑，对索廖内）我们到餐厅去。

索廖内 也好，这笔账咱们先记下。“这则寓言含义清晰，只是让鹅受了委屈”[1]……（看着图森巴赫）唧唧唧……

［和韦尔希宁、费多季克下场。

伊琳娜 一屋子索廖内的香水味……（莫名其妙）男爵睡着了!男爵!男爵!

图森巴赫 （醒过来）我累了，但是……砖厂……我没说梦话，真的，我很快就要去砖厂了，我要开始工作了……已经谈商量过。(向伊琳娜，温柔地）您这么洁白、美丽、迷人……我觉得您洁白的面容，像一道光，把四周黑暗的空气照亮了……您忧伤，不满意生活……啊，请您和我一起走吧，我们一起去工作吧!

玛莎 尼古拉·利沃维奇，请您离开这里。

图森巴赫 （笑）您在这儿，我没看见。(吻伊琳娜的手）别了，我走……我现在看您，一下回想起很久以前，过命名日那天，您有力量、快乐，谈着劳动的愉快……当时我看到了多幸福的生活!它在哪儿呢?（吻她的手）您眼里有泪。躺下睡吧，天已经快亮了……又一个早晨开始……如果我能够把这一生

---

1 引自伊万·克雷洛夫的寓言《鹅》。

献给您多好啊!

玛莎 尼古拉·利沃维奇，走吧！真的……

图森巴赫 我走……（下）

玛莎 （躺下）你睡着了吗，费奥多尔?

库雷金 啊?

玛莎 你该回家了。

库雷金 可爱的玛莎，我亲爱的玛莎……

伊琳娜 她累极了，你就让她休息会儿吧，费佳。

库雷金 这就走……我妻子很好，耀眼的女人……我爱你，我唯一的……

玛莎 （生气）“我爱，你爱，他爱，我们爱，你们爱，他们爱”（拉丁文）……

库雷金 （笑）不，真的，她让人惊讶。我和你结婚已经七年了，可觉得昨天才举行婚礼似的。大实话。不，真的，你是一个让人惊奇的女人。我称心如意，称心如意，称心如意!

玛莎 真烦，真烦，真烦……（从床上起身，坐着说）这念头总在我脑子里……简直让人气愤。它像钉子似的在脑子里，没法儿沉默。我说的是安德烈……他把这房子抵押给了银行，所有的钱被他妻子拿走，可这房子不是他一人的——是我们四人的呀！他要是一个正派人，该知道。

库雷金 何苦呢，玛莎！对你有什么好处?安德烈债务缠身，嗯，主与他同在。

玛莎 不管怎样，让人气愤。(躺下)

库雷金 我们不缺钱。我有工作，每天给人补习功课……我是老实人。还顾家……常言道:“家中的顶梁柱”(拉丁文)。

玛莎 我什么也不需要。但我恨不公平的事。

［停顿。

走吧，费奥多尔。

库雷金 （吻她）你累了，休息半小时，我在那儿坐一会儿，等你。睡吧……（走着）我称心如意，称心如意，称心如意。（下）

伊琳娜 真的，我们的安德烈变化多大啊，他在这女人身边变质了，显得多老啊！以前他准备当教授，可昨天他自夸起来，因为终于当上个什么地方自治参议会的议员。他是参议会议员，普拉多波波夫倒是主席……满城议论，笑话，可只有他一人什么也不知道，什么也看不到……刚才大家都跑出去救火，他就坐在自己房间里，一点儿都不在意。只知道拉小提琴。（神经质地）啊，可怕，可怕，可怕！（哭）我再也，再也不能忍了……不能，不能！

［奥莉加上场，把杂物从自己的小桌子上收走。

伊琳娜 （号啕大哭）把我扔出去，把我扔出去吧，真不能再忍了！……

奥莉加 （受到惊吓）怎么了，怎么了？亲爱的！

伊琳娜 （大哭）去哪儿了？一切都去哪儿了？它在哪儿？啊，我的主，我的主啊！都给忘了，忘了……我的脑子空空……不记得意大利语的“窗户”或者“天花板”怎么说了……全忘了，每天不停忘，生活一去不返，我们永远、永远不会去莫斯科的……我看到了，我们不会去的……

奥莉加 亲爱的，亲爱的……

伊琳娜 （忍住哭泣）啊，我不幸……我不能工作，我不去工作了。够了，够了！先在电报局，现在又在城管局上班，我恨、看不起所有让我做的事……我已经快二十四岁了，已经工作很久了，头脑却干瘪、枯瘦、愚蠢、衰老，没有任何、任何、任何的满足感，可时间在流逝，我越来越觉得，我正远离真正的、美丽的生活，越离越远，要掉进什么深渊里了。我绝望，绝望！为什么我还活着，为什么我至今没自杀，我不明白……

奥莉加 别哭，我的小女孩，别哭……我真遭罪啊。

伊琳娜 我不哭，不哭……够了……你瞧，我已经不哭了。够了，够了！

奥莉加 亲爱的，作为姐姐，作为朋友，如果你想听我一句建议：嫁给男爵吧！

[伊琳娜轻声哭泣。

要知道你尊重，你很看重他……他，确实，不漂亮，但他多正派，纯洁啊……要知道婚姻并不是出于爱情，只为了履行自己的义务。至少，我这么认为，我可以在没有爱情的情况下出嫁。不管谁向我求婚，只要是正派人，我会和他结婚，我甚至能嫁一个老年人……

伊琳娜 我一直等，咱们搬到莫斯科，在那儿我会遇上我真正的那个人，我梦想着他、爱他……但原来都是痴心妄想，痴心妄想……

奥莉加 （拥抱妹妹）我亲爱的、美丽的妹妹，我全明白；当男爵尼古拉·利沃维奇卸了军职，穿件便装西服来咱们家时，我觉得他真不漂亮，甚至让我哭起来了……他当时还问我："您为什么哭呢？"我怎么对他说！可如果主让他娶了你，那么我也会是幸福的。这可是另一回事，完全另一回事。

［纳塔莎拿着蜡烛穿过舞台，悄无声息地从右边的门向左边的门走去。

玛莎 （坐下）她这样子，像是她出去放的火。

奥莉加 你呀，玛莎，糊涂。我们家最糊涂的人就是你了。请原谅。

［停顿。

玛莎 我想忏悔，亲爱的姐妹们。我的良心正受折磨。我向你们忏悔，我也没人，没机会忏悔了……我这就说出来。（轻声）这是我的秘密，但你们总得知道……我不能静默……

［停顿。

我爱，爱，爱这个人……你们刚刚还见着他……嗯，情况就这样，你们听着。一句话，我爱韦尔希宁……

奥莉加 （走向屏风后面自己的床）别说这个。我反正不要听。

玛莎 怎么办！（抱住头）一开始我觉得他奇怪，后来我可怜他……后来爱上了他……爱他，连同他的声音，他说的话，他的不幸，他的两个女孩子……

奥莉加 （在屏风后）反正我不听。不管你说什么糊涂话，反正我不听。

玛莎 唉，你已经变古怪了，奥莉加。我爱——就是说，我命该如此……他也爱我……这真可怕。是吗？这是丑事吗？（拉着伊琳娜的手，把她拉向自己）啊，我亲爱的……我们怎么走完我们的人生，我们要成为怎样的人……当你读随便一本小说时，那么你觉得所有这一切都是老套的，一切都清楚，可一旦自己爱上时，你就会发现：没有人知道任何事情，每一个人应该自己决定……我亲爱的，我的姐妹们……我向你们坦白了……现在我不会说了……就像果戈理写的那个疯子……静默……静默……

[安德烈上场，费拉蓬特跟在后面。

安德烈 （生气）您要干什么？我不明白。

费拉蓬特 （站在门口，急不可待）我，安德烈·谢尔盖耶维奇，都说十遍了。

安德烈 第一，我不是你的安德烈·谢尔盖耶维奇，我是你的大人！

费拉蓬特 消防队，大人，请求您，允许他们经过花园去河边。不然一次次绕远——简直是受罚。

安德烈 好。告诉他们：好。

[费拉蓬特下场。

厌烦了。奥莉加在哪儿？

[奥莉加从屏风后出来。

我来找你，把你的柜子钥匙给我吧，我把自己的弄丢了。你有一把小钥匙来着。

[奥莉加默默把钥匙给他，伊琳娜躲到自己的屏风后面；停顿。

安德烈 好大的火！现在快灭了。见鬼，这个费拉蓬特把我激怒了，让我说了蠢话……说什么我是他的大人……

[停顿。

你为什么不说话呢，奥丽娅？

[停顿。

该把这些愚蠢放在一边了，别赌气，正常生活吧……玛莎，你在，伊琳娜在，这太好了，我们现在就来彻底地、开诚布公地解释解释吧。你们为什么反对我？为什么？

奥莉加 算了，安德烈，明天我们再解释吧。（激动）这是多痛苦的一夜啊！

安德烈 （他很难为情）你别激动吧。我非常冷静地问你们：你们为什么反对我？你们直说吧。

[韦尔希宁的声音：哒啦——哒——哒！

玛莎 （站起来，大声）哒啦——哒——哒！（向奥莉加）再见吧，奥莉娅，主与你同在。（到屏风后面，吻伊琳娜）安静睡一觉……再见，安德烈。走吧，她们都累极了……明天你再解释吧。（下）

奥莉加 真的，安德留沙，我们等到明天吧。（走向屏风后自己的床）该睡了。

安德烈 我说了就走。马上说……第一，不知什么原因你们讨厌我妻子纳塔莎，这在最初我们结婚那一天我就看出来了。纳塔莎是非常好、正直、坦率而且很高尚的人——这就是我的意见。我爱、尊重自己的妻子，你们要明白，我尊重并且要求别人也尊重她。我再说一遍，她是正直、高尚的人，所有你们对她的不满，对不起，只是因为你们不嫁人，已经有怪癖了……

[停顿。

第二，你们好像怨恨我不是教授，不研究科学。可我为地方自治局服务，我是地方自治参议会的议员，我认为我的这种职务同为科学服务一样神圣崇高。我是参议会的议员，对此我很自豪，如果你们想知道的话……

[停顿。

第三……我还要说……我没经你们允许就把房子抵押了……这件事我做错了，对，我请你们原谅。走这一步……是欠债所逼，三万五千卢布……我已经不打牌了，早戒了，但主要的是，我有能为自己辩护的理由，这是因为你们是没出嫁的姑娘，你们可以领抚恤金，可我没有……工资……就是这样。

[停顿。

库雷金 （在门口）玛莎不在这里吗？（惊慌不安）那她在哪儿？怪事……（下）

安德烈 她们不听我说话。纳塔莎是非常好的、正直的女人。（默默在台上走着，然后又站住）我结婚时，还以为我们会幸福……大家都会幸福……可是我的主……（哭）我亲爱的妹妹们，可爱的妹妹们，别相信我，别相信……（下）

库雷金 （朝着门站着，惊慌不安）玛莎在哪儿？玛莎不在这里？怪事……（下）

[警报声，舞台上空空荡荡。

伊琳娜 （在屏风后）奥莉娅！谁在楼下敲地板呢？

奥莉加 是军医伊万·罗曼内奇。他喝多了。

伊琳娜 多不平静的夜啊！

[停顿。

奥莉加！（从屏风后面向外看）你听说了？部队要离开我们这里了，被调到很远的地方。

奥莉加 这只是传闻。

伊琳娜 那时就只剩下我们几个，孤孤单单……奥莉娅！

奥莉加 嗯？

伊琳娜 亲爱的，可爱的，我尊敬、敬重男爵，他是非常好的人，我要嫁给他，我同意，只是我们去莫斯科吧！求你，我们去吧！世上再没有比莫斯科更好的地方了！我们去吧，奥莉娅！我们去吧！

［幕落。

第四幕

［普罗佐罗夫家房子旁边的一个古老花园。长长的云杉树林荫道，路的尽头可见一条小河，河的对岸是广袤森林。舞台右边是房子的露台；这里的一张桌子上摆着细颈玻璃酒瓶和玻璃杯；看得出大家刚喝过香槟酒。正午十二点；不时有过路人从街上穿过花园到河边去；三五成群的士兵们从舞台上很快地走过去。

［切布特金处于安乐情绪中，在整一幕里他的状态都如此；坐在花园中的圈椅里，等待召唤；他戴着军帽，手持拐杖。伊琳娜、脖子上挂勋章并刮掉了小胡子的库雷金和图森巴赫一起站在露台上，他们送别费多季克和罗代；两个军官身着远行军的制服，正从上边走下来。

图森巴赫 （与费多季克亲吻）您是好人，我们相处得这么友好。

（同罗代亲吻）再亲一下……别了，我亲爱的！

伊琳娜 再见！

费多季克 不是再见，是永别，我们再也见不着面了！

库雷金 谁知道呢！（擦眼睛，微笑）我都要哭了。

伊琳娜 总有一天会见面的。

费多季克 过十年——十五年后？但那时咱们几乎不认识了，冷淡打招呼。（照相）请站好……最后再来一张。

罗代 （拥抱图森巴赫）我们再也不能见面了……（吻伊琳娜的手）谢谢您的一切，一切！

费多季克 （懊丧地）等一等！

图森巴赫 主会保佑，我们会再见面的。请给我们写信，一定要写信。

罗代 （扫视花园）别了，树林。（叫喊）喂，喂！

［停顿。

别了，回声！

库雷金 您恐怕得在波兰结婚了……您的波兰妻子抱着您说：（用波兰语）“亲爱的”（笑）。

费多季克 （看一眼表）还剩不到一小时。我们炮兵部队只有索廖内坐驳船走，其余都和大部队一起。今天开走三个连，明天又走三个连——这城里将要寂静、安宁了。

图森巴赫 还有可怕的寂寞。

罗代 玛丽亚·谢尔盖耶夫娜在哪儿呢？

库雷金 玛莎在花园。

费多季克 和她道个别去。

罗代 别了，该走了，不然我又要哭了……（迅速拥抱一下图森巴赫和库雷金，又吻伊琳娜的手）我们在这里过得快乐极了……

费多季克 （对库雷金）给您作个纪念……一本日记本和一支铅笔……我们要走到河边去……

[两人后退着，四面环顾。

罗代 （叫喊）喂，喂！

库雷金 （叫喊）别了！

[在舞台深处费多季克和罗代与玛莎相遇，他们同她告别；她跟他们一起下场。

伊琳娜 都走了……（在露台的下层台阶坐下）

切布特金 他们忘了和我告别了。

伊琳娜 您怎么啦？

切布特金 我不知怎么也糊涂了。顺便说一句，我明天走，不是很快又见到他们了嘛。是的……在这里只剩一天了。一年以后就该让我退休，那时我还要来，伴着你们度过余生……还有一年我就可以领退休金了……（将报纸放进到衣袋里，又掏出了一张）将来再到你们这儿来的时候，我的生活要根本改变；我要变成一个平平静静的、很富……很富足的、体体面面的……

伊琳娜 您的生活是该改变了，亲爱的。想想法子，无论如何该改变了。

切布特金 对啊。我有这感觉。（低声唱）“塔拉拉……轰隆隆……我坐在石墩上……[1]”

---

1 出自一首英国大众音乐厅歌曲。

库雷金　不可救药，伊万·罗曼内奇！您不可救药！

切布特金　如果找您教教我，那我兴许有救。

伊琳娜　费奥多尔把自己的两撇小胡子剃了，我都不敢正眼看他！

库雷金　为什么？

切布特金　本想说说您的这副嘴脸现在像个什么，不过我不能说。

库雷金　也没什么呀！这是照习惯的规矩，"一种生活方式"（拉丁文）。我们校长剃了小胡子，我当上教务长后，也把小胡子剃了；没人喜欢，可对我一样。我称心如意。有小胡子也好，没小胡子也好，都称心如意……（坐下）

［在舞台深处安德烈推着童车走过，车里面睡着婴儿。

伊琳娜　伊万·罗曼内奇，亲爱的，我的亲人，我担心极了。您昨天到过城里的街心公园吧？请告诉我，那儿出了什么事？

切布特金　出了什么事？没什么。小事一桩。（读报）反正都一样！

库雷金　人家都说，好像索廖内和男爵昨天在剧院旁边的街心公园遇见了……

图森巴赫　别说了！真是的……（挥挥手，朝房子走去）

库雷金　在剧院旁边……索廖内开始无故找男爵的碴儿，那一位呢，没忍住就回敬了几句不客气的……

切布特金　不知道。都是胡说。

库雷金　在哪所神学院里老师有一次给学生作文写了句"胡说"，他本来写的是俄文，可学生把它认成拉丁文，读成"列尼克萨"[1]（笑）非常可笑。都说索廖内好像爱着伊琳娜，好像恨男

1　俄语"胡说"（чепуха）字形接近拉丁文单词reniха，但实际上这个拉丁文单词不存在。

爵……这不难理解。伊琳娜是很美丽的女孩儿。她甚至很像玛莎，都是一副若有所思的模样。不过你的性格，伊琳娜，更温柔一点儿。虽然玛莎的性格，顺便说一句，也挺好的。我爱她，爱玛莎。

[在舞台后面花园深处的喊声:“哎！喂，喂！”

伊琳娜;(哆嗦一下）我今天总有点儿怕。

[停顿。

一切我都准备好了，午饭后送走行李。明天和男爵举行婚礼，明天我们到砖厂去，后天我就在学校里了，新生活要开始了。主可要帮我啊！通过教师资格考试的时候，我都哭了，因为快乐，因为幸福……

[停顿。

不一会儿马车就来运行李了……

库雷金 这话不错，可所有这些有点儿不严肃。都是抽象概念，严肃的东西不多。但顺便说一句，真心祝你成功。

切布特金 （受到感动）我可爱的，我的美丽的人儿……金子般的……你们走得那么远，我赶不上你们。像一只老得不能再飞的老鸟，落在后面了。你们飞吧，我亲爱的，和主一道飞翔吧！

[停顿。

费奥多尔·伊里奇，剃胡子是个错误。

库雷金 您行了吧！（叹息）军队今天开拔，一切又会恢复原样。不管怎么说，玛莎是美丽的、诚实的女人，我非常爱她，并感谢自己的命运。人各有命……在税务所里有个叫科济列夫的，从前和我是同学，五年级被学校开除，因为他永远弄不清拉丁文“所以”从句的结构。现在他穷得一塌糊涂，还有病。每次遇见，我总对他说：“你好，‘所以’”——“对”，他回答：“‘所以’就这样了”，不停地咳嗽……我一生很走运，我很幸福，瞧，甚至还取得圣斯坦尼斯拉夫二等学位，现在我自己教别人“所以”从句了。当然，我是聪明人，比许多人聪明，可幸福不在于此……

［房子里有人在钢琴上弹奏《少女的祈祷》[1]。

伊琳娜 明晚就听不到这《少女的祈祷》了，也不会遇见普罗托波波夫……

［停顿。

普罗托波波夫在客厅坐着；他今天来了……

库雷金 女校长还没到？

［玛莎从舞台深处走过去，她在散步。

伊琳娜 没有。派人去请了。你们要是能知道，奥莉娅不在家住，我一人在这里的日子多难……现在她住校；她是校长，整天忙工作，我一个人，无聊，无事可做，我住的房间也可恨……所以我下决心：假如命里注定不能去莫斯科，就这样吧。就是说，这是命。没办法……一切在主的掌控中，这是真话。尼古拉·利沃维奇向我求婚……那怎样呢？我考虑了一下，我同意。他是一个好人，甚至让人奇怪，这世上怎么会有像他这么好的人……心灵突然间像长了翅膀，快乐起来了，感觉轻松，又想着要工作，工作了……可昨天发生了什么事，是秘密，我好像要大难临头……

---

1 波兰女钢琴家巴达捷芙斯卡（1838—1861）作于1856年的钢琴小品。

切布特金　空话，胡说。

纳塔莎　（向窗外）女校长！

库雷金　女校长来了！我们走吧。

［和伊琳娜一起朝房子走去。

切布特金　（读报，低声唱）“塔拉拉……轰隆隆……我坐在石墩上……”

［玛莎走向他；安德烈在舞台深处推着童车走过。

玛莎　自己一个人坐在这儿，自由自在。

切布特金　怎么了？

玛莎　（坐下）没什么。

［停顿。

您爱过我母亲吗？

切布特金　很爱。

玛莎　她爱您吗？

切布特金　（停顿之后）这个我已经不记得了。

玛莎　“我的那位”在这里吗？我们的厨娘马尔法曾称她的警察是“我的那位”。“我的那位”来了吗？

切布特金　还没来。

玛莎　当一个人每次只能抽出一点儿工夫，一点一滴地积攒，得到幸福，然后把它丢了，像我一样，那这个人就会慢慢粗野，冷酷，变成凶神恶煞。（指自己的胸膛）这里强压着怒火……（望着她的哥哥安德烈，他推着童车）这是我们的哥哥安德烈……一切希望全落空。几千人举起一口大钟，耗费无数劳力和钱财，可它忽然掉了，碎了。一眨眼，工夫白费了。安德烈就是这样……

安德烈 到底什么时候家里才能安静下来呢？这么吵。

切布特金 快了。（看表）我的是带响的旧表……（给表上弦，表发出声响）第一、第二和第五炮兵连下午一点准时开走。

［停顿。

我得明天。

安德烈 再不回来了吗？

切布特金 不知道。或者一年后回来。鬼才知道……反正一样……

［好像在遥远地方传来竖琴和小提琴的乐音。

安德烈 正变成一座空城，就好像被防尘布罩住了。

［停顿。

听说昨晚在剧院附近发生了一件事；大家都议论，可我不知道。

切布特金 没什么。蠢事一桩。索廖内开始无故找男爵的碴儿，那一位突然大发脾气，羞辱了他，到最后索廖内必须请他去决斗。（看表）好像时间到了……十二点半，在官家树林，你们看，从这里看到的河对岸那片林子……到时候会听见……“砰！”……“叭！”……（笑起来）索廖内真想得出来，他自命莱蒙托夫，甚至也写诗。可玩笑归玩笑，他已经决斗三次了。

玛莎 谁？

切布特金 索廖内。

玛莎 那男爵呢？

切布特金 男爵怎么了？

［停顿。

玛莎 我的脑子都混乱了……无论如何，我说，不该允许他胡作非为。他可能把男爵打伤甚至打死。

切布特金 男爵是好人，可多一个男爵，少一个男爵——反正不都一样？行吧！反正一样！

[在花园后面有人喊："喂！开始了，开始了！"

等一会儿，这是决斗证人斯克沃尔佐夫在喊呢；坐在小船上的。

[停顿。

安德烈 我觉得那些参加决斗和旁观决斗的人，哪怕作为医生，简直是不道德。

切布特金 这不过是觉得罢了……世上什么也没有，也没有我们，我们不存在，不过觉得我们存在……反正不都一样吗！

玛莎 成天这样说，成天说……（走着）活在这样的气候里，而且眼看就要下雪，还得听这些话……（站住）不到屋里去，不能去那儿……要是韦尔希宁来了，请告诉我……（沿林荫路走着）候鸟已经飞起来了……（向上仰望）天鹅还是大雁呢……我可爱的，我幸福的……（下）

安德烈 我们家也空了。军官们都走了，您也走了，妹妹也要出嫁，家里只剩下我一个。

切布特金 那妻子呢？

[费拉蓬特携文件上场。

安德烈 妻子就是妻子。正直、体面，嗯，善良，可即使有这些优点，她身上某种东西，要她往卑鄙下流的禽兽的道儿上走。至少她不是真正的人。我对您这么说，是把您当朋友，当成唯一让我敞开心灵的人。我爱纳塔莎，是这样，但有时我觉得她十分庸俗，这时我慌了，不懂为什么我这么爱她，或者至少爱过她……

切布特金 （站起）老弟，我明天走了，也许我们永远不能再见了，所以我劝您一句，知道吗，戴上帽子，拿起手杖离开吧……离开，头也不回地走吧，走得越远越好啊。

[舞台深处索廖内和两个军官走着；看见切布特金，转向他。两个军官远去。

索廖内 军医，时辰到了！已经十二点半了。（和安德烈打招呼）

切布特金 马上。你们所有人让我厌烦。（对安德烈）假如有人问起我，安德留沙，就说我马上……（叹息）哎哟——唉——唉！

索廖内 “他还来不及‘哎哟’一声叫，一只熊就把他扑倒。”（和军医一起走）您为什么哼哼唧唧的，老头子？

切布特金 怎么着！

索廖内 身体好吗？

切布特金 （生气）像一头还能顶人的牛。

索廖内 您这老头子不必激动。我也不想过分，像打山鹬一样把他射伤就行了。（掏出一瓶香水往双手上洒）瞧今天把整瓶香水倒光了，可这双手还有味儿。这双手上散发死尸味儿。

[停顿。

那么……您还记得这首诗吗？“可帆啊，彷徨又孤独，祈求风暴一场，仿佛在风暴里——才能安舒！[1]……”

切布特金 是的。“他还来不及‘哎哟’一声叫，一只熊就把他扑倒。”

1 引自莱蒙托夫的抒情诗《帆》。

［同索廖内下场。

［呼喊声："哎！喂！"安德烈和费拉蓬特上场。

费拉蓬特　在文件上签字吧……

安德烈　（神经质地）离开我吧！走开吧！求你！（推着童车走开）

费拉蓬特　可还得请您在文件上签字呢。（往后台走去）

［戴着草帽的图森巴赫和伊琳娜进来，库雷金从舞台上经过，喊着："喂，玛莎，喂！"

图森巴赫　这人好像是城里唯一一个盼着部队开走的人。

伊琳娜　显而易见。

［停顿。

我们的城市马上要空了。

图森巴赫　亲爱的，我这就回来。

伊琳娜　你去哪儿？

图森巴赫　我得去城里一趟，然后……送送伙伴们。

伊琳娜　不对，尼古拉。为什么你今天心不在焉？

［停顿。

昨天在剧院旁边出了什么事？

图森巴赫　（不耐烦的动作）过一小时我就回来，就又和你一起了。（吻她的手）我看不够的……（细看她的脸）自从爱上你，已过去了五年，我还不习惯，你在我眼里更加美丽了。多可爱、美妙的头发！还有你的一双眼睛！明天我将带你走，我们将去工作，我们会很富足，我们的梦想会死而复生。你会幸福。可只有一件事，一件事：你不爱我！

伊琳娜　我左右不了自己！我会做你的妻子，忠实、温柔，可我对您没有爱情，那怎么办！（哭）我一生一次没爱过。啊，我曾经这样强烈地梦想过爱情，那是很久以前，日日夜夜，我做的梦。但我的心，像一架贵重的钢琴被上了锁，钥匙找不到了。

[停顿。

你的眼神不安了。

图森巴赫 一夜没睡。这一生没遇到什么可怕的事让我恐惧，就是这把丢的钥匙，它刺我的心，让我睡不着……对我说点儿什么吧。

[停顿。

对我说点儿什么吧……

伊琳娜 什么呢？什么呢？周围的一切这样神秘，老树站立着，静默……（把头靠在他胸前）

图森巴赫 对我说点儿什么吧。

伊琳娜 什么呢，和你说什么，什么？

图森巴赫 随便什么。

伊琳娜 何必呢！何必呢！

[停顿。

图森巴赫 根本没价值的事，愚蠢的些微琐事有时会在生活中获得意义，让你猝不及防。像从前一样，你嘲笑它们，认为它们就是不值一提，你仍然继续下去，感觉无力停住。啊，我们不要再说这个了！我是愉快的。好像第一次在生活中看到这些云杉、槭树、白桦，它们都好奇地看着我，在等待什么。多么美的树啊。其实，在它们身旁的生活本应多么美啊！

[喊声："哎！喂，喂！"

该走了，时辰到了……瞧，这棵树死了，可它还和其他的树一起随风摇动。所以，我觉得，如果我也死了，还是会以这样或那样的方式参加到生活里去的。别了，我亲爱的……（吻伊琳娜的手）你给我的那些文件放在我桌子上了，日历下面。

伊琳娜 我也和你一起去。

图森巴赫 （慌张）不，不！（快速走去，在那林荫路上站住）伊琳娜！

伊琳娜 什么？

图森巴赫 （不知该说什么）今天我没喝咖啡。告诉他们给我煮一杯……（迅速下场）

［伊琳娜站着沉思了一会儿，后来到舞台深处，坐在秋千上。安德烈推着童车上场，里面睡着小宝宝，费拉蓬特出现在舞台上。

费拉蓬特 安德烈·谢尔盖耶维奇，文件不是我的，公家的。不是我想出来的。

安德烈 啊，在哪儿，我的过去跑哪儿去了？我年轻、快乐、聪明，梦想和思考着崇高事物的日子，我的现在、将来都被希望照耀的日子，都到哪儿去了？怎么刚开始生活，一天天就变得枯燥、灰暗、无味、懒惰、麻木、不幸起来了……我们的城市已有二百年历史，十万居民，无论过去还是现在，没出一个与众不同的人，没出一个忘我奋斗的人，没出一个学者，一个艺术家，没出一个稍微有些名气的人引起大家的嫉妒，或是效仿的热情。只是吃、喝、睡觉，然后死去……另外一些人生出来，照样是吃、喝、睡觉，为了不被无聊搞得神智不清，就用肮脏的流言蜚语、伏特加酒、纸牌、打官司来调剂自己的生活……妻子欺骗丈夫，丈夫撒谎，自欺欺人，假装什么也没看见，没听见，无法抵御的庸俗影响压迫着他们的孩子，于是上天的火花在他们身上熄灭了，他们正变成不幸的、卑微的、彼此相像的死人，就像他们的父母……（生气地对费拉蓬特）你要干什么？……

费拉蓬特 什么？请签字。

安德烈 我厌烦你了。

费拉蓬特 （递给文件）刚才议院的看门人说……好像，他说，冬天的彼得堡冷到零下二百多度了。

安德烈 现实是可恶的，当幻想未来时，多好啊！变得这样轻松，这样辽阔；远方已初露曙光，我看见自由，看见我和我的孩子们从那游手好闲，从克瓦斯，从鹅和卷心菜，从午觉，从卑鄙的寄生生活中解脱出来了……

费拉蓬特 好像冻伤了两千人，他说，非常吓人。不是在圣彼得堡就是在莫斯科——记不清了。

安德烈 （充满温柔情感）我亲爱的妹妹们，我美丽的妹妹们！（含泪）玛莎，我的妹妹……

纳塔莎 （在窗口里面）谁在这里大声喧哗呢？你吗，安德留沙？你要把索菲契卡吵醒了。（用法语）“别吵，索菲睡了，你是蠢熊”……（生气）你要是这样说话，就请把童车和孩子交给别人。费拉蓬特，把老爷的童车接过来！

费拉蓬特 遵命。（接过童车）

安德烈 （难为情）我说话声很小的。

纳塔莎 （从窗后面抚摸自己的孩子）小赖宝！淘气宝！坏小宝！

安德烈 （打量着文件）好，我把需要看的看一遍，我会签字，你再拿到参议会去吧……

［读着文件，回房子里；费拉蓬特推着童车。

纳塔莎 （在窗后）小赖宝，你妈妈叫什么？亲爱的，亲爱的！这是谁呢？这是姑妈奥莉加。跟姑妈说："你好，奥莉娅！"

［一男一女两个流浪琴师正在拉小提琴和弹奏竖琴；韦尔希宁、奥莉加和安菲萨都从房子里出来，静听了一会儿；伊琳娜走上前来。

奥莉加 我们的花园像过街通道一样，行人车马川流不息。奶奶，给这两位琴师点儿钱吧！……

安菲萨 （给钱）走吧，亲爱的，主保佑你们。（乐手们们鞠躬，下）苦命人。有口饭吃不会卖艺。（向伊琳娜）你好，亲爱的！（吻她）哎呀！孩子啊，我可有地方住了！可有地方住了！在国家公寓里，和奥莉加一起——主看我老了，分配给我的！我一个有罪的老太婆从没住过……那所大房子，我有单独房间，单独的床。公家的。半夜醒来，啊主！圣母！世上再没比我更有福的人了！

韦尔希宁 （看一眼表）我们马上得走，奥莉加·谢尔盖耶夫娜，时间到了。

［停顿。

我祝您一切，一切……玛丽亚·谢尔盖耶夫娜在哪儿？

伊琳娜 花园的什么地方……我去找她。

韦尔希宁 劳驾。我要赶紧走。

安菲萨 我也找去。（喊："玛申卡，喂！"）

［和伊琳娜一起走向花园深处。

喂！喂！

韦尔希宁　一切都有尽头。瞧，我们也要分别了。（看表）城市宴请我们吃早餐；喝香槟，市长演讲，我吃着，喝着，可心在你们这儿……（看一眼花园）习惯和你们在一起了。

奥莉加　将来我们还会再见面吗？

韦尔希宁　应该不会。

［停顿。

我的妻子和两个女儿还要在这里住上两个月；假如发生什么事或有什么需要的话，请您……

奥莉加　好，好，当然。放心。

［停顿。

明天城里一个军人也没有了，一切成了回忆，但，当然，我们会开始新生活……

［停顿。

一切都不按照我们的意愿。本来我不想当这个校长，可到底还是当了校长。在莫斯科，就是说，不可能……

韦尔希宁　嗯……谢谢您做的一切。请原谅，如果有什么……我说得太多，太多了——为此也请原谅。望多包涵。

奥莉加　（擦拭眼睛）这个玛莎怎么还不来？

韦尔希宁　分别时还和您说点儿什么呢？高谈阔论吗？（笑）生活是沉重的。它让我们许多人觉得没有生气，绝望，可应该意识到，它会变得越来越光明、轻松。大概，在不远的将来，生活会大放光明。（看表）我的时间到了，时间到了！以前人类忙于战争，自己所有的生活都排满了行军、逃亡、胜利这些事……如今所有这些过时了，留给自己巨大空白，暂时还没的填补；人类正急切寻找，当然，会找到的；啊，要是能快些该多好！

［停顿。

假如那样的话，您知道，勤劳加上有教养；有教养加上勤劳。（看表）可我的时间到了……

奥莉加 她来了！

［玛莎上场。

韦尔希宁 我来向您道别……

［奥莉加向一边退后几步，以免妨碍他们告别。

玛莎 （盯着他的脸）别了……

［长吻。

奥莉加 行了，行了……

［玛莎号啕大哭。

韦尔希宁 给我写信……别忘了！放开我吧……我到时间了，奥莉加·谢尔盖耶夫娜，扶住她，我已经……到时间了……迟到了……（感动，吻奥莉加的手，然后再一次拥抱玛莎，急速下场）

奥莉加 行了，玛莎！算了吧，亲爱的……

［库雷金上场。

库雷金 （难为情）没什么，让她哭一会儿，让她哭一会儿吧……我的好玛莎，善良的玛莎……你是我妻子，我很幸福，不管发生什么……我都不抱怨，也不指责你一句……奥莉娅做证人……我们要开始像从前一样过日子，一句指责的话我都不会说……

玛莎 （抑制着哭闹）“海湾有棵绿橡树，金色链子锁橡树”……

“金色链子锁橡树”……我疯了……海滩……绿橡树……

奥莉加　镇静些，玛莎……镇静……给她点儿水。

玛莎　我不会再哭了……

库雷金　她已经不哭了……她善良……

［远处传来一声沉闷的枪声。

玛莎　“海湾有棵绿橡树，金色链子锁橡树”……绿小猫……绿橡树……说错了……（喝水）不成功的生活……现在我什么都不要了……平静了……反正一样……“海湾”有什么征兆呢？为什么这个词总在我心里？心思都乱了。

［伊琳娜上场。

奥莉加　平静下来，玛莎，嗯，这才聪明……咱们到屋里去。

玛莎　（生气）我不去那里。（号啕大哭，即刻又止住）我再也不去这房子了，我不去……

伊琳娜　那咱们一起坐会儿，不说话也好。明天我要走了……

［停顿。

库雷金　昨天我从一个三年级小学生手里抢了这把短须和大胡子……（戴上短须和大胡子）真像德语老师……（笑）不是吗？这些孩子真可笑。

玛莎　真像你们的德国人。

奥莉加　（笑）不错。

［玛莎哭。

伊琳娜　行了，玛莎！

库雷金　非常像……

［纳塔莎上场。

纳塔莎　（向女仆）什么？让普罗托波波夫，就是米哈伊尔·伊万内奇和索菲契卡坐一会儿，让安德烈·谢尔盖耶维奇推小宝转转。孩子的事没完没了……（向伊琳娜）伊琳娜，明天你就走了——真可惜。哪怕再住个把星期也好啊。（看见库雷金，突然惊叫一声；他笑着解了胡子）您简直吓我一跳！（向伊琳娜）我习惯和你相处了，你以为我会轻松吗？我让安德烈带着他的小提琴住到你的屋——让他在那儿锯木头吧！——他的房间叫索菲契卡住。孩子特别好啊！真可爱的小女孩儿！今天她用那种眼神看我，叫我："妈妈！"

库雷金 非常好的小孩子，这是真的。

纳塔莎 那么明天这里就我一个人了！（叹息）我先让人砍去林荫路两边的云杉，再砍去这棵槭树。一到晚上它阴森森的怪吓人……（向伊琳娜）亲爱的，腰带和你的脸太不协调了……不好看。该配亮一些颜色的。我要让人把这里到处种上花儿，花儿，将来花香就会……（严厉地）为什么把餐叉放在这里的板凳上？为什么！（向房子里走去，对女仆）为什么把餐叉放这里的板凳上？我在问你！（叫喊）怎么不回答！

库雷金 厉害起来了！

［后台军乐队在演奏进行曲；所有人都在听。

奥莉加 他们走了。

［切布特金上场。

玛莎 我们的人走了。嗯，怎么办呢……祝他们一路平安吧！（对丈夫）该回家了。我的帽子和斗篷呢？

库雷金 我送到房子里了……这就取来。（下，去房子里）

奥莉加 对，现在可以各回各家。时辰到了。

切布特金 奥莉加·谢尔盖耶夫娜!

奥莉加 怎么了?

[停顿。

怎么了?

切布特金 没什么……不知道怎么和您说……(和她耳语)

奥莉加 (受惊吓)不可能!

切布特金 是的……没法儿开口的事……我没力气了，难受，不想再多说……(懊恼)顺便说一句，反正都一样!

玛莎 出什么事了?

奥莉加 (拥抱伊琳娜)今天是可怕日子……不知怎么和你说，亲爱的……

伊琳娜 什么?快告诉我：什么事?看在主的分上!(哭)

切布特金 男爵刚才决斗的时候被打死了。

伊琳娜 我是知道的，知道的……

切布特金 (在舞台深处的板凳上坐下)没力气了……(从衣袋里掏出一张报纸)让她们哭一会儿……(用细若游丝的声音唱)"塔——拉——拉，轰隆隆……我坐在石墩上"……反正都是一样的!

[三姐妹站立着。相互紧紧依偎。

玛莎 军乐演奏得多动听啊!他们正离开我们，其中一个人永远、永远不再回来，我们孤孤单单留下，重新开始新的生活。应该活下去，应该活下去……看，候鸟正在我们头上飞呢，千百年，每到春秋，它们就这样不停地飞，不知道究竟为什么要飞，得飞上数万年，有一天，主会给它们最后答案……

伊琳娜 (头倚在奥莉加胸前)总有一天，所有人都会清楚这一切为了什么，这些苦难是为了什么，那时任何秘密都不会有了，但现在应该活下去……应该工作，只是工作！明天我一个人走，去学校教书，把自己全部生命献给那些可能需要它的人。现在是秋天，冬天快来了，地上会覆盖着白雪，可我要工作，工作……

奥莉加 （拥抱两个妹妹）军乐演奏得这么愉快、有力量，真想活下去！啊，我的主！时间飞逝，我们会永远消失，被人忘了，忘了我们的脸、声音，忘了曾经有过我们姐妹三个。可我们的痛苦会变成后人的欢乐，幸福、和平降临大地，那时他们会用美好的话语提起我们，祝福现在活着的人！唉，亲爱的妹妹们，生命还没终结呢。我们要活下去！军乐演奏得这么愉快，这么欢乐，好像一会儿就能知道我们为什么活着，为什么受苦受难……假如能知道，能知道，该有多好！

[军乐演奏声越来越低；愉快的库雷金含笑捧着帽子和斗篷。安德烈推另一辆童车在走，小赖宝坐在里面。

切布特金 （用细若游丝的声音在唱）“塔拉——拉——轰隆隆……我坐在石墩上”（读报）反正都一样！反正都一样！

奥莉加 假如能知道，能知道，该有多好！

[幕落。

——剧终

（童宁　译）

樱桃园

四幕喜剧

人　物

柳博芙·安德烈耶夫娜·拉涅夫斯卡娅（小名：柳芭）　女地主。

阿尼亚（爱称：阿尼契卡）　其女，十七岁。

瓦里亚（大名：瓦尔瓦拉）　其养女，二十四岁。

列昂尼德·安德烈耶维奇·加耶夫（小名：廖尼亚）　其兄。

叶尔莫莱·阿列克谢耶维奇·洛帕辛　商人。

彼得·谢尔盖耶维奇·特罗菲莫夫（小名：彼嘉）　大学生。

鲍里斯·鲍里索维奇·西苗诺夫—皮希克　地主。

沙尔洛塔·伊万诺夫娜　家庭女教师。

谢苗·潘捷列耶维奇·叶皮霍多夫　管家。

杜尼亚莎（大名：阿夫多季娅）　女仆。

菲尔斯　男仆，八十七岁老人。

亚沙　年轻仆人。

过路人

火车站站长

邮局官员

男女客人们

女仆

［故事发生在拉涅夫斯卡娅的庄园。

第一幕

［一个一直被称作少儿室的房间。有一扇门通向阿尼亚的卧室。黎明时分，太阳即将升起。已是五月，樱桃花开了，但花园里还很冷，是春天早晨的寒意。房间窗子都紧闭着。

［杜尼亚莎手持蜡烛，洛帕辛手拿一本书上。

洛帕辛　火车到了，谢天谢地。几点了？

杜尼亚莎　快两点了。（吹灭蜡烛）天已经亮了。

洛帕辛　火车晚点了几小时？至少两小时。（打哈欠，伸懒腰）我倒好，干出蠢事来！特地到这里来，为了去车站迎接他们，可突然间睡过了头……坐着坐着就睡着了。真烦人……你该叫醒我才对。

杜尼亚莎　我以为您已经去车站了。（倾听）听，他们像是到家了。

洛帕辛　（倾听）不是……他们得先取行李什么的……

［停顿。

柳博芙·安德烈耶夫娜在国外住了五年，我不知道她现在是啥模样……她是个好人。随和、单纯。我记得，那年我才是个十五岁的孩子，我父亲——已经过世，那时在村里做小买卖——朝我脸上打了一拳，我鼻子流血……不知为了什么他把我带到了这个院子里，他还喝醉了酒。柳博芙·安德烈耶夫娜，我记得很清楚，那时还年轻，瘦瘦的，她把我领到了洗脸盆跟前，就在这个房间，少儿室。她说："别哭，小庄稼汉，你会活到结婚娶新娘的……"

[停顿。

小庄稼汉……我父亲真倒是个庄稼汉，而你瞧，我现在身穿白色坎肩，脚蹬黄色皮鞋。猪嘴里吃着白面包……只不过是富裕了，有钱了，不过仔细想想就会清楚，庄稼汉永远是庄稼汉……（翻阅书）我倒是读了这本书，可一句也没读懂。读着读着睡着了。

[停顿。

杜尼亚莎 可家里的几只狗整夜没有睡，它们也知道主人要回来。

洛帕辛 杜尼亚莎，你这是怎么了……

杜尼亚莎 双手发抖。我快要晕倒了。

洛帕辛 太娇气了，杜尼亚莎。穿衣、梳头都学小姐的样子。这样不行。得有自知之明。

[叶皮霍多夫拿一束花上；穿西装上衣，皮靴雪亮，走道嘎吱作响；刚走进房门，就失手把花束掉到地上。

叶皮霍多夫 （拾起花束）是花匠派人送来的，让摆在餐厅里。（把花束递给杜尼亚莎）

洛帕辛 给我捎杯格瓦斯来。

杜尼亚莎 遵命。（下）

叶皮霍多夫 现在是春寒，零下三摄氏度，可樱桃树全开花了。我不能赞美我们的气候。（叹气）不能。我们的气候实际上不能让人振作精神。叶尔莫莱·阿列克谢耶维奇，补充说一句，我这双靴子，前天才买的，我敢向您保证，它们嘎吱嘎吱响得我一点没有办法。擦点儿什么油吗？

洛帕辛 别缠着我，厌烦了。

叶皮霍多夫 我每天都要发生一样不幸。可我不发牢骚，我习惯了，甚至还能微微一笑。

［杜尼亚莎上，递给洛帕辛一杯格瓦斯。

我走了。（碰倒一把椅子）瞧……（好像很得意）您瞧，原谅我用词不当，这叫机缘巧合，顺便说一句……这简直是太奇妙了！（下）

杜尼亚莎 叶尔莫莱·阿列克谢耶维奇，我向您坦白，叶皮霍多夫向我求婚了。

洛帕辛 啊！

杜尼亚莎 我不知道该怎么说……他是个很平和的人，但有时他说话，别人一句听不懂。说得很好听，有感情，就是不知道他说些什么。我好像也喜欢他。他爱我爱得发疯。他是个不幸的人，每天都会遇到点什么麻烦事。我们这里就有人给他起了外号，叫他“二十二个不幸……”

洛帕辛 （倾听）像是他们到家了……

杜尼亚莎 他们到家了！我怎么了……全身发冷。

洛帕辛 真回来了。走，咱们去迎接。她还能认出我吗？五年不见了。

杜尼亚莎 （激动）我快要晕倒了……哎呀，要晕倒了！

［听到两辆轻便马车驶近房子的声音。洛帕辛和杜尼亚莎迅速离去。舞台空无一人。从邻室开始传来嘈杂声。菲尔斯拄杖急匆匆地穿过舞台，他刚去迎接柳博芙·安德烈耶夫娜回来，身穿一件陈旧的镶金银边饰的仆人制服，头戴一顶高帽；他在自言自语什么，但一个字也分辨不清。舞台后边的嘈杂声越来越大。一个人的说话声："咱们这边走……"柳博芙·安德烈耶夫娜、阿尼亚和牵着一条小狗的沙尔洛塔·伊万诺夫娜上，都是一身旅行者的打扮。瓦里亚穿着大衣，头上戴着围巾，加耶夫，西苗诺夫-皮希克，洛帕辛，杜尼亚莎拿着小包和阳伞，仆人们拎着行李——所有人都在房里穿行。

阿尼亚 咱们这边走。妈妈，你还记得这间屋吗？

柳博芙·安德烈耶夫娜 （高兴地，含泪）少儿室！

瓦里亚 好冷啊，我手都冻僵了。（向柳博芙·安德烈耶夫娜）您那两间房，一间白色的，一间紫色的，照原样保留下来了，妈妈。

柳博芙·安德烈耶夫娜 少儿室，我亲爱的，美丽的房间……我小时候，就睡在这里……（哭泣）现在，我又像小时候一样了……（吻哥哥，吻瓦里亚，然后又吻哥哥）瓦里亚没有变，还像个修女。杜尼亚莎我也认得……（吻杜尼亚莎）

加耶夫 火车晚点两小时。这叫什么事儿？成何体统？

沙尔洛塔 （向皮希克）我的狗还吃核桃呢。

皮希克 （吃惊）有这样的事！

［除了阿尼亚和杜尼亚莎，其他人都离去。

杜尼亚莎 让我们好等……（替阿尼亚脱去大衣和帽子）

阿尼亚 一路上我四夜没睡觉……现在觉得好冷。

杜尼亚莎 你们在大斋戒日走的，那时下雪，天寒地冻，可现在呢？我亲爱的！（笑着，吻她）可等到你们了，我亲爱的，可爱的人……现在就告诉您件事，一分钟也忍不住了……

阿尼亚 （无精打采地）又有什么……

杜尼亚莎 管家叶皮霍多夫过了圣诞节向我求婚了。

阿尼亚 你又来了……（理理头发）我把所有发针都给丢了……（她很疲惫，身子都有些摇晃）

杜尼亚莎 我不知该怎么想了。他爱我，真爱我！

阿尼亚 （凝视自己的房间，温柔地）我的房间，我的窗户，我好像就没离开过这里，我到家了！明天一早起来，我就跑到花园里去……噢，如果我能睡个好觉就好了！我一路上都没睡觉，不安折磨着我！

杜尼亚莎 彼得·谢尔盖耶维奇前天就来了。

阿尼亚 （高兴地）彼嘉！

杜尼亚莎 在澡堂里睡着，他就住在那里。说是怕打扰人家。（看了看自己的怀表）该把他叫醒了，但瓦尔瓦拉·米哈依罗夫娜不让。你，她说，别去叫醒他。

［瓦里亚上，腰间挂上了一串钥匙。

瓦里亚 杜尼亚莎，快去煮咖啡……妈妈要喝咖啡。

杜尼亚莎 我这就去。（下）

瓦里亚 嗯，谢天谢地，总算回来了。你又到家了。（亲热地）我亲爱的回来了！美人儿回来了！

阿尼亚 罪我也受够了。

瓦里亚 我想象得到！

阿尼亚　我是在受难周[1]里出发的，当时天很冷。沙尔洛塔一路上不停地说话，变魔术。你为什么非让沙尔洛塔跟着我……

瓦里亚　你不能独自上路，亲爱的。你才十七岁！

阿尼亚　我们到了巴黎，那边很冷，下雪。我法语讲得差极了。妈妈住在楼房的第五层，我去找她，见她屋子里有几个法国男人，还有太太们，一个天主教的老神父在看书，屋子里满是烟，很不舒服。我突然间可怜起妈妈，这么可怜她，抱着她的头，抱得很紧，松不开手。妈妈后来总是和我很亲，总是哭……

瓦里亚　（含泪）别说了，别说了……

阿尼亚　芒通镇[2]附近自己的别墅她已经卖了。她现在一无所有，一无所有。我也两手空空，好不容易回到了家。但妈妈不懂！我们在火车站吃饭，她点最贵的菜，给端茶的伙计一卢布的小费。沙尔洛塔也这样。亚沙也给自己点了一份菜。简直可怕。亚沙是妈妈的仆人，我们把他带回来了……

瓦里亚　看到那个卑鄙小人了。

阿尼亚　现在情况怎么样？利息付清了吗？

瓦里亚　哪付得起。

阿尼亚　我的主，我的主……

瓦里亚　八月份这庄园就要拍卖……

阿尼亚　我的主……

1　基督教的重要节日，通常在复活节前一周。受难周期间，基督徒通过祈祷、禁食来体会耶稣的牺牲。

2　法国东南部市镇，疗养胜地。

洛帕辛 （从门口探进头来，学牛叫）哞，哞……（下）

瓦里亚 （含泪）真想教训教训他……（用拳头吓唬）

阿尼亚 （抱住瓦里亚，轻声）瓦里亚，他向你求婚了吗？（瓦里亚否定地摇头）可他是爱你的……你们为什么不表白呢？你们还等什么？

瓦里亚 我想我们的事不会有结果。他很忙，顾不到我……也不把我放在心上。让他见鬼去吧，见到他我心里就沉重……大家都在谈论我们的婚事，向我们道喜，而实际上什么也没有，像梦……（用另一种语调）你的胸针是只小蜜蜂。

阿尼亚 （悲伤地）这是妈妈给我买的。（走向自己的卧室，像孩子一样快乐地说）在巴黎我还坐进氢气球里飞上了天！

瓦里亚 我亲爱的回来了！美人儿回来了！

［杜尼亚莎已经拿着咖啡壶回来，煮咖啡。

（站在门旁）宝贝儿，我整天忙着家务事，我一直盼望着。能把你嫁给一个有钱的人，我就平静了，我自己就可以到荒凉地方的小修道院去，然后到基辅去……到莫斯科去，到很多很多圣地去……不停地走。好有福气啊！

阿尼亚 鸟儿在花园里叫起来了。现在几点了？

瓦里亚 两点多了。宝贝儿，你该睡觉了。（走向阿尼亚的房间）好有福气啊！

［亚沙上，拿着一条毛毯和一个旅行包。

亚沙 （穿过舞台，态度客气地）能打这边走吗？

杜尼亚莎 亚沙，认不得您了。出了趟国好神气呀。

亚沙 嗯……您是谁？

杜尼亚莎 您离开这儿的时候，我才这么高……（用手比画个高度）杜尼亚莎，费多尔·科佐耶多夫的女儿。您不记得了！

亚沙 嗯……小黄瓜！（环顾四周，把她抱住；她大叫一声，掉了个小碟子。亚沙迅速离开）

瓦里亚 （在门边，用不满的声音发问）又出什么事了？

杜尼亚莎 （含泪）碟子打碎了……

瓦里亚 这是吉利的。

阿尼亚 （从自己的卧室走出）得预先告诉妈妈一声：彼嘉在这里……

瓦里亚 我关照过不要去叫醒他。

阿尼亚 （沉思地）六年前父亲死了，一个月后我的小弟弟格里沙淹死了，可爱的、才七岁的孩子。妈妈受不了，头也不回地走了，走了……（哆嗦一下）如果妈妈能知道我是多么理解她就好了！

［停顿。

彼嘉·特罗菲莫夫做过格里沙的家庭教师，他能让妈妈想起……

［菲尔斯上；穿着西装上衣和白色男式西装背心。

菲尔斯 （走向咖啡壶，忧虑地）太太要在这里用餐……（戴上白色手套）咖啡做好了？（向杜尼亚莎，严厉地）你！凝乳呢？

杜尼亚莎 哎呀，我的主……（快步下）

菲尔斯 （在咖啡壶旁忙乎）哎呀，你，这个笨手笨脚的东西……（喃喃自语）都从巴黎回来了……老爷当年也去过巴黎……坐马车去的……（笑）

瓦里亚 菲尔斯，你在说些什么？

菲尔斯 您说什么？（高兴地）我的太太回来了！让我等到了！现在就是死去也不怕了……（因高兴而哭泣）

[柳博芙·安德烈耶夫娜、加耶夫和西苗诺夫-皮希克上。西苗诺夫-皮希克穿薄呢子的瘦腰长外衣和肥大的灯笼裤。加耶夫上来时，手臂和躯干都做向前倾的动作，像是在打台球。

柳博芙·安德烈耶夫娜 这台球是怎么玩？让我想想……黄球进角袋得两分！击边撞球进中袋得五分！

加耶夫 我斜打角袋！妹妹，我们过去就在这间少儿室里睡过，可现在，我已经五十一岁了，这可多奇怪呢……

洛帕辛 是啊，时间在往前走。

加耶夫 什么？

洛帕辛 时间，我说，在往前走。

加耶夫 这儿有点儿廉价香精的气味。

阿尼亚 我去睡觉了。晚安，妈妈。（吻母亲）

柳博芙·安德烈耶夫娜 我心爱的孩子。（吻她的双手）你回到家里高兴吗？我还没有回过神来呢。

阿尼亚 再见，舅舅。

加耶夫 （吻她的脸和双手）天主与你同在。你多像你妈妈！（向妹妹）柳芭，你年轻时和她一模一样。

[阿尼亚向洛帕辛和皮希克伸过手去，走进自己卧室，关上门。

柳博芙·安德烈耶夫娜 她太疲倦了。

皮希克 这段路程恐怕很长呀。

瓦里亚 （向洛帕辛和皮希克）先生们，怎么的？两点多钟了，按规矩该回家了，客走主安。

柳博芙·安德烈耶夫娜 （笑）瓦里亚，你还是这样。（把她拥到自己怀里，吻她）现在喝点儿咖啡，然后大家就回去。

［菲尔斯在她脚下放个小垫子。

谢谢你，亲爱的。我习惯喝咖啡了。白天、晚上都要喝点儿咖啡。谢谢，我的老人家。（吻菲尔斯）

瓦里亚 我去看看，行李是否都拉来了……（下）

柳博芙·安德烈耶夫娜 我果真坐在家里？（笑）我真想跳起来，手舞足蹈。（用手掩脸）不会是在做梦吧！主是知道的，我爱祖国，温柔地爱着，我不能从车厢里往外张望，总在哭。（含泪）不过该喝咖啡了。谢谢你，菲尔斯，谢谢，我的老人家。我真高兴你还活着。

菲尔斯 前天。

加耶夫 他耳背。

洛帕辛 我四点多钟坐火车去哈尔科夫。多烦恼啊！真想看看您，聊聊天……您还是那样美丽。

皮希克 （沉重地叹息）甚至比以前更美了……一身巴黎时装……这身衣服得花去我全部家当……

洛帕辛 您的哥哥，列昂尼德·安德烈耶维奇说起我时，说我是个蛮横无礼的人，是富农，这对我都一样。让他说好了。我只希望您还能像从前那样信任我，希望您的一双非常好看的、感动人的眼睛还像从前那样看着我。仁慈的主啊！我的父亲曾是您祖父和父亲的农奴，但您，其实您以前待我这么好，我会忘记所有的恩怨来爱您，像爱亲人一样地爱您……胜过爱自己的亲人。

柳博芙·安德烈耶夫娜 我坐不住，我不能……（跳起，激动地踱步）我高兴得控制不了自己了……你们笑话我吧，我是傻女人……我亲爱的书柜……（吻书柜）我的小桌子。

加耶夫 你出国期间老奶妈死了。

柳博芙·安德烈耶夫娜 （坐下，喝咖啡）是的，愿她在天国安息。他们写信告诉我了。

加耶夫 阿纳斯塔西娅也死了。彼特鲁什卡·科萨离开了这里，现在在城里当了个小警官。（从口袋取出糖果，嚼着）

皮希克 我的女儿，达申卡……向您问好……

洛帕辛 我本想给您说点儿让您听了高兴的好话。（看表）马上得走，没时间聊了……也好，我长话短说。您已经知道，您的樱桃园将要抵债出售，拍卖会定在八月二十二日，可是，您别担心，我亲爱的，睡您的安稳觉，有办法……我有这么一个计划。请您注意听！您的庄园离城只有二十里，靠近铁路线，如果把这座樱桃园，连同河边的土地划分出一些地段，租给人家盖别墅，那样您每年至少有两万五千卢布的进账。

加耶夫 对不起，胡言乱语！

柳博芙·安德烈耶夫娜 叶尔莫莱·阿列克谢维奇，我没完全听懂。

洛帕辛 您从租住别墅的客人那儿每年每亩地至少收取二十五卢布租金，您如果现在就公布出去，我保证到秋天您的所有地盘都会被抢租一空。一句话，我祝贺您，您得救了。位置好极了，河流挺深。只是，当然，需要整顿清理……比如，比方说，所有的老房子都不能保留，包括这房子，毫无用处了，还得把老的樱桃园给砍了……

柳博芙·安德烈耶夫娜 砍了？我亲爱的，请原谅，您什么也不懂。如果说在我们这个省里还有什么有意思的，甚至是出色的东西存在，那就是我们这座樱桃园了。

洛帕辛 这座樱桃园出色的地方只是在于它很大。樱桃园两年结一次果实，没法儿处理，没人买。

加耶夫 《百科全书》上都提到过我们这座园子呢。

洛帕辛 （看表）如果什么主意也不拿，什么办法也不想，那么到八月二十二日，这座樱桃园，连同整个庄园都要被拍卖掉。你们决定吧！我向你们起誓，没有别的出路。没有，没有。

菲尔斯 从前，四五十年前，可以把樱桃风干、浸泡、醋渍、做果子酱，早年间……

加耶夫 菲尔斯，住嘴。

菲尔斯 早年间，风干的樱桃一车一车地运到莫斯科和哈尔科夫。能卖好多钱！这樱桃干又软又多汁又香甜……那时有风干樱桃的秘方……

柳博芙·安德烈耶夫娜 现在这秘方在哪儿？

菲尔斯 忘记了。谁也记不起来了。

皮希克 （向柳博芙·安德烈耶夫娜）巴黎怎么样？那边吃田鸡吗？

柳博芙·安德烈耶夫娜 我吃过鳄鱼。

皮希克 有这样的事儿……

洛帕辛 在这之前，农村里只有地主老爷和庄稼汉，可现在出现了从城里到乡下的别墅客人。所有城镇，哪怕是最小的城镇，现在周边都包围着一片片别墅。可以断定，再过二十年，别墅住客会增加许多倍。现在他们还只在阳台上喝喝茶，但说不定有一天他们会在自己的一亩几分地上经营起产业来，那时你们的樱桃园会变得幸福、富足、气派……

加耶夫 （生气地）胡言乱语！

［瓦里亚和亚沙上。

瓦里亚 妈妈，这里有您两封电报。（从钥匙串里找出一把，带着响声打开旧书柜）就在这里。

柳博芙·安德烈耶夫娜 这是从巴黎来的。（没读完，把两封电报撕碎）和巴黎的缘分一刀两断了……

加耶夫 你知道，柳芭，这书柜有多少年了？一个星期前，我拉开底层的抽屉一看，那里刻着年份。这书柜是整整一百年前制造的。怎么样？啊？可以给它庆祝百年纪念日了。它虽是没生命的家具，但毕竟，不管怎样是书柜啊。

皮希克 （吃惊）一百年……有这样的事儿！……

加耶夫 是……这物件……（抚摸书柜后）亲爱的，尊贵的书柜！我向你的存在致敬，你已经在一百多年时间里，一直向着善良和正义的光辉理想；你对于创造性工作无言的召唤，在一百年时间里，从没减弱过，你支撑着（含泪）我们家族一代又一代饱满的朝气、对美好未来的信心，培育着我们对于善和社会自觉的理想。

［停顿。

洛帕辛 是的……

柳博芙·安德烈耶夫娜 哥哥，你还是那样。

加耶夫 （有点儿难为情）球进右袋！斜打进中袋！

洛帕辛 （看表）好了，我该走了。

亚沙 （递给柳博芙·安德烈耶夫娜药）也许，现在您吃该药丸了……

皮希克　亲爱的，别吃药……这药对你无害也无益……给我吧……亲爱的。（拿药丸，撒在自己的手掌上，朝它们吹口气，放进口中，喝一口甜酒吞下）瞧！

柳博芙·安德烈耶夫娜　（惊吓）您疯了！

皮希克　所有药丸都吃了。

洛帕辛　饭桶！

［众人笑。

菲尔斯　复活节那天他们来我们这儿吃掉了半桶黄瓜……（嘟嘟囔囔不知说些什么）

柳博芙·安德烈耶夫娜　他说些什么？

瓦里亚　已经三年了，他总这么嘟嘟囔囔，我们习惯了。

亚沙　垂暮之年。

［沙尔洛塔·伊万诺夫娜穿行过舞台，穿白裙，很瘦，束紧腰带，腰带上系一手持的长柄眼镜。

洛帕辛　请原谅，沙尔洛塔·伊万诺夫娜，我还没有来得及向您问好。（想吻她手）

沙尔洛塔　（抽回手）如果让您吻了手，您还想吻胳膊肘，然后还想吻肩膀……

洛帕辛　我今天不走运。

［众人笑。

沙尔洛塔·伊万诺夫娜，变个魔术吧！

柳博芙·安德烈耶夫娜　沙尔洛塔，变个魔术吧！

沙尔洛塔　不。我想睡觉。（下）

洛帕辛　过三个星期咱们再见。（吻柳博芙·安德烈耶夫娜的手）

再会。到时间了。（向加耶夫）再见。（和皮希克相互亲吻）再见。（把手伸给瓦里亚，然后是菲尔斯和亚沙）真不想离开这儿。（向柳博芙·安德烈耶夫娜）别墅的事，您要是拿定了主意，就通知我，我会给您弄到五万卢布贷款的。严肃地想一想。

瓦里亚 （生气地）您到底走不走呀！

洛帕辛 我走，我走……（下）

加耶夫 讨厌的人。不过，请原谅，瓦里亚要嫁给他，这是瓦里亚的未婚夫。

瓦里亚 舅舅，别说多余的话。

柳博芙·安德烈耶夫娜 瓦里亚，这有什么，我还高兴呢，他是好人。

皮希克 应说句实话，他的确是非常好的人……我的女儿达申卡也这么说……说了很多。（打鼾，立即又醒过来）尊贵的太太，您得借我二百四十卢布……明天我得付人家利息……

瓦里亚 （惊慌失措）不，不！

柳博芙·安德烈耶夫娜 我真的没有钱。

皮希克 会找到钱的。（笑）我从不放弃希望。看，我曾经以为全完了，必死无疑，可实际上是，——铁路修到我的地皮上，于是……付给了我一笔钱。那么瞧，今天，或明天，还会发生些什么事儿……达申卡也许会中两万卢布大奖……她手里有彩票。

柳博芙·安德烈耶夫娜 喝完咖啡了，可以回去睡觉了。

菲尔斯 （用刷子给加耶夫刷衣服，教训地）又把裤子穿错了。我拿您怎么办！

瓦里亚 （轻声）阿尼亚睡了。（轻轻打开一扇窗）太阳出来了，不太冷了。妈妈，您看，多美丽的树木！我的主，多清新的空气！椋鸟在唱歌。

加耶夫 （打开另一扇窗）满园的白花。柳芭，你没忘吧？这条长长的小路一直延伸下去，像一根延伸拉长的皮带，在月夜里闪着银光。你还记得吗？你没忘记吧？

柳博芙·安德烈耶夫娜 （凝望窗外的花园）噢，我的童年，我的清纯时代啊！我在这间少儿室睡过，透过窗看花园，每早醒来，都有幸福伴着我，那时的花园也这样儿，一点儿没变。（高兴地笑起来）全都是、全都是白色！啊，我的花园！经过阴雨的秋天，寒冷的冬天，你又青春焕发，充满幸福，天使没离开你……啊，假如能从我的胸中，从我的肩头卸下一块重重的石头，假如我能把我的过去忘掉多好啊！

加耶夫 是的，这可多奇怪呢，连这花园都要被抵债卖掉……

柳博芙·安德烈耶夫娜 你们看，死去的妈妈在花园里走……穿着白裙。（高兴地笑着）这是她。

加耶夫 在哪儿？

瓦里亚 主与您同在，妈妈。

柳博芙·安德烈耶夫娜 没人，是我的幻觉。右边，靠近亭子的地方，有一株白色的树，树干弯了，像个女人……

［特罗菲莫夫上，他戴着眼镜，穿着穿旧的大学生制服。

多么了不起的花园！大片的白花，蓝天……

特罗菲莫夫 柳博芙·安德烈耶夫娜！

［她看了他一眼。

我向您问个好，然后就走。（热烈地吻她的手）他们让我等天亮再来见您，但我等不了了……

［柳博芙·安德烈耶夫娜莫名其妙地望着他。

瓦里亚 （含泪）这是彼嘉·特罗菲莫夫……

特罗菲莫夫 彼嘉·特罗菲莫夫，您的格里沙的家庭教师……我难道样子变得这么大吗？

［柳博芙·安德烈耶夫娜拥抱住他，轻轻哭泣。

加耶夫 （不好意思地）柳芭，够了，够了。

瓦里亚 （哭泣）彼嘉，我不是说了等到明天。

柳博芙·安德烈耶夫娜 我的格里沙……我的孩子……格里沙……儿子……

瓦里亚 妈妈，这有什么办法。这是主的意思。

特罗菲莫夫 （温柔地，含泪）行了，行了……

柳博芙·安德烈耶夫娜 （轻声哭泣）孩子死了，淹死了……为什么？我的朋友，为什么？（更轻声地）阿尼亚在那边睡觉，我却大声说话……弄出这么大声响来……彼嘉，你怎么啦？你为什么变丑了？为什么变老了？

特罗菲莫夫 在火车里有个农妇叫我脱发先生。

柳博芙·安德烈耶夫娜 您那时完全是个少年，是可爱的大学生，可现在已经谢顶，还戴上了眼镜。难道您还是大学生吗？（走向房门）

特罗菲莫夫 可能，我会做一名永远的大学生。

柳博芙·安德烈耶夫娜 （吻哥哥，然后吻瓦里亚）好了，你们去睡觉吧……列昂尼德，你也见老了。

皮希克 （跟在她后边）这么说，现在去睡觉……哎哟，我的痛风病犯了。我就在你们这儿住下了……柳博芙·安德烈耶夫娜，我亲爱的，明天早上……给我二百四十卢布……

加耶夫　没完没了。

皮希克　二百四十卢布……付我借款的利息。

柳博芙·安德烈耶夫娜　亲爱的，我没钱。

皮希克　我会还的，亲爱的……这是个小数目……

柳博芙·安德烈耶夫娜　嗯，那好吧，列昂尼德会给你的……列昂尼德，你给他钱。

加耶夫　我给他钱，别妄想了。

柳博芙·安德烈耶夫娜　有什么法子，给吧……他需要……他会还的。

［柳博芙·安德烈耶夫娜、特罗菲莫夫、皮希克和菲尔斯下，留下加耶夫、瓦里亚和亚沙。

加耶夫　妹妹还是大手大脚地乱扔钱习惯。（向亚沙）走开点儿，亲爱的，你身上有烟味儿。

亚沙　（冷笑着）而您，列昂尼德·安德烈耶维奇，还是老样子。

加耶夫　说谁？（向瓦里亚）他说了什么？

瓦里亚　（向亚沙）你母亲从乡下来了，从昨天起，一直坐在下房里，她想见你……

亚沙　让她见鬼去吧！

瓦里亚　哎呀，没良心的人！

亚沙　急什么。她可以明天来。（下）

瓦里亚　妈妈还和从前一样，一点儿没变。要是由着她的性子，她会把家当全部奉送给别人的。

加耶夫　是的……

［停顿。

如果为医治一种疾病，推荐很多药方，那意味着这是不治之症。我想，绞尽脑汁地想，我有很多很多办法，非常多，这意味着实际上没办法。能继承一笔遗产多好，能把我们的阿尼亚嫁个有钱人多好，能到雅罗斯拉夫尔的姑妈那里去碰碰运气多好，她是伯爵夫人，非常、非常有钱。

瓦里亚 （哭泣）如果主能帮忙就好了。

加耶夫 别哭。姑妈很富有，但她不喜欢我们。首先因为妹妹嫁给了一个律师，不是嫁给贵族……

［阿尼亚出现在门口。

没嫁贵族不说，她的品行又不能说很端正。她可爱，善良，迷人，我很爱她，但不管怎么想为她开脱，毕竟得承认，她的个人生活不是很检点，这从她的最细微的行为上就能感觉到。

瓦里亚 （低语）阿尼亚站在门口。

加耶夫 谁？

［停顿。

真奇怪，有个什么东西掉进我右边的眼睛里……看不清东西了。星期四，我到附近的法院去了一趟……

［阿尼亚上。

瓦里亚 阿尼亚，你怎么不睡呀？

阿尼亚 睡不着。我不能睡。

加耶夫 我可爱的。（吻阿尼亚的脸和手）我的孩子……（含泪）你不是我的外甥女，你是我的天使，你是我的一切。相信我，相信我吧……

阿尼亚 我相信你，舅舅。大家都爱你，尊敬你……但是，亲爱的舅舅，你应该不说话，就是不说话。你刚刚怎么议论我的妈妈，你的妹妹的？为什么要这么说？

加耶夫 是的，是的……（用阿尼亚的手掩住自己的脸）真是这样，这很可怕！我的主！主，救救我吧！我今天站在书柜前面说的那些话……真蠢！说完后才知道，我在说蠢话。

瓦里亚 舅舅，真的，应少说话。你什么也不说就好了。

阿尼亚 如果不说话，你心里还会更平静一些。

加耶夫 我不说话了。（吻阿尼亚和瓦里亚的手）我不说话了。只说正经事。星期四，我到附近的法院去了一趟，嗯，那里聚集了一帮人，大家东拉西扯，聊得很热闹，我从中得到一个启发，可以用期票借一笔款子，再去付银行的利息。

瓦里亚 如果主能帮忙就好了！

加耶夫 下星期二我再去和他们说说。（向瓦里亚）别哭。（向阿尼亚）让你妈去和洛帕辛说说；他当然不会拒绝她……你呢，歇一阵子后，到雅罗斯拉夫去找伯爵夫人，你的外祖母。我们从三方面一起行动——就一定能把事情办成。相信我们能把利息付清……（把一块糖放进嘴里）我用我的良心起誓，我们的庄园决不拍卖！（激昂地）用我的名誉起誓！这是我的手，如果我不能阻止庄园被拍卖，你们叫我窝囊废好了！我用自己的生命起誓！

阿尼亚 （恢复了平静情绪，感到幸福）舅舅，你多好啊，多聪明啊！（拥抱舅舅）我现在平静了！我平静了！我是幸福的！

［菲尔斯上。

菲尔斯 （责备地）列昂尼德·安德烈耶维奇，您不怕主！什么时候才睡觉？

加耶夫 马上，马上。你走吧，菲尔斯。我，自己能脱衣服睡觉。嗯，孩子们，去睡吧……细节明天再说，现在去睡觉。（吻阿尼亚和瓦里亚）我是八十年代[1]的人……大家都不称赞八十年代，但我还是要说，我为了自己的信念在生活中吃过不少苦。庄稼汉们喜欢我不是没有原因的。应该了解庄稼汉们！应该了解，和什么样的……

阿尼亚 舅舅，你又来了！

瓦里亚 好舅舅，别说话了。

菲尔斯 （生气地）列昂尼德·安德烈耶维奇！

加耶夫 我这就走，这就走……你们去睡吧。绕两边击球进中袋！正杆打正球……（下。菲尔斯小碎步走着，跟在他后面）

阿尼亚 我现在平静了。雅罗斯拉夫那儿我不想去，我不喜欢我外祖母，我反正平静了。谢谢舅舅。（坐下）

瓦里亚 该睡觉了。我这就走。你不在家的时候，这里闹了点儿不愉快。你也知道，在下房住的都是老佣人：有叶菲姆什卡、波利亚、叶夫斯季格涅伊，还有卡尔普等。他们后来放进一些外边的无赖汉们来留宿——我也忍了。可我后来听到他们放出了谣言，好像我关照只给他们吃豌豆。因为我小气，你看到没有……这都是叶夫斯季格涅伊干的……我想这也好。既然这样，我想，那就等着瞧吧。我把叶夫斯季格涅伊叫了来……（打哈欠）他来了……我就说，叶夫斯季格涅伊……你这傻瓜……（看了一眼阿尼亚）阿尼契卡！……

［停顿。

1 指1880年代。

睡着了！……（扶着她走）咱们到床上去睡吧……咱们走吧！（领着她）我的宝贝睡着了！咱们走……

[她们走着。

[在花园外面，有个牧童在吹芦笛。

[特罗菲莫夫走过舞台，见到瓦里亚和阿尼亚，停下脚步。

嘘……她睡着……睡着了……咱们走，亲爱的。

阿尼亚 （轻声，半睡半醒中）我好累……都是铃铛声……亲爱的……舅舅……还有妈妈和舅舅……

瓦里亚 咱们走，亲爱的，咱们走……（走进阿尼亚的卧室）

特罗菲莫夫 （非常感动地）我的太阳！我的春天！

[幕落。

第二幕

[田野。一座古老、歪斜、废弃已久的小教堂，它的旁边有一口井，几块巨石板，它们显然是旧日的墓碑，还有一张破旧的长凳。看得见通向加耶夫庄园的路。一边，耸立着一片黑压压的杨树：后边就是樱桃园。远处，有一排电线杆，在更远的地平线上，有一个大城市的轮廓隐约可见，要把它看清楚只有在晴空万里的日子。太阳快要落山。沙尔洛塔，亚沙和杜尼亚莎坐在长凳上；叶皮霍多夫站在一旁弹吉他；大家都在坐着，若有所思。沙尔洛塔戴一顶旧的宽边帽；她从肩

头卸下一支火枪，矫正皮带上的搭扣。

沙尔洛塔 （沉思地）我没有真正的身份证，我不知道我的年龄，总觉得我还年轻。当我还是小姑娘的时候，我父母就到处赶庙会，表演杂耍，很精彩。我也能表演“空中飞人”（意大利语）和各种节目。我的爸爸妈妈死后，一个德国夫人收养了我，开始教我读书。很好。我长大了，后来当上了家庭教师。可我从哪里来，我是谁——我不知道……我的父母是谁，可能他们没正式结婚……我不知道。（从口袋里掏出一根黄瓜来吃）我什么也不知道。

[停顿。

真想说说话，但没有人可说……我一个亲人也没有。

叶皮霍多夫 （弹着吉他唱歌）“我不要喧闹的人世间，我不要朋友也不要敌人……”弹曼陀林好让人高兴！

杜尼亚莎 这是吉他，不是曼陀林。（照着小镜子往自己脸上抹粉）

叶皮霍多夫 对于一个爱得发了疯的人来说，这就是曼陀林……（唱）“让爱情的火焰来温暖我的心……”

[亚沙跟着唱。

沙尔洛塔 这些人唱得多难听……哎呀！鬼哭狼嚎。

杜尼亚莎 （向亚沙）能出国毕竟很幸福。

亚沙 对，那当然。我不能不同意您的观点。（打哈欠，然后开始抽烟）

叶皮霍多夫 明摆着的事。人家外国，早已丰衣足食了。

亚沙 自然了。

叶皮霍多夫 我是个文化程度很高的、见多识广的人，读了很多的好书，但有一个方面我怎么也不明白，我到底是想要什么，是活下去还是开枪自杀，说实在的，但不管怎么说，我身边永远带上一支手枪。这不……（展示手枪）

沙尔洛塔 搭扣弄好了。现在我该走了。（背上火枪）你，叶皮霍多夫，人很聪明，但也很可怕；女人们应该发疯地爱你。嘣！（走着）这些聪明人总这么蠢，我找不到一个能和他说说话的人……我总一个人，一个人，我一个亲人也没有……我是谁？为什么活着？不清楚……（不慌不忙地走着）

叶皮霍多夫 说实在的，不说别的，我应该单说我自己，顺便一提，命运对我很无情，就像风暴对待小船一样。如果我这话说得不对，那我今天早上醒来，胸膛上怎么会爬着一个大蜘蛛呢……有这么大。（用两手比画）我要是喝杯格瓦斯甜酒，那么在酒杯里，一看，总会出现点儿类似蟑螂什么的超级不成体统的东西。

[停顿。

你们读过巴克尔[1]的书吗？

[停顿。

阿夫多季娅·费多罗夫娜，我想打扰您一下，说几句话。

杜尼亚莎 您说吧。

叶皮霍多夫 我想单独跟您说……（叹气）

---

1 亨利·托马斯·巴克尔（1821—1861），英国历史学家，代表作为《英国文明史》，认为人类社会是自然的一部分，受自然规律支配。

杜尼亚莎 （不好意思）好的……只是您先去给我把斗篷拿来……在柜子旁边搁着……这里有点儿潮湿……

叶皮霍多夫 好的……我就去拿……现在我知道该如何处置我的手枪了……（拿起吉他，一边弹一边走下）

亚沙 二十二个不幸！我们私下说说，蠢人一个。（打哈欠）

杜尼亚莎 愿主保佑，别让他开枪自杀。

[停顿。

我开始不安了，总发慌。我从小就被送到了老爷家里，现在已经过不惯穷日子了，你瞧我的手多白，像小姐的手。我变得多愁善感，很文雅、高贵，什么都怕……好可怕。如果您，亚莎，欺骗我，我不知道我的神经是否受得了。

亚沙 （吻她）小黄瓜！当然，每个姑娘应该了解自己，如果姑娘举止粗俗、品行不端，我最不喜欢。

杜尼亚莎 我不可救药地爱上您了，您有文化，对一切都能发议论。

[停顿。

亚沙 （打哈欠）是的……我这么看：如果有个姑娘爱上了谁，那么她就不道德。

[停顿。

在新鲜空气里抽雪茄真愉快……（倾听）有人来了……是女士先生们……

[杜尼亚莎猛地拥抱他。

请您回家去吧，装成去河里洗澡的样子。请走这条小路，不然会碰上他们，他们会怀疑我们在这里幽会。我受不了这个。

杜尼亚莎 （轻声咳嗽）这雪茄呛得我头疼得厉害起来了……（下）

［亚沙留下，坐在小教堂旁边；柳博芙·安德烈耶夫娜、加耶夫和洛帕辛上。

洛帕辛 得做出最后的决断了——时间不等人。问题其实很简单。同意把土地交出去盖别墅还是不同意？请回答一个字：是或否？只需一个字！

柳博芙·安德烈耶夫娜 谁在这里抽讨厌的雪茄烟……（坐下）

加耶夫 瞧，铁路建成了，这方便多了。（坐下）坐火车进城，吃过早饭……黄球进中袋！我应该先回家，想进屋去玩一局……

柳博芙·安德烈耶夫娜 来得及。

洛帕辛 就一个字！（恳求地）给我个回答吧！

加耶夫 （打着哈欠）说谁？

柳博芙·安德烈耶夫娜 （看看自己的小钱夹）昨天还有很多钱，今天就几乎没了。可怜的瓦里亚为了节约，天天给大家喂牛奶汤，那几个老佣人在厨房里只能嚼嚼豌豆，我却这样乱花钱……（钱夹掉落下来，金币撒落一地）嗯，全撒到地上了……（她很懊丧）

亚沙 请让我都捡起来吧。（收集金币）

柳博芙·安德烈耶夫娜 劳驾，亚沙。我为什么要进城去吃这顿早饭……你们有音乐演奏的餐厅太糟了，桌布散发着肥皂味……廖尼亚，你为什么喝那么多？为什么吃那么多？为什么说那么多？今天你在餐厅里说话，又不分场合，没分寸。关于七十年代，关于颓废派。可跟什么人说？跟餐厅小伙计们谈论颓废派！

洛帕辛 是的。

加耶夫　（摇手）我改不掉了，这是显而易见的……（恼火地对亚沙）怎么回事，你老是在我眼前转来转去……

亚沙　我一听到您说话就忍不住笑。

加耶夫　（向妹妹）要么我走，要么他走……

柳博芙·安德烈耶夫娜　离开，亚沙，走开吧……

亚沙　（把钱夹子交还给柳博芙·安德烈耶夫娜）我马上走。（好不容易忍住了笑）马上走……（下）

洛帕辛　富豪杰里加诺夫准备买下你们的庄园。据说，那天他会亲自光临拍卖会现场。

柳博芙·安德烈耶夫娜　您从哪儿听说的？

洛帕辛　城里人都在这样说。

加耶夫　雅罗斯拉夫尔的姑妈答应寄钱来，但什么时候寄来和寄多少钱来不清楚……

洛帕辛　她能寄多少钱来？十万卢布？二十万？

柳博芙·安德烈耶夫娜　嗯……能寄上一万或一万五千就已经谢天谢地了。

洛帕辛　请原谅，女士，先生，像你们这样不严肃、不讲究实际的、奇怪的人，我还从没遇见过。我用俄国话跟你们说话，你们的庄园要被拍卖了，而你们恰恰听不懂。

柳博芙·安德烈耶夫娜　那我们该做什么？您教教我们，做什么？

洛帕辛　我每天都在教你们。我每天都在对你们说同一件事。你们务必把樱桃园和地产租出去建别墅，现在就去，尽快，因为拍卖会——就在眼前！你们要弄明白！只要下决心让别墅在这里盖起来，那么你们想要得到多少钱就能得到多少钱，那么你们就得救了。

柳博芙·安德烈耶夫娜　别墅呀，别墅客呀——这多庸俗，请原谅。

加耶夫　完全同意你的看法。

洛帕辛　我要么大哭，要么大叫，要么昏倒在地。我受不了！你们把我折磨得好苦！（向加耶夫）您是个烦人的老太婆！

加耶夫　谁？

洛帕辛　烦人的老太婆！（欲离去）

柳博芙·安德烈耶夫娜　（恐惧地）不，您不要走，留下来吧，亲爱的。我请求您。也许，我们还能想出点儿办法！

洛帕辛　还有什么好想的！

柳博芙·安德烈耶夫娜　别走，我求您了。和您在一起，我还快乐些……

[停顿。

我总等着什么，好像房子要从我们头上塌下来。

加耶夫　（陷入深深的思索中）击边进角袋……弹回进中袋……

柳博芙·安德烈耶夫娜　我们作了不少孽啊……

洛帕辛　你们作了什么孽……

加耶夫　（把一块糖塞进嘴里）都说我把家产都用来吃水果糖了……（笑）

柳博芙·安德烈耶夫娜　啊，我的罪孽……我像疯子似的，没节制地挥霍钱，我嫁给了一个负债累累的人。我的丈夫死于香槟——他酗酒——而且不幸的我又爱上了另一个，正在这时，第一次惩罚就来了，给我当头一棒，——就在这条河里……我的儿子淹死了，我出了国，彻底走了，为的是再也不回来，再也不要见到这条河……我闭上眼睛，跑了，糊里糊涂，可他追我来了……残酷、粗野地追我来了。我在法国蒙当附近买了别墅，因为他在那儿病了，就这么三年时间里，我白天黑夜得不到休息；这病人让我苦恼，我的心都要干涸了。去年，我把别墅卖了抵债，我到了巴黎，他在巴黎耗光了我的全部钱财后，抛弃了我，与另一个女人在一起了，那时我尝试过服毒自杀……这么愚蠢，这么可耻……可突然间，我怀念起俄罗斯来了，怀念祖国，怀念我的女儿……（擦拭眼泪）主，主，你仁慈一点吧，原谅我的这些罪孽！别再惩罚我！（从口袋里掏出一封电报）今天收到了巴黎的电报，他请求原谅，央求我回去……（撕毁电报）好像哪里在奏乐。(倾听)

加耶夫　这是我们有名的犹太人乐团。你还记得吗，四把小提琴，一支长笛和一把低音提琴。

柳博芙·安德烈耶夫娜　乐团还在吗？什么时候请他们来一次，开个小型晚会。

洛帕辛　（倾听）我没听见……（轻声哼唱）“为了钱，普鲁士人把俄国人变成了法国人。”(笑）昨天我到剧院看了一出话剧，非常好笑。

柳博芙·安德烈耶夫娜　可也许没什么可笑的。您需要的不是看戏，而是经常看看自己。您活得多单调乏味，您要说多少不需要说的话。

洛帕辛　这是真的。应该承认，我们的生活是愚蠢可笑的……

［停顿。

我父亲是庄稼汉，一个白痴，什么也不懂，不教我读书，只知道喝醉后揍我，都是用木棍。其实，我也是这样的笨蛋和白痴。没学过文化，我写的字很差，就像猪见不得人。

柳博芙·安德烈耶夫娜 您该结婚，我的朋友。

洛帕辛 是的……这是真的。

柳博芙·安德烈耶夫娜 娶我们的瓦里亚好了。她是好姑娘。

洛帕辛 是的。

柳博芙·安德烈耶夫娜 她也是普通人家出身，现在成天操劳，主要的是，她爱您。而且您也喜欢她很久了。

洛帕辛 怎么的？我不反对……她是好姑娘。

［停顿。

加耶夫 有人替我在银行找了份工作。年薪六千……听说了吗？

柳博芙·安德烈耶夫娜 你想什么呢！还是家里待着吧……

［菲尔斯上；他带来一件大衣。

菲尔斯 （向加耶夫）老爷，请把大衣穿上，不然该受凉了。

加耶夫 （穿上大衣）我厌烦你了，老兄。

菲尔斯 还可以……早上不说一声就走了。（打量他）

柳博芙·安德烈耶夫娜 你变得这么老了，菲尔斯？

菲尔斯 您说什么？

洛帕辛 说你老得不像样子了！

菲尔斯 我活很久了。他们想给我娶媳妇的时候，您的父亲还没出世呢……（笑）要给农奴自由的时候，我已经是上岁数的贴身男仆了。当时我不同意要自由，留在了老爷们身边……

［停顿。

我记得，大家都很高兴，但为什么高兴呢，他们自己也不知道。

洛帕辛 从前多好。至少可以被鞭打。

菲尔斯 （没听懂他的话）那还用说。那时庄稼汉们靠着老爷们，老爷们靠着庄稼汉们，而现在老爷们和庄稼汉们都被分开了，各自零零散散的，让人什么都搞不懂了。

加耶夫 菲尔斯，住嘴。明天我要进趟城。有人答应介绍我去见一位将军，他可以给出张期票。

洛帕辛 您什么也得不到的。您付不了利息，死了这份心吧。

柳博芙·安德烈耶夫娜 这是他在胡说。一个将军也没有。

［特罗菲莫夫、阿尼亚和瓦里亚上。

加耶夫 嗯，我们的人都来了。

阿尼亚 妈妈在这里坐着呢。

柳博芙·安德烈耶夫娜 （温柔地）来，来……我亲爱的女儿们……（拥抱阿尼亚和瓦里亚）如果你们俩人都能知道我是多爱你们的话，就好了。你们坐在旁边，这样。

［大家都坐下。

洛帕辛 我们这位终身大学生总混在小姐们中间。

特罗菲莫夫 您管不着。

洛帕辛 他快五十了，可还是个大学生。

特罗菲莫夫 少开愚蠢的玩笑。

洛帕辛 怪人怎么了，你生气了？

特罗菲莫夫 别缠着我。

洛帕辛 （笑）请问，您怎么看待我这个人？

特罗菲莫夫 我，叶尔莫莱·阿列克谢耶维奇，这么认为：您是有钱人，很快就是百万富翁。从物质新陈代谢的意义上来说，需要肉食猛兽，它会吃掉挡它路的一切，所以也需要你。

［大家笑。

瓦里亚 您，彼嘉，还是说说行星的故事吧。

柳博芙·安德烈耶夫娜 不，让我们继续昨天的谈话。

特罗菲莫夫 关于什么？

加耶夫 关于骄傲的人[1]。

特罗菲莫夫 昨天我们谈了很久，但没得出任何结论。按照你们的想法，在骄傲的人身上存在某种神秘之物。也许你们的想法有道理，但如果我们不故弄玄虚，而是用简单方式，既然人类的生理结构这么脆弱，而且大多数人还是那么粗鲁、愚蠢和深深地不幸，那有什么骄傲可言。别再自我陶醉了。需要的只是工作。

加耶夫 人反正要死。

特罗菲莫夫 谁知道呢？而且什么叫作——死亡？也许，人有一百种感觉，随着人的死亡而死去的，是我们已知的五种感觉，而其余的、我们并不清楚的九十五种感觉还存活着。

柳博芙·安德烈耶夫娜 彼嘉，您好聪明呀！

洛帕辛 （嘲讽地）非常聪明！

特罗菲莫夫 人类在前进，完善着自己的力量。对于人类，现在还不能达到的一切，有朝一日会变成近在眼前的，容易理解的，只需要工作，只需要全力支持那些正探求真理的人。在我们这里，俄罗斯，现在只很少一部分人在工作。大部分的那些知识分子，就我所知，什么也不寻求，什么也不做，目前也没从事劳动的能力。那些自命为知识分子的人，对女仆随便亲昵地以“你”相称，对待庄稼汉们像对待牲口一样。不学习，不读严肃书籍，不做任何事，关于科学只会空谈，

---

1 出自马克西姆·高尔基（1868—1936）的剧作《底层》（1902）。

对艺术一知半解。所有人装正经，板起面孔，说国家大事，高谈阔论，但与此同时，所有人眼看着长工们吃恶劣的食物，睡觉连枕头都没有，三、四十个人挤在一个屋子里，到处都是臭虫、恶臭、潮湿和道德的不洁……很明显，所有那些漂亮的言语不过是自欺欺人罢了。请你们给我指一下，我们议论了多年的幼儿园在哪儿？图书阅览室又在哪儿？它们仅仅出现在小说里，实际生活里根本找不到。有的只是泥泞、庸俗和懒惰、无能和低效率……我害怕，非常不喜欢看这些一本正经的嘴脸，害怕听这些一本正经的谈话。还是沉默好些！

洛帕辛 你们知道，我早上五点起床，从早一直工作到晚，自己的钱和别人的钱在我手里经常不断，所以我能看明白周围都是些什么人。只要着手做点儿什么事情，你就会知道正派的、诚实的人很少。有一次，夜里失眠，我就想："主啊，你赐给了我们庞大的森林、望不到边的土地、极深的地平线，生活在天地间，我们自己也该是真正的巨人才行啊……"

柳博芙·安德烈耶夫娜 您需要巨人……他们只在童话里是好的，可现实里让人恐惧。

［在舞台深处走过叶皮霍多夫，弹着吉他。

(沉思地) 叶皮霍多夫走过去了。

阿尼亚 (沉思地) 叶皮霍多夫走过去了。

加耶夫 女士们，先生们，太阳落山了。

特罗菲莫夫 是的。

加耶夫 (声音不大，好像在朗诵) 嗯，大自然，神奇的大自然，你闪耀着永恒的光芒，你那么美丽，那么超脱，你，我们称之为母亲的大自然，你包容着生死，你能给予生命，也能将它毁灭……

瓦里亚 （央求地）舅舅！

阿尼亚 舅舅，你又来了！

特罗菲莫夫 您还是把黄球打进中袋吧。

加耶夫 我不说话了，不说话了。

[大家都静坐着，想着心事。一片寂静。只能听到菲尔斯在轻声地喃喃自语。突然间传来一个遥远的，像是来自天边外的声音，像是琴弦绷断的声音，这忧伤的声音慢慢地消失了。

柳博芙·安德烈耶夫娜 这是什么？

洛帕辛 不知道。也许什么地方矿井里的吊桶断了。但那是老远老远的地方。

加耶夫 可也许是只什么鸟……类似鹭鸶。

特罗菲莫夫 或者是雕鸮……

柳博芙·安德烈耶夫娜 （哆嗦一下）不知怎么的让人不愉快。

[停顿。

菲尔斯 不幸到来之前都这样：又是猫头鹰叫，又是茶炊不停地嗡嗡响。

加耶夫 在什么样的不幸降临之前呢？

菲尔斯 在农奴自由前。

[停顿。

柳博芙·安德烈耶夫娜 知道吗，朋友们，咱们走吧，天黑了。（向阿尼亚）你眼里有泪水……女儿，你怎么了？（拥抱她）

阿尼亚 就这样，妈妈。没什么。

特罗菲莫夫 有个人过来了。

［出现一个过路人，头戴一顶破旧的白色宽边帽，身披大衣；带着几分醉意。

过路人 请问您，我沿着这条路能直接去火车站吗？

加耶夫 可以的。您就顺这条路走。

过路人 特别感激您。（咳嗽一下后）天气棒极了……（朗诵腔）“我的兄弟，多苦多难的兄弟”……“在伏尔加河上，谁在呻吟”……（向瓦里亚）小姐，赏给挨饿的俄国人三十戈比吧……

［瓦里亚受惊，突然喊叫了一声。

洛帕辛 （生气）再怎么丑也该要点儿脸吧。

柳博芙·安德烈耶夫娜 （不知所措）对不起……给您……（在钱夹里寻找）银币没有了……反正一样，给您金币吧……

过路人 特别感激您！（下）

［笑声。

瓦里亚 （惊慌失措）我走了……走了……哎哟，妈妈呀，家里揭不开锅，可您给他金币。

柳博芙·安德烈耶夫娜 拿愚蠢的我怎么办！到家把我所有的钱都交给你。叶尔莫莱·阿列克谢耶维奇，再借点儿钱给我！

洛帕辛 遵命。

柳博芙·安德烈耶夫娜 我们走吧，女士们，先生们，时间到了。刚刚在这里，瓦里亚，我们把你许配人家了，祝贺你。

瓦里亚 （含泪）妈妈，这种事不能开玩笑的。

洛帕辛 “奥赫梅丽娅，进修道院吧……”

加耶夫 我的手发抖：好久没玩台球了。

洛帕辛 “奥赫梅丽娅，山林水泽的女神，在你的祈祷中，别忘记替我忏悔。”

柳博芙·安德烈耶夫娜 女士们，先生们，咱们走吧，该吃晚饭了。

瓦里亚 他把我吓坏了。心还在跳。

洛帕辛 我提醒你们，女士们，先生们：八月二十二日，樱桃园要拍卖。考虑考虑这个吧！考虑考虑吧！……

[除了特罗菲莫夫和阿尼亚外，都离去了。

阿尼亚 （笑）多谢那个过路人，瓦里亚给吓跑了，现在就剩我们两个人。

特罗菲莫夫 瓦里亚怕我们突然间彼此相爱了，于是整天整天盯着我们。可她那偏狭的脑袋无法理解，我们高于爱情。超越一切渺小的、虚幻的，妨碍成为自由幸福的人的种种羁绊——这才是我们生活的目的和意义。前进！我们要势不可当地走向那颗明亮的星辰，它正闪耀在遥远天际！前进！朋友们，别落后啊！

阿尼亚 （用双手拍打着）您说得多好！

[停顿。

今天这里太美了！

特罗菲莫夫 是的，天气非常好。

阿尼亚 您对我做了什么呀，彼嘉，为什么我不像从前那样爱樱桃园了。我以前那样温柔地爱它，觉得世上再没有比我们的花园更美的地方了。

特罗菲莫夫 全俄罗斯是我们的花园。国土大得很，美得很，它上面美丽的地方有的是。

[停顿。

您想想，阿尼亚：您的祖父、曾祖父和您的所有祖先都是农奴主，占有过活的农奴[1]，那些人的灵魂难道不是从花园的每一棵樱桃树上，每一片树叶上，每一个树干上向您张望，您难道没听见他们的声音……占有活生生的农奴——要知道这件事让所有的你们——过去活着的和现在活着的人——都面目全非了，您的母亲，您，您的舅舅没意识到你们欠别人的债，你们是靠别人，靠那些你们不容许走进自家前院的穷人们过活的。啊，这很可怕，你们的樱桃园很可怕，当黄昏时分或深夜走过花园，樱桃树粗老的树皮发出幽暗的光，好像樱桃树在梦中看到了一、二百年前的情景，沉睡的噩梦压抑着它们。是的，我们落后了至少两百年，我们一事无成，对于过去没有明确态度，我们只空发议论，只知道抱怨乏味的生活，或者狂饮伏特加酒。要知道，这是很清楚的：为了开始今天的生活，首先需要抵偿过去的债务，和它来个彻底了结，而要抵偿过去的债务，只能用痛苦忧患，只能用异常艰辛的、不间断的劳作。您要知道这一点，阿尼亚。

阿尼亚　我们居住的这所房子早就不属于我们了，我要离开这里，我向您保证。

特罗菲莫夫　如果您手上有全部财产的钥匙，那么就把它们扔进井里，然后离家出走。您要像风一样自由。

阿尼亚　（在陶醉中）您说得多好！

特罗菲莫夫　请相信我，阿尼亚，请相信我！我还不到三十岁，我年轻，还是个大学生，但我已经历过很多磨难！每到冬天，我就饥肠辘辘、疾病缠身、不安苦恼，穷得像乞丐——并且

1　在俄语中“农奴”（душа）一词亦有“灵魂”的意思。

命运驱使我不停奔波，浪迹天涯！但尽管这样，我的全部心灵在每一分钟，日日夜夜，永远充满着一种无法言喻的预感。我预感到幸福，阿尼亚，我已经看到它了……

阿尼亚　（沉思地）月亮升起来了。

[听到叶皮霍多夫还在演奏那首忧伤的歌。月亮升起来了。在杨树近旁的某处，瓦里亚正在寻找阿尼亚，喊着："阿尼亚！你在哪儿？"

特罗菲莫夫　是的，月亮升起来了。

[停顿。

瞧，幸福，瞧它正走过来，走得越来越近，我已经听到它的脚步声。如果我们看不见它，不了解它，怕什么？别人能看到它的！

[瓦里亚的声音："阿尼亚！你在哪儿？"

又是这个瓦里亚！（生气地）真可气！

阿尼亚　行吗？咱们到河边去。那边真好。

特罗菲莫夫　咱们走吧。

[他们走着。

[瓦里亚的声音："阿尼亚！阿尼亚！"

[幕落。

第三幕

[一间客厅，由拱门与大厅隔开。枝形烛台上的蜡烛燃烧着。

听到第二幕提及的三人犹太人乐团从前厅传来的演奏声。晚上。众人在大厅里跳大圈方阵舞。西苗诺夫-皮希克的声音："和舞伴齐队行进（法语）！"舞者一对一对地走进客厅：第一对是皮希克和沙尔洛塔·伊万诺夫娜，第二对——特罗菲莫夫和柳博芙·安德烈耶夫娜，第三对——阿尼亚和邮局官员，第四对——瓦里亚和火车站站长，等等。瓦里亚轻声地哭泣着，她一边跳舞一边擦眼泪。杜尼亚莎在最后一对。众人在舞厅里走着，皮希克叫道："转大圈，挥动双臂！……男士跪下向女士道谢！（法语）"

菲尔斯穿着燕尾服上，用托盘托着碳酸矿泉水。皮希克和特罗菲莫夫走进客厅。

皮希克　我有多血症，已经中风过两次，跳不动舞了，但常言道，一旦落进狗窝，不叫也得把尾巴摇。我身体本来像马一样健壮。我去世的父亲——愿他在天堂里安息——是个爱说笑话的人，他常说起家族的起源，好像我们西苗诺夫-皮希克家族的祖先就是被罗马皇帝卡里古拉牵进元老院的那匹马[1]……（坐下）但倒霉的是缺钱花！饿狗只信仰肉……（打鼾，随即又醒来）我就是这样……想的就是钱……

特罗菲莫夫　您的身型舞步有点儿马的影子。

皮希克　这有什么……马是好牲畜，能卖钱……

1　罗马史学家记载，罗马帝国第三任皇帝卡利古拉曾扬言要让他的爱马"神速"成为罗马帝国的执政官。

［听到有人在隔壁房间打台球。餐厅的拱门旁出现瓦里亚。

特罗菲莫夫 （戏弄）洛帕辛夫人！洛帕辛夫人！

瓦里亚 （生气地）脱发先生！

特罗菲莫夫 是的，我是脱发先生，而且以此自豪！

瓦里亚 （痛苦思索）瞧把乐队请来了，用什么付劳务费？（离去）

特罗菲莫夫 （向皮希克）如果把您一生中耗费在找钱付利息的精力用到其他什么方面，大概，您最终可以把这地球翻个个儿。

皮希克 尼采……哲学家……伟人、名人……头脑强大的智者，他当年在自己的著作中说过，好像造假币是允许的。

特罗菲莫夫 你读过尼采的著作？

皮希克 这……是女儿达申卡说的。而我现在就到了想造假币的地步……后天要付三百一十卢布……现在已有一百三十卢布……（摸口袋，惊慌）钱丢了！丢钱了！（含泪）钱在哪儿？（高兴）原来在里子里……吓出一身冷汗……

［柳博芙·安德烈耶夫娜和沙尔洛塔·伊万诺夫娜上。

柳博芙·安德烈耶夫娜 （哼着列兹金卡舞曲）列昂尼德怎么这么久还不回来？他在城里干了些什么？（向杜尼亚莎）杜尼亚莎，去给乐师们沏壶茶去……

特罗菲莫夫 拍卖会很可能没有举行。

柳博芙·安德烈耶夫娜 乐师来得不是时候，舞会也开得不是时候……嗯，没什么……（坐下，轻声哼唱）

沙尔洛塔 （给皮希克一副纸牌）这是一副牌，您想好随便哪一张牌。

皮希克 我想好了。

沙尔洛塔 您洗一洗牌吧。很好。放这里吧，我亲爱的皮希克先生。一、二、三！现在您找一找，那张牌在您侧口袋里……

皮希克 （从侧面的口袋里摸出一张牌）黑桃八，完全正确！（惊奇）有这样的事！

沙尔洛塔 （把一叠纸牌放在手心里，向特罗菲莫夫）快说，上面头一张是什么牌？

特罗菲莫夫 什么呀？嗯，黑桃皇后。

沙尔洛塔 正是！（向皮希克）嗯，上面头一张是什么牌？

皮希克 红桃爱司。

沙尔洛塔 正是！（拍一下手掌，纸牌消失）今天天气多么好！

［有个神秘的女人声音像是从地板里发出来，回答她说："啊，是的，天气真好，小姐。"

您是我心中的偶像……

［那个声音："小姐，我也非常欣赏您。"

火车站站长 （鼓掌）口技家女士，真棒！

皮希克 （惊奇地）有这样的事！最美妙的沙尔洛塔·伊万诺夫娜……我都爱上了……

沙尔洛塔 爱上了？（耸肩）难道您也能爱上什么人？"是个好人，但不是好音乐家"（德语）。

特罗菲莫夫 （拍皮希克的肩膀）好一匹老马啊……

沙尔洛塔 请注意，还有个魔术。（从桌上拿起一条方格毛毯）这是一条很好的毛毯，我想把它卖掉……（抖动毛毯）没有谁想买吗？

皮希克 （惊奇地）有这样的事！

沙尔洛塔 "一、二、三"（德语）！（很快高举起垂下的毛毯）

［在毛毯后站着阿尼亚，她鞠躬，跑向母亲，拥抱了她，然后在众人的欢呼中跑回大厅。

柳博芙·安德烈耶夫娜 （鼓着掌）好，好！……

沙尔洛塔 现在再来一次！“一、二、三”（德语）！（举起毛毯）

［毛毯后面站着瓦里亚，她鞠躬。

皮希克 （惊奇地）有这样的事！

沙尔洛塔 表演结束！（把毛毯扔向皮希克，鞠躬，跑向大厅）

皮希克 （追她）你这小女人……怎么样？怎么样？（跑下）

柳博芙·安德烈耶夫娜 列昂尼德还没回来。我不明白，他为什么要在城里待那么久！要知道一切在那里已经有了结果，庄园卖了或者拍卖会没举行，为什么这么久都不知道究竟！

瓦里亚 （努力安慰母亲）舅舅肯定把庄园买下了。

特罗菲莫夫 （嘲笑）是的。

瓦里亚 外婆给他拿来了委托书，让他用外婆的名义买下庄园，把押据也过户到她名下。她这样做是为了阿尼亚。我相信，主会开恩的，舅舅会把庄园买下。

柳博芙·安德烈耶夫娜 雅罗斯拉夫尔的祖母寄来一万五千卢布，让以她的名义买庄园——她不相信我们——可这点钱连付利息也不够。（用手掩脸）今天我的命运就将决定了，命运……

特罗菲莫夫 （戏弄瓦里亚）洛帕辛夫人！

瓦里亚 （生气地）你这个终身大学生！已经被学校开除过两次了。

柳博芙·安德烈耶夫娜 生什么气呢，瓦里亚？他拿洛帕辛来和你打趣，这又有什么？要是愿意，你就嫁给洛帕辛，他是好人，有趣的人。要是不愿意，就别嫁，亲爱的，谁也不会勉强你……

瓦里亚 妈妈，我对待这件事很严肃，该直截了当说。他是个好人，我喜欢他。

柳博芙·安德烈耶夫娜 那嫁给他。还等什么，我真不明白！

瓦里亚 妈妈，总不能让我主动向他求婚吧。已经两年了，大家总在向我提起他，都在说，但他或是沉默，或是开玩笑。我知道，他在赚钱，事情忙，顾不上我。要是我手头有钱，哪怕不多，只一百卢布，我就会扔下这一切，走得远远的，到修道院去。

特罗菲莫夫 好有福气啊！

瓦里亚 （向特罗菲莫夫）大学生该是聪明的人！（用温柔的声音，含泪）彼嘉，您现在变得多难看，多老气！（向柳博芙·安德烈耶夫娜，已经不哭）妈妈，我不能没事待着。我每分钟都得做点儿什么事。

［亚沙上。

亚沙 （忍住笑）叶皮霍多夫把台球杆弄断了！……（下）

瓦里亚 叶皮霍多夫怎么在这里？谁让他玩台球的？真不明白这些人……（下）

柳博芙·安德烈耶夫娜 彼嘉，您别戏弄她了，您也看到，她已经很痛苦了。

特罗菲莫夫 她太爱操心了，管闲事。整个夏天她都不让我和阿尼亚清静，她生怕我们谈上恋爱。这关她什么事？而且我正大光明，我远离庸俗。我们高于爱情！

柳博芙·安德烈耶夫娜 那么我，应该是低于爱情了。（处于强烈的不安中）列昂尼德为什么还不回来？要是能知道该多好：庄园卖了还是没卖……降临到我身上的不幸如此难以置信，我甚至有点儿不知道该想些什么，张皇失措了……我现在想大声叫喊……想做件蠢事。救救我吧，彼嘉。跟我说点儿什么，说吧……

特罗菲莫夫 庄园卖了还是没卖——难道不都一样？庄园的事早已了结，没回旋的余地。您平静一下吧，亲爱的。不要欺骗自己了，应该在生活里，哪怕就一次呢，直面真实。

柳博芙·安德烈耶夫娜 什么样的真实？您看到哪里是真实，哪里又不是真实？我好像是失明了，什么也看不见。您勇于解决一切重要问题，但告诉我，亲爱的，这是不是因为您还年轻，还没来得及经历您的任何一个问题给您带来的艰难？您勇敢地朝前看，是不是因为您还没看到或遇到任何可怕的东西，因为生活的真相还没暴露在您年轻的眼睛里？您比我们更勇敢，更诚实，更深刻，但请好好想想，请您拿出哪怕一个手指尖的宽宏大量，怜悯怜悯我吧。要知道我生在这里，我与父亲和母亲还有祖父在这里生活过，我爱这所房子，没有樱桃园，我就不理解自己的生活了，如果一定要卖掉，那么把我连同这个园子一起卖掉好了……（拥抱特罗菲莫夫，吻他的额头）要知道我的儿子是在这儿淹死的……（哭泣）可怜可怜我吧，我善良的好人。

特罗菲莫夫 您知道，我全身心地同情您。

柳博芙·安德烈耶夫娜 但您该用另外一种语气、另外一种语气来说这句话……（掏手帕，一份电报掉落在地板上）我今天心里很沉重，您难以想像。这里我觉得太喧闹，每个声音都震得我的心发颤，浑身发抖，但又不能回到自己房间里，一个人在寂静里让我害怕。请不要谴责我，彼嘉……我像爱亲人一样地爱您。我还愿意把阿尼亚托付给您，我向您发誓，但是，亲爱的，您该念书，您该完成学业。您这样无所事事，任凭命运把您从一个地方抛到另一个地方，这很可怕……是不是？对吗？而且您也该想想办法，把胡子蓄起来……（笑）您真可笑！

特罗菲莫夫 （捡起电报）我不想做美男子。

柳博芙·安德烈耶夫娜 这是巴黎来的电报。每天我都收到电报。昨天和今天都有。这个野蛮人又生病了，又遇上麻烦了……他请求宽恕，求我回去，我现在真的该去一趟巴黎，在他身边。彼嘉，您又板起面孔了，可怎么办，我亲爱的，我能怎么办，他病了，孤身一人，不幸，谁能照顾一下他？谁防止他犯错误？谁让他按时服药？有什么好隐瞒的，有什么不能说的，我爱他，明摆着。我爱，我爱……这是挂在我脖子上的一块石头，我会和它一块儿沉入河底，但我爱这块石头，没有它我无法生活。（握住特罗菲莫夫的手）别把我想得很坏，彼嘉，别对我说什么，别说……

特罗菲莫夫 （含泪）看在主的分上，请原谅我的直率；他可是把您抢光了！

柳博芙·安德烈耶夫娜 不，不，不，不该这么说……（掩耳）

特罗菲莫夫 要知道他是个混蛋，只您一人不知道这个！他是渺小的混蛋，分文不值的小人……

柳博芙·安德烈耶夫娜 （发怒了，但克制地）您二十六或二十七岁了，可您还是个二年级小学生！

特罗菲莫夫 就算是这样好了！

柳博芙·安德烈耶夫娜 应该做个男人，在您这年龄，应该理解恋爱着的人。自己也应该谈恋爱……应该彼此相爱！（生气地）对了，对了！您这不叫纯洁，您仅仅是有洁癖，可笑的怪人，有缺陷……

特罗菲莫夫 （恐怖地）她在说什么！

柳博芙·安德烈耶夫娜 “我高于爱情！”您不是高于爱情，而仅仅是像菲尔斯说的，您是个笨手笨脚的人。到了您这个年龄还没有情人！

特罗菲莫夫 （恐怖地）这太可怕！她在说什么？！（快步走向大厅，抱住自己的头）这太可怕……我受不了。我走……（离去，又立即回来）我们之间一切都结束了！（走进前厅）

柳博芙·安德烈耶夫娜 （追着他喊）彼嘉，您等等！可笑的人，我是说着玩儿的！彼嘉！

［听到有人在前厅快步上楼梯，突然，传来向下摔倒的轰隆声。阿尼亚和瓦里亚惊叫，但立即又听到笑声。

怎么回事？

［阿尼亚跑上。

阿尼亚 （笑）彼嘉从楼梯上摔下来了！（跑下）

柳博芙·安德烈耶夫娜 这个彼嘉多奇怪啊……

［火车站站长站在大厅中央，朗读阿·托尔斯泰的《女罪人》。人们倾听着他的朗诵，但他刚刚读过几行，从前厅就传来了华尔兹舞曲声，朗诵就此中断。大家跳舞。从前厅走进特罗菲莫夫，阿尼亚，瓦里亚和柳博芙·安德烈耶夫娜。

好了，彼嘉……好了，纯洁的人儿……我请求原谅……咱们跳舞吧……（与彼嘉共舞）

［阿尼亚和瓦里亚共舞；

［菲尔斯上，把拐杖放在侧门旁。亚沙也从客厅进来，观看跳舞。

亚沙 怎么样，老爷子？

菲尔斯 不大舒服，早年间，来我们这里跳舞的都是将军啦，男爵啦，海军上将啦，现在呢，去请邮局官员和火车站站长来跳舞，他们还不大愿意来呢。我的身子骨不行了。已过世的老爷，现在主人的祖父，当年用火漆，能治百病。我每天服用火漆有二十年了，也许还不止；多亏这火漆，我才活到了今天。

亚沙 老爷子，我厌烦你了。（打哈欠）你赶紧死了算了。

菲尔斯 哎呀，你个……笨手笨脚的人！（嘟囔）

［特罗菲莫夫和柳博芙·安德烈耶夫娜在大厅里共舞，后来舞进了客厅。

柳博芙·安德烈耶夫娜 谢谢！我得坐一会……（坐下）累了。

［阿尼亚上。

阿尼亚 （激动地）我刚刚在厨房里听一个什么人说，樱桃园今天已经卖掉了。

柳博芙·安德烈耶夫娜 卖给谁了？

阿尼亚 没说卖给谁。那个人走了。（和特罗菲莫夫共舞，两人舞进大厅）

亚沙 是个老头子在那里瞎说来着。不认识的人。

菲尔斯 可列昂尼德·安德烈耶维奇还没回来。他就穿了件薄薄的夹大衣，不感冒才怪。唉，毛头小伙子。

柳博芙·安德烈耶夫娜 我要急死了。快去，亚沙，赶紧去问问，卖给谁了。

亚沙 那老头儿早走了。（笑）

柳博芙·安德烈耶夫娜 （带着轻微的懊丧）嗯，您笑什么？有什么好笑的？

亚沙 叶皮霍多夫太可笑了。无聊的人。二十二个不幸。

柳博芙·安德烈耶夫娜 菲尔斯，如果这庄园卖掉了，你上哪儿去呢？

菲尔斯 听您吩咐，您叫我上哪儿去，我就上哪儿去。

柳博芙·安德烈耶夫娜 你脸色怎么这么难看？病了？你知道，还是睡觉去吧……

菲尔斯 是……（嘲笑地）我去睡觉，可我不在谁来伺候您？谁来管事？这屋里就我一人张罗。

亚沙 （向柳博芙·安德烈耶夫娜）柳博芙·安德烈耶夫娜！请允许我向您提出个请求，劳您驾！如果您还去巴黎，一定把我也带上，行行好吧。我在这里实在待不下去。（环视，小声地）怎么说呢，您自己也看到了，这国家多不开化，老百姓多不文明，这里多枯燥，饭菜多难吃，而且还有这个怪模怪样的菲尔斯，尽说些没头没脑的话。一定把我也带走吧，劳您驾了！

［皮希克上。

皮希克 请允许我请您……跳一回华尔兹舞，美丽的……（柳博芙·安德烈耶夫娜和他一起走出）迷人的夫人，反正我得向您……借……一百八十卢布……（跳舞）一百八十卢布……

［两人跳舞跳进大厅。

亚沙 （轻声哼唱一首民谣）“你理解我心灵的苦闷吗……”

［在大厅里一位戴灰色大礼帽、穿格子裤的人手舞足蹈；众人喊道：“好啊，沙尔洛塔·伊万诺夫娜！”

杜尼亚莎 （停下来往脸上扑粉）小姐叫我来跳舞，——说是男舞伴多，女士少，——可我一跳舞就头晕，心乱跳，菲尔斯·尼古拉耶维奇，邮局的那位官员对我说了句话，叫我差点儿喘不过气来。

［音乐声静下来。

菲尔斯 他对你说什么了？

杜尼亚莎 您，他说，像一朵花。

亚沙 （打哈欠）无知……（下）

杜尼亚莎 像一朵花……我是娇弱的姑娘，非常爱听温柔的词儿。

菲尔斯 你晕头转向了。

［叶皮霍多夫上。

叶皮霍多夫 阿夫多季娅·费多罗夫娜，您老躲着我……好像我是只虫子。（叹息）哎呀，生活！

杜尼亚莎 您需要什么？

叶皮霍多夫 当然，可能您是对的。（叹息）但，当然，假如从某一角度来看，请允许我这么说，原谅我的直言，您完全让我神魂颠倒。我知道自己运气不好，每天都会有点儿什么不幸的事，对此我早已习惯，我能笑看自己的命运。您答应过我，尽管我……

杜尼亚莎 求您了，我们以后再说吧，现在别来打扰我。现在我在幻想。（挥动扇子）

叶皮霍多夫 我每天都能碰上不幸的事，请允许我这么说，我只能微笑，甚至大笑。

[瓦里亚上。

瓦里亚 你还没走，谢苗？真是的，你太不自重了。（向杜尼亚莎）离开这里，杜尼亚莎。（向叶皮霍多夫）你要么在打台球，还把球杆打坏了，要么客厅里转悠，像是请来的客人。

叶皮霍多夫 您，请允许我这么说，不可以处罚我。

瓦里亚 我不是处罚你，我向你讲。你只知道从一个地方溜达到另一个地方，什么事也不干。我们有管家，可不知道——为什么要有管家。

叶皮霍多夫 （表示委屈地）我是否干事，是否溜达，是否吃闲饭，是否打台球，得由那些明白人和长辈来评判。

瓦里亚 你怎么敢对我说这话！（勃然大怒）你怎么敢？这么说我什么也不懂？你给我从这里滚开！立刻！

叶皮霍多夫 （小跑）请您用温和的方式说话。

瓦里亚 （怒不可遏）立刻从这里滚！滚！

[他走向门口，她紧随其后。

二十二个不幸！你以后离这里远远的！让我看不见你的人影儿！

[叶皮霍多夫走出门去；门外传来他的声音：“我要控告您。”

啊，你还想往回走？（拾起菲尔斯放在门旁的拐杖）来……来……来呀，看我怎么教训你……啊，你真来？真来？瞧我把你……（扬起拐杖，准备打人）

［就在此时，洛帕辛上。

洛帕辛　非常感谢。

瓦里亚　（既好气又好笑）对不起！

洛帕辛　没关系。非常感谢您的热情接待。

瓦里亚　不用谢。（退后一步，环视周围，然后温柔地问）我没碰伤您吧？

洛帕辛　没，没什么。不过，过后会鼓起一个大包来的。

［大厅里传来喊声："洛帕辛来了！叶尔莫莱·阿列克谢耶维奇！"

皮希克　果然是您……（与洛帕辛亲吻）我亲爱的人儿，你身上有一股白兰地酒气。我们在这里玩得也很痛快。

［柳博芙·安德烈耶夫娜上。

柳博芙·安德烈耶夫娜　是您，叶尔莫莱·阿列克谢耶维奇？怎么这么久？列昂尼德在哪儿？

洛帕辛　列昂尼德·安德烈耶维奇和我一起回来的，他马上就到……

柳博芙·安德烈耶夫娜　（激动地）嗯，怎么样？拍卖会举行了吗？您倒说呀！

洛帕辛　（难为情地，生怕暴露自己的喜悦）拍卖会四点就结束了……我们误了一班车，只好等到九点半钟。（沉重地喘口气）哎呀！我的头有点儿晕……

［加耶夫上；他右手拎着买来的东西，左手擦拭眼泪。

柳博芙·安德烈耶夫娜　廖尼亚，怎么啦？廖尼亚，说呀？（急不可待地，含泪）快说呀，看在主的分上……

加耶夫　（一句话也不回答她，只摇着手；带着哭腔对菲尔斯说）

把这拿去……鳀鱼，还有刻赤[1]产的鲱鱼……我今天什么也没吃……经历了多少痛苦啊！

［台球房的门开了；传来台球击打的声音和亚沙的叫声："七对十八！"加耶夫的表情发生了变化，他不再哭泣。

我太累了。菲尔斯，给我换衣服。（通过大厅走向自己的卧室，菲尔斯跟在他后边）

皮希克 拍卖会开得怎么样？你倒是说呀！

柳博芙·安德烈耶夫娜 樱桃园卖了？

洛帕辛 卖了。

柳博芙·安德烈耶夫娜 谁买下了？

洛帕辛 我买下了。

［停顿。

［柳博芙·安德烈耶夫娜忧郁苦闷；如果不是在圈椅旁边站着，她会跌倒在地上。瓦里亚从腰间取下一串钥匙，扔到客厅中央的地板上，然后离去。

洛帕辛 我买下了！等一等，女士们，先生们，行行好，我头有点儿迷糊，说不出话来……（笑）我们来到拍卖场时，杰里加诺夫已经在那里了。列昂尼德·安德烈耶维奇就有一万五千卢布，而杰里加诺夫一下子就给出比抵押款高出三万卢布的价码。我一看这情形，就和他斗起来了，我给出四万卢布。他叫四万五。我叫五万五。他，就是说，增加五千，我增加一万……嗯，结束了。我给出了高出抵押款九万卢布的价码，成交了。樱桃园现在是我的了！我的！

---

1 港口城市，位于克里米亚地区。

（哈哈大笑）我的主，我的天，我的樱桃园！请你们告诉我，我是个醉汉，神经不正常，所有这一切只是我的幻想……（跺脚）你们敢嘲笑我！要是我父亲和祖父能够从坟墓里站起来，看到发生的一切，他们的叶尔莫莱，他们的没文化、小时常挨打、冬天光着脚在外边乱跑的叶尔莫莱，买到了一座世界上最漂亮的庄园，那该多好。我买了这座庄园，我的祖父和父亲曾在这庄园里当过农奴，当年他们连这里的厨房都不许进去。我在睡梦中，这仅仅是我的幻觉，只是我这么觉得罢了……被黑暗的阴影笼罩……（捡起钥匙，亲切地微笑）她把钥匙扔掉了，她想表明，她已经不是这里的主人……（让钥匙叮当作响）嗯，反正都一样。

［传来乐队调音的声响。

哎，乐师们，请奏乐吧，我要听你们演奏！大家都来看看，看我叶尔莫莱·洛帕辛是怎么举起斧头砍伐樱桃园的，看樱桃树怎么一棵一棵倒在地上的！我们要建造别墅楼，我们的子子孙孙将在这里看到新的生活……音乐，奏起来啊！

［奏乐。柳博芙·安德烈耶夫娜瘫倒在椅子上，伤心地哭泣。

（责备地）可您为什么，为什么当初不听我的话？我可怜的好人，现在不可挽回了。（含泪）啊，让这一切快点儿过去吧，让我们没有条理的、不幸的生活快点儿改变一下吧。

皮希克 （挽住他的手臂，低声地）她在哭。咱们到大厅去，让她一个人在这里……咱们走……（挽住他的手臂，把他领到大厅里去）

洛帕辛 这是怎么了？音乐，更大声地奏起来吧！让一切都按我的意思办吧！（嘲讽地）新的地主，樱桃园的主人走过来了！（无意中撞了一下桌子，差一点把桌上的枝形烛台弄翻）我全都能用钱买！（和皮希克一起离去）

［大厅和客厅里只留下柳博芙·安德烈耶夫娜一人，她坐着，全身缩成一团，伤心哭泣着。音乐轻轻奏着。急速地走上阿尼亚和特罗菲莫夫。阿尼亚走近母亲，跪在她面前。特罗菲莫夫站在大厅门口。

阿尼亚 妈妈！……妈妈，你在哭？亲爱的、善良的、我的好妈妈，我美丽的，我爱你……我祝福你。樱桃园卖掉了，它已经没有了，这是真的，真的，但你别哭，妈妈，你的生活还在前头，你还有美丽纯洁的心灵……跟我一起走吧，我们走吧，亲爱的，让我们离开这里！……我们要去种植一座新花园，它会比这座花园更繁茂，你会看到它的，你会明白的，欢乐，宁静、深沉的欢乐会降临到你心上，像黄昏时的夕阳，你会微笑的，妈妈！我们走吧，亲爱的！我们走吧！……

［幕落。

第四幕

［第一幕的布景。窗上没有了窗帘，墙上没有了画幅，所剩无几的家具堆放在一个角落里，像是等着出卖。空空如也的感觉。在门的出口处和舞台深处堆放着皮箱和旅行包等物件。左边的门开着，从里边传出瓦里亚和阿尼亚的说话声。洛帕

辛站着，等着。亚沙手举托盘，上面放着斟满香槟酒的杯子。叶皮霍多夫在前厅捆箱子。舞台后边传来嘈杂声。这是农民们来这里送行。听到加耶夫的说话声："谢谢，兄弟们，谢谢你们。"

亚沙 老百姓来送行了。叶尔莫莱·阿列克谢耶维奇，我有这样的看法：老百姓善良，但懂得很少。

［嘈杂声减弱。柳博芙·安德烈耶夫娜和加耶夫穿过前厅上；她没有哭，但脸色苍白，面孔在颤抖，她说不出话来。

加耶夫 你把自己的钱夹子都给他们了，柳芭。这样不行！这样不行！

柳博芙·安德烈耶夫娜 我没法子！我没法子！

［二人下。

洛帕辛 （在门口，朝他们身后）我诚心恳请你们！喝一杯告别酒。没从城里带回什么东西，在火车站我只买了一瓶酒。请赏光！

［停顿。

怎么，女士先生们！你们不想喝？（离开房门口）早知道你们不喝，我就不买了。我也不想喝。

［亚沙小心地把托盘放在椅子上。

喝吧，亚沙，你来喝吧。

亚沙 出发的人一路平安！留下的人万事如意！（喝酒）我可以向您保证，这不是地道的香槟酒。

洛帕辛 八个卢布一瓶呢。

[停顿。

这里冷得像在地狱里。

亚沙 今天没生炉子，我们反正要走了。（笑）

洛帕辛 你怎么了？

亚沙 心里高兴。

洛帕辛 外面已经十月份了，太阳还这样暖和，像夏天一样。动工盖房的好时光呀。（看了看表，在门口）女士们，先生们，你们要知道，还有四十六分钟火车就要开了！这么说，再过二十分钟就得到车站。快一点儿吧。

[特罗菲莫夫穿夹大衣从院子里进来。

特罗菲莫夫 我觉得，现在就该走了。马已经备好了。鬼知道，我的套鞋在哪儿。（在门口）阿尼亚，我的套鞋没有了！我没找到！

洛帕辛 我要到哈尔科夫去。和你们坐一趟车。打算在哈尔科夫过整整一冬。和你们成天混在一起，不干正事，把我害苦了。我不能不工作，我不知道该怎么安顿我这两只手；它们来回晃动，有点儿奇怪，倒像是别人的似的。

特罗菲莫夫 我们这一走，您又能从事自己的有益劳动了。

洛帕辛 喝一杯吧。

特罗菲莫夫 不喝。

洛帕辛 这么说，现在要去莫斯科？

特罗菲莫夫 是的，先把他们送进城，明天去莫斯科。

洛帕辛 是这样……也好，教授们都还没开讲，恐怕都在恭候你的大驾光临呢！

特罗菲莫夫　不关你的事。

洛帕辛　在大学里待了几年了？

特罗菲莫夫　想出点儿新鲜些的吧。这种话老旧而无味。（寻找套鞋）我们大概以后不会再见面了，所以请允许我临别之时，给你一个建议：双手不要来回晃动！丢掉这习惯——双手来回晃动。同样，建造别墅楼啦，指望从这些别墅客中日后也产生独立的主人翁啦，指望这些——也意味着来回晃动……但不管怎样，我到底还喜爱你。你的手指细、温柔，像演员的手指一样，你的心灵也细腻、温柔多情……

洛帕辛　（拥抱他）再会了，亲爱的。谢谢你的一切。如果需要，从我这里拿点儿钱路上用吧。

特罗菲莫夫　为什么给我？不用。

洛帕辛　可您没钱！

特罗菲莫夫　我有。谢谢您。我收到一笔翻译稿费。钱就在我口袋里。（不安地）可我的套鞋不见了！

瓦里亚　（从另一个房间）拾起你的破烂！（把一双橡胶套鞋扔到舞台上）

特罗菲莫夫　您发什么火，瓦里亚？嗯……但这不是我的套鞋！

洛帕辛　春天我种了一千亩罂粟，现在净赚四万卢布。当我的罂粟开花时，那是一幅多么美丽的图画！所以，我说，赚了四万卢布，就是说，我要借钱给你，因为我有借钱给人的能力。你为什么鼻孔朝天？我不过是个普通的庄稼汉罢了……

特罗菲莫夫　你的父亲曾是庄稼汉，我的父亲曾是——药剂师，这不能说明任何问题。

［洛帕辛掏出钱包。

别，别……你就是给我二十万，我也不要。我是个自由人。你们——无论是富人还是穷人——看重的一切，对我产生不了丝毫影响，它们就像空中的飞絮。没你们我也能生活下去，我可以从你们身边走过去，不理会你们，我有力量，也很自豪。人类正在走向最崇高的真理，在向地球上可能存在的最崇高的幸福前进，而我在这个队伍的最前列！

洛帕辛 你能达到吗？

特罗菲莫夫 能达到。

［停顿。

我自己能达到，或是向别人指明达到目标的道路。

［远处传来斧头砍树的声音。

洛帕辛 嗯，别了，亲爱的。该走了。我们两人在彼此面前鼻孔朝天，吹牛，但生活却不在乎，直接就过去了。当我不知疲劳地工作许久时，头脑反倒轻松些，好像我也知道了，我为什么活着。在俄罗斯，老兄，有多少人不知道自己为什么活着。嗯，反正都一样，知道还是不知道，事业照样进行。听说，列昂尼德·安德烈耶维奇找到一份差使，在银行，年薪六千……但要清楚他待不长的，他太懒散了……

阿尼亚 （在门口）妈妈请求您：她离开之前，先别砍花园里的树。

特罗菲莫夫 真的，太过分了……（从前厅下）

洛帕辛 我马上，马上……哎，这些人呀。（跟下）

阿尼亚 送菲尔斯到医院去了吗？

亚沙 我早上说过了。我想是送去了。

阿尼亚 （向在大厅穿行的叶皮霍多夫说）谢苗·潘捷列耶维奇，

劳驾去问问，把菲尔斯送去医院了没有。

亚沙 （表示委屈地）早上我和叶戈尔说过了。难道需要问上十次！

叶皮霍多夫 依我的最终意见，老寿星菲尔斯不适合再去修理了，他该去见老祖宗了。而我只能羡慕他。（把箱子放在帽匣上，把它压扁）你瞧，当然是这样。我早就料到。（下）

亚沙 （嘲讽地）二十二个不幸……

瓦里亚 （在门外）送菲尔斯去医院了吗？

阿尼亚 送去了。

瓦里亚 那怎么给医生的信没拿走？

阿尼亚 这得马上追着送去……（下）

瓦里亚 （从隔壁房间）亚沙在哪儿？告诉他一声，他母亲来了，要和他告别呢。

亚沙 （挥手）真叫人受不了……

［杜尼亚莎一直在行李旁忙活；现在就剩亚沙一人留下，她走近他。

杜尼亚莎 您哪怕再看我一眼呢，亚沙。您要走了……要离开我了……

（哭着，双手搂住他脖子）

亚沙 你哭什么？（喝香槟酒）再过六天我就又到巴黎了。明天坐上特快列车，一溜烟地飞走了。甚至有点儿不敢相信。“法兰西万岁”（法语）。这里不适合我，没法儿生活……没办法。看够了这里的愚昧——看够了。（喝香槟酒）你哭什么？“你要是懂点儿举止得体，那么就不会哭了。”

杜尼亚莎 （对着镜子往脸上抹粉）到巴黎给我写信。您知道我爱过您，亚沙，这样爱过您！我是个多愁善感的人，亚沙！

亚沙 有人来了。（在箱子旁忙碌地张罗，轻声哼唱着）

［柳博芙·安德烈耶夫娜，加耶夫，阿尼亚和沙尔洛塔·伊万诺夫娜同上。

加耶夫 咱们得走了。时间已经不早了。（看着亚沙）谁身上有一股鲱鱼的味道？

柳博芙·安德烈耶夫娜 再过十来分钟我们就上马车了……（用目光环顾房间）再见了，亲爱的房子，年迈的老爷爷。等冬去春来，你就已经不复存在了，他们会把你拆毁。这些墙壁见到过多少人世沧桑啊！（热烈地吻女儿）我的宝贝，你容光焕发。你的眼睛像宝石闪耀。你满意吗？很满意？

阿尼亚 很满意！新的生活开始了，妈妈！

加耶夫 （快乐地）说真的，现在一切都好。樱桃园出卖之前，我们一直激动，痛苦，后来当问题彻底解决，不能改变，大家就平静下来，甚至快活起来……我是银行职员，现在也算个金融家了……黄球进中袋，而你，柳芭，毕竟你脸上的气色也好了，毫无疑问。

柳博芙·安德烈耶夫娜 是的。我的神经好些了，是真的。

［有人给她送上帽子和夹大衣。

我睡眠很好。把我的东西带上吧，亚沙。时间到了。（向阿尼亚）我的女儿，我们很快就能再见面的……我去巴黎，生活就靠你那位雅罗斯拉夫的祖母寄来买庄园的一笔钱——祖母万岁！——不过那笔钱支持不了多久。

阿尼亚 妈妈，你很快会回来，很快……真的吧？我会好好读书，把中学毕业考试考完，然后我出去工作，帮你。我们，妈妈，以后要一道读各种各样的书……是这样吧？（吻妈妈的手）我们要在秋天的晚上读书，读好多好多书，我们眼前会出现一个新的、神奇的世界……（幻想地）妈妈，你要回来……

柳博芙·安德烈耶夫娜　我会回来的，我心爱的。（拥抱女儿）

［洛帕辛上；沙尔洛塔轻声唱歌。

加耶夫　幸福的沙尔洛塔：在唱歌呢！

沙尔洛塔　（拿出状似孩子襁褓的包袱）我的孩子，睡吧，睡吧……

［听到婴儿的哭声："哇！哇！"

别哭，我的漂亮的、可爱的孩子。

［"哇！哇！"……

我真可怜你！（把包袱扔到地上）请你们给我找个地方吧，我不能这样了。

洛帕辛　我们会给您找到的，沙尔洛塔·伊万诺夫娜，您放心好了。

加耶夫　大家抛弃了我们，瓦里亚也要离开……我们突然间成了谁也不需要的人。

沙尔洛塔　城里没我落脚的地方。我得走……（哼唱歌儿）反正都一样。

［皮希克上。

洛帕辛　大自然的奇迹！……

皮希克　（喘息着）啊，让我喘口气吧……好难受……我最尊敬的朋友们……请给点儿水喝……

加耶夫　怕是来借钱的吧？忠实的奴仆失陪了……（下）

皮希克　好久没上你们这儿来了……最美丽的太太……（向洛帕

辛）你也在……见到你很高兴……头脑强大的智者……拿着吧……收下吧……（把钱递给洛帕辛）四百卢布……还欠你八百四十卢布……

洛帕辛　（困惑地耸耸肩膀）像做梦……你哪儿来的钱？

皮希克　等一等……热……发生了一件最不同寻常的事。几个英国佬在我的田地里找到了一种白色黏土……（向柳博芙·安德烈耶夫娜）还给你四百卢布……美丽的、出色的太太……（给钱）余下的以后再还。（喝水）有个年轻人刚才在车厢里说，好像有个……伟大的哲学家建议从屋顶上往下跳……“跳下去吧！”……他说，这就是我们所有的任务。（惊奇）有这样的事儿！给点儿水！

洛帕辛　这些英国佬到底是什么人？

皮希克　我把那块黏土地租给他们二十四年……可现在，请原谅，我忙得很……得继续赶路……得去找兹诺伊科夫……找卡尔达莫诺夫……我欠所有人钱……（喝水）祝你们健康……星期四我再来……

柳博芙·安德烈耶夫娜　我们马上就进城，明天我出国。

皮希克　怎么？（惊慌不安）为什么进城？我说呢，这些家具……这些皮箱……嗯，没什么……（含泪）没什么……头脑强大的智者……这些英国佬……没什么……祝你们幸福……主会帮助你们的——没什么……这世上没有不散的宴席……（吻柳博芙·安德烈耶夫娜的手）什么时候听到我归天的消息，就请您记住这匹……老马，您要说“这世上，曾有个西苗诺夫-皮希克……愿他灵魂安息”……今天天气太好了……是的……（非常难为情地离去，立刻又折回，在门口

说）达申卡向您问好！（下）

柳博芙·安德烈耶夫娜 现在可以走了。走之前我还有两件事放心不下。第一——生病的菲尔斯。（看表）还有五分钟……

阿尼亚 妈妈，菲尔斯送进医院去了。亚沙早上把他送去的。

柳博芙·安德烈耶夫娜 第二桩心事——瓦里亚。她习惯于早起工作了，现在没事干，就像鱼儿离开了水。她瘦了，脸色苍白，常常哭泣，可怜……

[停顿。

这您知道得很清楚，叶尔莫莱·阿列克谢耶维奇；我幻想过……把她嫁给您，而且从各方面看得出来，您是要娶妻的。（向阿尼亚耳语，阿尼亚向沙尔洛塔使个眼色，两人离去）她爱您，她也合您心意，我不知道，你们两人为什么老互相躲着。我不明白！

洛帕辛 我自己也不明白，我承认。这一切有点儿奇怪……如果还有时间的话，那么哪怕是现在我就准备……我们把这件事一下子解决了，但没您的支持，我感觉，我不会求婚的。

柳博芙·安德烈耶夫娜 这很好。要知道只一分钟就能解决。我现在就去叫她……

洛帕辛 正好有香槟酒。（看一眼酒杯后）都是空杯子，有什么人把酒喝了。

[亚沙咳嗽。

这才叫吃光喝净呢……

柳博芙·安德烈耶夫娜 （活跃地）太好了。咱们出去……亚沙，“走”（法语）！我去叫她……（在门口）瓦里亚，放下手里的一切，过来一下。来！（与亚沙下）

洛帕辛 （看一眼钟表）是啊……

［停顿。

［从门外传来忍不住的笑声，窃窃私语声；最后，瓦里亚上。

瓦里亚 （久久查看行李）奇怪，怎么我总也找不到……

洛帕辛 您找什么？

瓦里亚 我自己打包放进去的，又记不起来了。

［停顿。

洛帕辛 您现在要到哪儿去，瓦尔瓦拉·米哈依洛夫娜？

瓦里亚 我？去拉古林家……说好了给他们料理家务……可能是管管账本。

洛帕辛 那是在雅什涅沃村吧？离这儿有七十里地。

［停顿。

这房子里的生活完结了……

瓦里亚 （查看行李）搁哪儿去了呢……或者，也许，我把它放在大箱子里了……是的，这个房子里的生活完结了……今后不会再有了……

洛帕辛 我现在去哈尔科夫……就坐这趟车。事儿很多。我把叶皮霍多夫留下看院子……我雇了他。

瓦里亚 也好！

洛帕辛 去年这时已经下了雪，如果您还记得的话，现在呢，太阳静静照着。只是有点儿冷……零下3摄氏度。

瓦里亚 我没看寒暑表。

［停顿。

我们的寒暑表摔坏了……

［停顿。

［从院子里传来的喊声："叶尔莫莱·阿列克谢耶维奇！……"

洛帕辛　（像是早就在等这一声呼喊）我这就来！（迅速离去）

［瓦里亚坐在地板上，把头枕在包衣服的包袱上，轻声哭泣。门开了，柳博芙·安德烈耶夫娜小心地进来。

柳博芙·安德烈耶夫娜　怎么样？

［停顿。

该走了。

瓦里亚　（已经不哭，擦拭眼泪）是的，该走了，妈妈。我今天要赶到罗古林家去，可别误了车……

柳博芙·安德烈耶夫娜　（在门口）阿尼亚，穿衣服！

［阿尼亚上，然后是加耶夫、沙尔洛塔·伊万诺夫娜，加耶夫穿着带风帽的厚大衣。仆人们、车夫们上。叶皮霍多夫在行李旁忙碌着。

柳博芙·安德烈耶夫娜　现在可以上路了。

阿尼亚　（高兴地）上路了！

加耶夫　我的朋友们，可爱的，我亲爱的朋友们！在永远离开这所房子时，我能沉默吗？我能在告别时，压制此刻充溢在我全身心的感情而不倾吐出来吗……

阿尼亚　（央求地）舅舅！

瓦里亚　舅舅，不用了！

加耶夫　（沮丧地）黄球进中袋……我会沉默……

［特罗菲莫夫上，然后洛帕辛上。

特罗菲莫夫　行吧，女士们，先生们，该动身了！

洛帕辛 叶皮霍多夫，我的大衣！

柳博芙·安德烈耶夫娜 我再坐一分钟。我好像从没见过这间屋里的墙壁、天花板似的，现在我看着它们，渴望地，怀着这么温柔的爱……

加耶夫 我记得六岁那年，圣灵节[1]那天，我就坐在这个窗台上，看着我父亲出门向教堂走去……

柳博芙·安德烈耶夫娜 所有行李都收拾好了吗？

洛帕辛 好像都收拾好了。（一边穿大衣，一边对叶皮霍多夫说）叶皮霍多夫，你多加小心，让一切都井井有条。

叶皮霍多夫 （用严重沙哑的声音）叶尔莫莱·阿列克谢耶维奇，尽管放心！

洛帕辛 你这嗓子怎么啦？

叶皮霍多夫 刚才喝了点儿水，不知把什么东西吞下去了。

亚沙 （轻蔑）无知……

柳博芙·安德烈耶夫娜 咱们走了——这里一个人影儿也不会再有……

洛帕辛 直到明年春天。

瓦里亚 （从包袱里拉扯几次，终于拉出一把伞，像要抡起来准备打人）

［洛帕辛做出惊恐状。

您怎么了，怎么了……我想都没想过。

特罗菲莫夫 女士们，先生们，去上马车吧……是时候了！火车快进站了！

---

1 宗教节日，又名圣灵降临节，在复活节后第50天。

瓦里亚 彼嘉，您的套鞋在这里，箱子边。（含泪）您的套鞋又旧又脏……

特罗菲莫夫 （穿套鞋）我们走吧，女士们，先生们！

加耶夫 （非常难为情，害怕得要哭起来）火车……火车站……红球进中袋，白球进边袋……

柳博芙·安德烈耶夫娜 咱们走吧！

洛帕辛 所有人都在这里吗？那里没人了吗？（锁上左边的侧门）这里堆了许多东西，得把门锁起来。咱们走吧！

阿尼亚 永别了，家！永别了，旧的生活！

特罗菲莫夫 你好，新生活！……（与阿尼亚一起离去）

［瓦里亚用目光扫视了一下房间，不慌不忙地离去。亚沙和牵着小狗的沙尔洛塔也离去。

洛帕辛 这么说，到明年春天再见。咱们出去吧，女士们，先生们……再见！（下）

［柳博芙·安德烈耶夫娜和加耶夫两人还没离去。他们像是在等这个时机，互相扑进对方的怀里，搂着对方脖子，号啕大哭，但克制地，唯恐让别人听见。

加耶夫 （绝望地）我的妹妹，我的妹妹……

柳博芙·安德烈耶夫娜 啊，我可爱的、我温柔的、我美丽的花园！……我的生活，我的青春，我的幸福，别了！……别了！

［阿尼亚快乐的、召唤的声音：“妈妈！”特罗菲莫夫兴奋的、激昂的声音：“喂！”

最后一次看看这些墙壁，窗户……母亲生前喜欢在这个房间里走来走去……

加耶夫 我的妹妹，我的妹妹！

［阿尼亚的声音："妈妈！"特罗菲莫夫的声音："喂！"

柳博芙·安德烈耶夫娜 我们走吧！……

［他们离去。

［空荡荡的舞台。听得见有人把所有的房门一一锁上的声响，听得见之后马车离去的声响。寂静来临。冲破这片寂静的是斧头砍伐树木的声响，这声响既单调又忧伤。听到脚步声。从右边的房门走出菲尔斯。他照例穿着西装上衣和白色背心，脚上趿双拖鞋。他病了。

菲尔斯 （走近房门，推了推门把手）锁上了。都走了……（坐在沙发上）全都把我忘了……没什么……我在这里坐一会儿……列昂尼德·安德烈耶维奇怕是没穿皮大衣，就穿着夹大衣走了……（担心地叹息）我没看管好他……嘴上无毛的年轻人！（嘟囔了一些听不清楚的话）生命要过去了，可我好像还没生活过……（躺下）我躺一会儿……你一点儿力气都没有了……哎呀，你……这笨手笨脚的东西！……（一动不动地躺着）

［传来一个遥远的、来自天边的声音，像是琴弦绷断的声音，这忧伤的声音慢慢地消失了。宁静来临，只听到斧头砍伐树木的声音从远处的花园里传来。

［幕落。

——剧终

（童宁　校注）

与契诃夫相处的最后一年[1]

斯坦尼斯拉夫斯基

1903年秋天，安东·巴甫洛维奇·契诃夫是拖着病体来到莫斯科的，但并不妨碍他几乎每次都来到他这部新戏的排练场。那时，这出戏的名称他还不能最终敲定。

有天晚上，有人打电话转达契诃夫要我去他那里谈事情。我放下了手头的工作，跑到他的住处，发现他尽管有病在身，但精神饱满，情绪很高。看来，他要把正事放到最后来谈，就像孩子们总是把最好吃的点心留到最后。一开始，像往常一样，大家围坐在茶桌前谈笑，因为只要有契诃夫在场就不会乏味。茶喝完了，安东·巴

1 斯坦尼斯拉夫斯基（1863—1938）的艺术创作与契诃夫的戏剧有很多交集。契诃夫四部最著名的剧本——《海鸥》《万尼亚舅舅》《三姐妹》《樱桃园》在莫斯科艺术剧院的首演，都由他执导并主演。斯坦尼斯拉夫斯基的自传《我的艺术生活》中，有不少篇章是在讲述当年排演契诃夫戏剧的经过与心得。本文写于1925年前后，当时作者已融入十月革命后的新生活，所以他很看重契诃夫在《樱桃园》中对新生活的希冀和礼赞。

甫洛维奇把我领到了他的书房，把房门关上，自己坐到他习惯的那张沙发的一角，让我坐在他的对面，一再说服我更换他新戏的几位扮演者，他认为他们不适合担当这些角色："他们显然是很好的演员。"——他赶紧用这句话来软化他已经做出的决定。我知道，这仅仅是他要谈的那个主要话题的前奏，所以我并未与他争辩。我们终于走到了正题。契诃夫停顿了一下，尽量做出严肃的样子。但他没有做到——得意的微笑还是从内而外地流露出来了。

"您听着，我为这个剧本找到了一个美妙的剧名，美妙的！"他这样说着，一边紧盯着我。

"什么样的？"我有点激动。

"Ви́шневый сад[1]"——他高兴地笑了起来。我不理解他兴奋的原因，我在这个剧名里找不到任何特别之处。但为了不让安东·巴甫洛维奇扫兴，我不得不装出一种样子来，好像他这个新的剧名给我留下了印象。这个新的剧名为什么能让他如此激动？我开始小心翼翼地探问，但又碰到了契诃夫一个奇怪的特点：他不善于解释自己的创造。代替解释，安东·巴甫洛维奇开始用各种各样的语调和音色重复他的剧名：

"Ви́шневый сад，请听着，这是多么美妙的剧名！Ви́шневый сад，Ви́шневый сад！"我从他这句话里仅仅感觉到了某种美的、被温柔地爱着的东西：这个剧名的美妙不是被词语，而是被安东·巴甫洛维奇的语气传达出来的。我小心翼翼地向他指出了这

1　俄语，樱桃园。

一点。我的看法让他扫兴，得意的微笑从他脸上消失了。我们谈话不再投机，出现了尴尬的沉默。

这次会面后过去了几天或是几个星期……一次演出时，他走进了我的化妆间，带着得意的微笑坐在我的化妆桌旁：他那样仔细地观察我们化妆，从他的面部表情就能猜到，演员脸上涂的油彩是否得当。“您听着，不是ви́шневый，而是вишнёвый。”他这样解释着，笑了起来。一开始，我甚至不知道他是在说什么，但安东·巴甫洛维奇用“вишнёвый”一词中字母“ё”柔和的发音，继续在玩味这个剧名，好像是借此来抚慰那个从前的美丽生活，这个生活被他在剧中含着眼泪打破了，因为这个生活现在不需要了。这样我就理解了奥妙：ви́шневый сад，这乃是实用的、能带来经济收益的商业花园。而вишнёвый сад不能带来任何经济收益，在花园本身，在园中开放的百花中，蕴含着过去的贵族生活的诗意。这样的花园是为特殊人群的特殊癖好与审美追求而存在的。毁灭这样的花园是可惜的，但需要毁灭它，因为国家的经济发展进程要求这样。

像以往一样，这次排演《樱桃园》的时候，也千方百计地要从安东·巴甫洛维奇口中掏出他对这个戏有什么看法与建议。而他的回答如同灯谜，颇费猜测，因为契诃夫力图逃避导演们的追问。如果有人见过安东·巴甫洛维奇如何谦虚地坐在排演厅的后排，他就绝不会相信此人就是剧本的作者。不管我们如何努力地要他移坐到导演席上来，都不能成功。而如果我们真的让他坐到导演席上，他会笑出声来，你猜不透他为什么要笑：或是因为他俨然成了个坐在导演席上的导演；或是因为他觉得导演应该是多余的；或是他正在思考，如何瞒过我们，逃之夭夭。

“我全写出来了，”他这样说，“我不是导演，我是医生。”把契诃夫在排演场的表现与其他剧作家做一比较，你会惊讶于一个大作家的非凡谦虚和另一些水准低得多的作家的极度自命不凡。比如，我向其中一位建议把他剧中的一段冗长虚假、华而不实的长篇独白做些删减时，这位作者带着满腹牢骚回答我：“您删好了，但您别忘了，您在历史面前是要承担责任的。”

与此相反，当我们鼓起勇气向安东·巴甫洛维奇建议，将《樱桃园》第二幕结尾处整整一个段落删去时，他显得很忧伤，他的面孔也因我们给予他的痛苦而变白了。但他思考了一会儿，恢复了常态，回答：“删掉它吧！”

后来他再也没有向我们重提这个话题。我不再写有关《樱桃园》排练的情况，这部戏我们已经多次在莫斯科、欧洲和美国的舞台演出过。我只想说一下这部戏得以上演的一些事实与条件。

这部戏是很难排好的，这并不奇怪，因为剧本有难度。它的美妙隐藏在那不易捉摸、深深沉潜着的芳香之中。为了感觉到它，就需要打开它的花蕾，促使它的花瓣全都展开来。但要它自己展开，不能强制，否则就会使它损伤、枯萎。

在那个时期，我们的技巧和影响演员创作心理的水准还处于初级阶段。我们还没能准确地找到通向作品内涵的秘密通道。为了帮助演员开启他们的激情记忆，激发他们心中的创造性形象思维，我们试图借助灯光和音响为他们制造舞台布景的幻觉。有时这能够提供帮助，于是我习惯于滥用灯光与音响的舞台效果了。

“听着！”契诃夫对某一个人说，显然，他也要让我听到。“我要写一部新戏，它将这样开头：多么美妙，多么宁静！听不到鸟叫，听不到狗吠，听不到布谷鸟、猫头鹰、夜莺的啼叫，听不到铃响，听不到钟声，也听不到有一只蟋蟀在叫唤。”当然，他这话是冲我说的。

自从我们上演契诃夫的剧作以来，这是第一次我们首演他的戏时，他恰好逗留在莫斯科。这让我们产生了在舞台上为心爱的作家举行一场庆祝活动的想法。契诃夫顽强抵制，甚至威胁说，到了那天他会留在家里不上剧院来看首演。但举办这场庆祝活动对于我们的诱惑太大了，我们坚持要办。更何况首演之日恰好是安东·巴甫洛维奇的生日(1月17日)。

预定的日子快到了，应该想想纪念活动的流程和准备送给安东·巴甫洛维奇的礼物。这是一个难题！我走遍所有的古玩店，希望能找到合适的礼品，但除了一个展览用的很美观的托盘，一无所获，只好把它作为纪念花冠的附加物，当作礼物送上。我想：“至少有一件艺术品可以送给他了。”但后来因为这礼物过于贵重，我受到安东·巴甫洛维奇的责备。

“您听着，这是个珍品，应该放在博物馆里。”纪念会结束后他这样指责我。

“那请您教教我，安东·巴甫洛维奇，该送给您什么呢？”我这样替自己辩解。

“捕鼠器，”他想了想，严肃地回答，“您听好了，必须把老鼠消灭掉。”说到这里，他自己也哈哈大笑，“画家柯鲁文送给我一件美妙的礼物！太美妙了！”

“什么礼物？”我产生了兴趣。

“钓鱼竿。”

送给契诃夫的其他礼物也不能令他满意，有的甚至因为俗气而让他生气。

“不应该把一支银笔或一个古旧的墨水瓶送给一个作家。”

“该送什么呢？”

“灌肠器，因为我是个医生。或者袜子，我妻子不能照料我，她是个演员。我穿着破袜子上街，我对她说，杜西雅，我右脚的拇指都露出来了，她说，那你把那只袜子穿在左脚上。我真受不了！”安东·巴甫洛维奇开着玩笑，又哈哈大笑了起来。

然而，在纪念会上他并不快活，他似乎已经预感到自己将不久于人世。第三幕之后，他，脸色苍白，骨瘦如柴，站在舞台的前端，当众人向他说祝词和送礼物的时候，他还在不断地咳嗽，我们的心难受地缩紧了，剧场里的观众朝他喊叫，请他坐下。但契诃夫皱着眉头一直站到这个冗长乏味的庆典结束，对于这种类型的庆典，他在自己的作品中曾经做过善意的嘲弄。有一个文学家的祝词的开头几乎与第一幕里加耶夫那句向老书柜致敬的台词重合：“亲爱的、尊贵的……（用安东·巴甫洛维奇的名字取代了剧本里的‘书柜’），我向您致敬。”[1]

---

1 《樱桃园》第一幕里加耶夫的台词是：“亲爱的、尊贵的书柜！我向您致敬。”

安东·巴甫洛维奇朝我——加耶夫的扮演者使了个眼色，狡黠的微笑在他嘴角浮现。庆典进行得很隆重，但留下了沉重的感觉。它有了葬礼的味道，我们心里很难过。

首演本身只取得了中等程度的成功，我们检讨了自己，在第一次演出的时候，我们还没能把剧本里最重要、最美丽、最珍贵的东西展现出来。

安东·巴甫洛维奇去世了，他没有活到自己最后一部杰作取得真正成功的时刻。

随着时间的推移，到了演出完全成熟的时候，我们剧院的很多演员再一次展示了自己的巨大才华——首先是扮演女主角拉涅夫斯卡娅的克尼碧尔，扮演叶皮霍多夫的莫斯克文，扮演特罗菲莫夫的卡恰洛夫，扮演洛帕辛的列奥尼杜夫，扮演彼嘉的格里布宁，扮演菲尔斯的阿尔捷姆，扮演沙尔洛塔的穆拉托娃，我本人在加耶夫的角色创造中也获得了成功。排戏的时候，我曾因第四幕中人物最后一次离场的表演得到了来自安东·巴甫洛维奇本人的夸奖。

1904年的春天来临了，安东·巴甫洛维奇的健康每况愈下，在腹部出现了令人担忧的症状，有了肺结核的迹象。医生建议送契诃夫到巴登威勒疗养，开始准备出国的行程。我们大家，包括我在内，都想要更多地见到安东·巴甫洛维奇。但他的身体状况又不允许他常常接待我们。然而，尽管有病在身，他始终保持着生活的热情。他对剧院当时正在紧张排演的梅特林克的一出戏表现出很大的兴趣。应该让他了解排戏的进程，向他展示布景的模型，为他解释舞台调度。

他自己也幻想着写一部对他来说是全新风格的剧本。他构思的新戏的剧情似乎不是契诃夫式的。你们自己判断好了：两个朋友，都很年轻。两人爱上了同一个女人，共同的爱情和嫉妒构成了两人之间复杂的关系。结局是，两人都去北极探险，最后一幕了布景是一艘被冰块封冻的大轮船。戏的结尾处，两个朋友看到在冰雪上滑行的一个白色幻影。显然，这就是已在遥远祖国死去的那个可爱女人的影子或灵魂。这就是可以从安东·巴甫洛维奇那里获悉的关于这个构思中的新剧的全部内容。

据克尼碧尔·契诃娃所说，安东·巴甫洛维奇在国外驻留期间，很关注欧洲的文化生活。坐在巴登威勒居室的阳台上，他注视着对面邮局的日常工作。来自世界各地的人走到那里去，把那些承载着自己思想的书信送来，再从这里把这些思想分散到全世界。

“这太美妙了！”他欢呼道。

1904年夏天，从巴登威勒传来了安东·巴甫洛维奇逝世的不幸消息。用德语说的“我要死了”——这是死者的最后一句话。他的死亡美丽、宁静、庄严。

契诃夫死了，他死后在自己的祖国，也在欧洲和美国获得了很多的爱。然而，尽管取得了自己的成功和广泛的知名度，他依旧遗留了很多未被充分理解和评价的空白。取代悼词，我想说几句我对他的认识。

到现在为止，还存在着一种观点，认为契诃夫是灰色人群和庸常生活的诗人，认为他的剧本是俄罗斯生活的可悲的一页，是一个国家精神萎顿的证明。不满的情绪使一切创造处于瘫痪状态，心灰意懒扼杀了创造热情，给予世世代代的斯拉夫苦闷以充分的空间——这些就是他的戏剧作品的主题。

但这些关于契诃夫的见解是如此尖锐地与我对死者的认识与回忆相矛盾，我见到的他常常是精神抖擞和面带微笑的，我很少见到他愁容满面，尽管我认识他的时候，他已经是个病得很重的人。病人契诃夫出现在哪里，哪里就有欢笑、玩笑，甚至还有恶作剧。有谁能比他更善于开玩笑，带着严肃的口吻说笑话？有谁能比他更憎恶愚昧、粗野、无病呻吟、造谣生事、庸俗和无聊的茶叙？有谁能比他更渴望生活和不管是以何种方式呈现的文化？任何有益的新生事物——一个新生的学术团体，或是一个新的剧院，新的图书馆，新的博物馆的设计方案——对于他来说都是个真正的事件。甚至一个最普通的公共福利设施，也能使他感动不已。

比如，有一次我对他说起，莫斯科红门地区一处破旧的民居已经拆掉，在那里建起了一座大楼，我现在还记得他听到后流露出的孩子般的喜悦。后来安东·巴甫洛维奇还兴高采烈地把这件事告诉所有来看望他的人：他是那样执着地在一切事物中探寻俄罗斯和全人类文化的先声，不仅在精神上，甚至也在外在层面上。

他的剧作也是如此：即使在八九十年代[1]彻底的绝望中，也时

1 指十九世纪八九十年代。

常能从这些剧作中燃烧出光明的理想，以及对于二三百年或一千多年以后生活的乐观预言——为了那种生活，现在我们就必须忍受痛苦。还有对于发明创造的预言：有了这些发明，人们可以在天空翱翔。到那时，第六感也会被发现。

你们是否发现，在演出契诃夫的戏的时候，观众席里常能听到我们在其他戏剧演出中听不到的响亮、快乐的笑声？当契诃夫写通俗喜剧时，他能把玩笑开到滑稽剧的地步。

那么他的书信呢？阅读这些书信时，我当然也能感受到忧伤的情绪。但在这种背景下，就如同繁星在夜空中快乐地眨眼一样，闪耀着机警的词语、有趣的比喻、令人捧腹的描述。常常像是一个天生不知愁苦为何物的乐天派和幽默家的傻话、笑话和戏谑。它们曾经活在安托沙·契洪特[1]的心里，而现在又活在被病痛折磨的契诃夫的心里。

一个健康的人感到自己精神抖擞、轻松愉快，这是很自然、很正常的。但一个被宣判死刑的病人(要知道契诃夫是个医生)像囚徒似的钉死在一个他不喜欢的地方，远离亲人和朋友，看不到光明的前景，然而他却会笑，活在光明的理想里，对未来寄予希望，努力地为未来几代人积累文化财富——就应该承认，这样的乐观主义和青春活力是非凡的，是远远超越常规的。我更不能理解的是，为什么契诃夫会被看作一个与我们这个时代已经脱节的老派人物？为什么会有这样一种看法，似乎他不会理解革命，以

1　契诃夫早年发表幽默讽刺小品时使用过的笔名。

及这场革命所创造的新生活？

当然，就氛围而言，如果否认契诃夫的时代与今天的时代，以及与由革命教育起来的新一代的巨大差别，将是可笑的。它们之间甚至在许多方面是互相对立的。现在的革命的俄罗斯具有破坏旧生活体制和建设新生活体制的积极能力，它不能接受，甚至不能理解1880年代的因循守旧及消极旁观的苦闷。

在那令人窒息的停滞气氛中，不存在革命高涨的土壤。只是在某个地下，准备着、积聚着进行猛烈抗击的力量。进步人士的工作仅仅表现在为社会情绪的爆发做出准备，向人民灌输新的思想，说明旧生活的不合理，而契诃夫是与这些进步人士站在一起的。他如同少数进步人士一样，善于描绘停滞社会里无法忍受的生活，嘲笑这种生活的庸俗。

时光流逝，永远迈步向前的契诃夫不会驻足不前，相反，他会和生活以及时代一起发展。随着革命的氛围与行动越发紧迫，他的意志也越发坚定。有一些人是错的，他们认为契诃夫像他在作品中描写的很多人物一样，是个意志并不坚定的人。我已经说过，他曾多次以自己的坚定与果断，让我们大吃一惊。

“真可怕！但舍此没有其他出路，就让日本人推我们一把好了。”——当在俄罗斯闻到了火药味的时候，契诃夫激动地，但也坚定地对我这样说。

在19世纪末20世纪初的艺术家中，他属于第一批感受到革命不可避免的人。那时，革命还处于萌芽状态，社会还继续沉溺在淫靡之中。他是最早敲响警钟的人之一。正是他开始砍伐美丽的樱桃园，意识到它的时代已经结束，旧生活已经无可挽回地走向了毁灭。一个早已预见了今天所发生的一切的人，是会接受他所预见的一切的。

然而，也许契诃夫的文笔与创作对于现代人来说过于平和了？在舞台上表现进步人士和革命者时，通常需要更具戏剧性的效果、激烈的抗争、尖锐的揭露、严正的抗议。在契诃夫的作品中，的确不存在这样的情景，然而他的作品并没有因此而减少其感染力。

在号召变革生活的时候，契诃夫常常采用“反向思维法”。他说：这是个好人，另一个也是好人，第三个还是好人，其他的人也不坏；他们的生活很美好，他们的缺点也可爱和有趣。但所有这一切综合到了一起——便是乏味的、无用的、缺乏生命力的。怎么办呢？必须运用共同的努力来改变它，去渴望得到另外一种更美好的生活。

那些没有在契诃夫身上感知和认识到这一点的人，我认为他们的思维过于直观，缺少艺术的感受力，无法深入到艺术作品的本质中去。这是用平庸的态度对待艺术所造成的恶果，这种态度会使艺术失去它最重要的力量。

我们这些戏剧演员，常常用庸俗的舞台来对待诗人的作品，从而剥夺了这些作品中最为重要的内涵。

契诃夫的理想必须在舞台上有鲜明的体现，必须时刻奏响剧本中的主题。但遗憾的是，比起剧本外部的日常生活来，舞台更难表现出契诃夫的理想，这就是为什么常常在戏剧舞台上，剧本的主题被掩盖了，而日常的生活化细节却反而被凸显了出来。这样的重心转移不仅是导演的过错，演员自己也有过错。比如，扮演伊万诺夫的演员常常把他演成一个神经衰弱的病人，在观众心中激起的仅仅是对于一个病人的怜悯之情。而实际上，契诃夫写的是一个强者，是社会生活中的斗士，但伊万诺夫没有支撑得住——在与俄国的残酷现实进行的力不从心的搏斗中，他伤痕累累。剧本的悲剧性不在于它的主人公病了，而在于表明生活的现实已经无法忍受，需要进行根本性的变革。把这个角色给一个具有巨大精神力量的演员来演，你们能认不出这是契诃夫？或者更确切地说，你们会第一次认识到真正的契诃夫。让《樱桃园》中的洛帕辛一角具有夏里亚宾的气魄，让年轻的阿尼亚具有叶尔莫洛娃的热情，[1]让前者大刀阔斧地去毁坏失去生命力的东西，让年轻的姑娘能与彼得·特罗菲莫夫一起预感到新时代的临近，高声向全世界宣布："你好，新生活！"这样，你们就能认识到，《樱桃园》对于我们是一个亲切的、活生生的现代剧。契诃夫的声音在这个剧本里精神饱满地唱响着，因为他的眼睛不是朝后看，而是朝向前方。

那些自我感觉极为良好的演员在大谈契诃夫的落伍，倒是他们自己还没有成长到可以理解他的水准。正是他们在我们的艺术中落伍了，正是他们不明事理或是干脆由于懒惰，试图神气活现

1　夏里亚宾（1873—1938）和叶尔莫洛娃（1853—1928）是俄国当时最杰出的歌唱家和演员。

地从契诃夫身上跨过去。然而，不走过艺术的全部梯级，就不可能沿着它那自然而有机的发展之路往前迈进。

契诃夫是我们的艺术之路的一个里程碑，这条路是由莎士比亚、莫里哀、里柯博尼[1]、伟大的什寥德尔[2]、普希金、果戈理、格里鲍耶多夫、奥斯特洛夫斯基、屠格涅夫所确立的。研究契诃夫，沿着他的道路，我们可以期待一位新的领路人。这个新的领路人会触摸到一条永恒之路的新阶段，与我们一起走过这个阶段，并为未来的演员群体建造新的里程碑。从新的基地出发，为今后的前进运动开辟新的广阔天地。

关于契诃夫的章节还没有完结，人们还没有像应该的那样阅读它，还没有深入到它的实质中去，就过早地合上了这本书。但愿我们重新打开这本书，研究它，完全读懂它。

（童道明　译）

1　里柯博尼（1674—1753），意大利戏剧家。

2　什寥德尔（1744—1816），德国戏剧家。

惜别樱桃园

童道明

1904年1月17日，是契诃夫的44岁生日。莫斯科艺术剧院选择这一天首演《樱桃园》。演出结束前还为剧作者举行了祝寿仪式。斯坦尼斯拉夫斯基后来在《我的艺术生活》中记下了这个庆典的隆重但也沉重的印象："在庆祝会上，他（即契诃夫）却一点也不愉快，仿佛预感到自己将不久于人世了。"

在那个距今已有91年[1]的莫斯科市区的夜晚，契诃夫可能预感到了他是在过自己的最后一个生日，但他未必会预见到《樱桃园》长久的活力。"活力"在哪？不妨先勾勒一下它的故事头绪：为了挽救一座即将拍卖的樱桃园，它的女主人从巴黎回到俄罗斯故乡。一个商人建议她把樱桃园改造成别墅出租。女主人不听，樱桃园易主。新的主人正是那个提建议的商人。樱桃园原先的女主人落

1　此文作于1995年，距离契诃夫逝世的1904年有91年时间。

了几滴眼泪，走了。落幕前，观众听到“从远处隐隐传来砍伐树木的斧头声”。

无疑，《樱桃园》的意蕴联系着“樱桃园的易主与消失”这个戏核。但随着时代的演进，从这个戏核可以生发出种种不同的题旨来。在贵族阶级行将就木的20世纪初，可以反思到“贵族阶级的没落”；在阶级斗争如火如荼的十月革命后，可以引导出“阶级斗争的火花”；而在阶级观点逐渐让位给人类意识的20世纪中后叶，则有越来越多的人从“樱桃园的消失”中，发现了“人类的无奈”。在最早道出这种新“发现”的“先知先觉”的人当中，就有比契诃夫晚生9年但比契诃夫多活55年的契诃夫的夫人克尼碧尔。她也是“樱桃园女主人”一角最早的扮演者。在她去世前不久的50年代末，她像是留下一句遗言似的留下了这样一句话：《樱桃园》写的“乃是人在世纪之交的困惑”。

“困惑”在哪儿？不妨再挖掘一下剧本中可以一下子挖掘下去的故事底蕴：美丽的“樱桃园”终究敌不过实用的“别墅楼”，几幢有经济效益的别墅楼的出现，要伴随一座有精神家园意味的樱桃园的毁灭。“困惑”在精神与物质的不可兼得，“困惑”在趋新与怀旧的两难选择，“困惑”在情感与理智的永恒冲突，“困惑”在按历史法则注定要让位给“别墅楼”的“樱桃园”毕竟也值得几分眷恋，“困惑”在让人听了心颤的“砍伐树木的斧头声”，同时还可以听作“时代前进的脚步声”……

《樱桃园》是一部俄罗斯文化味道十足的戏剧。但在它问世半个世纪之后，随着新的“世纪之交”的临近，当新的物质文明正以更文明或更不文明的方式蚕食乃至鲸吞着旧的精神家园时，《樱桃园》这个剧本反倒被越来越多的人看成可以寄托自己情怀的一块精神园地，这就是近30年来世界著名导演竞相排演这个戏的原因。于是，《樱桃园》包裹着的那个俄罗斯的困惑的灵魂，像是升腾到了天空，它的呼唤在各种肤色的人的心灵中激起了共鸣的反响。其中自然也包括我们黑头发黄皮肤的人。1950年代末，旅欧华人作家凌叔华重游日本京都银阁寺，发现“当年池上那树斜卧的粉色山茶不见了，猩红的天竹也不在水边照影了……清脆的鸟声也听不到了”。而在寺庙山门旁边“却多了一个卖票窗口”。依依告别已经成为营业性旅游点的银阁寺，凌叔华女士在她的散文《重游日本》里写下了自己的“心灵困惑”:“我惘惘地走出了庙门，大有契诃夫《樱桃园》女主人的心境。有一天这锦镜池内会不会填上了洋灰，作为公共游泳池呢？我不由得一路问自己。”在“樱桃园”变成历史陈迹的时候，有《樱桃园》女主人心境的人，并不非得是女性，甚至也并不非得熟悉契诃夫的剧本《樱桃园》。1950年代中期，当北京的老牌楼、老城墙在新马路不断拓展的同时不断消失与萎缩的时候，最有契诃夫《樱桃园》女主人心境的北京市民，我想一定是梁思成先生了。

古人留给我们一个“物是人非”或“物在人亡”的成语。所谓“倏来忽往，物在人亡”。现在人的寿命大大延长了，而“物”呢？反倒容易陷入“面目全非”或“面目半非”的窘境。这几年来，多少个博物馆的“半壁江山”割让给了现代家具展销会，多少个幼儿园“脱胎换骨”成了高档餐厅或卡拉OK歌舞厅。我们该在心中兴起“倏来忽往，人在物非”的感喟了。

时代在快速地按着历史的法则前进，跟着时代前进的我们，不得不与一些旧的但也美丽的事物告别。在这日新月异的世纪之交，我们好像每天都在迎接新的“别墅楼”的拔地而起，同时也每天都在目睹“樱桃园”的就地消失。我们好像每天都能隐隐听到令我们忧喜参半、悲欢交加，令我们心潮澎湃，也令我们心灵怅惘的“伐木的斧头声”。我们无法逆“历史潮流”，保留住一座座注定要消失的“樱桃园”。但我们可以把消失了的、消失着的、将要消失的“樱桃园”，保留在我们的记忆里，只要它确确实实值得我们记忆。大到巍峨的北京城墙，小到被曹禺写进《北京人》的发出“孜妞妞、孜妞妞”的声响的，曾为“北平独有的”单轮小水车。

谢谢契诃夫，他的《樱桃园》同时给予我们以心灵的震动和慰藉；他让我们知道，哪怕是朦朦胧胧地知道，为什么站在新世纪门槛前的我们心中会有这种甜蜜和苦涩同在的复杂感受；他启发我们快要进入21世纪的人，将要和各种各样复杂的、冷冰冰的电脑打交道的现代人，要懂得多情善感，要懂得在复杂的、热乎乎的感情世界中徜徉，要懂得惜别“樱桃园”。